2018

Zu diesem Buch

Als Luisa ihren Facebook-Freund auf Hawaii besucht, ahnt sie nicht, dass diese Reise ihr ganzes Leben auf den Kopf stellen wird. Schon am Flughafen von Honolulu beginnen die Probleme. Alex, der unbekannte Freund, taucht nicht auf und Luisa wird überfallen und ausgeraubt. Dank eines Polizisten landet sie bei der geheimnisvollen Dorothy Castle, die sie in ihrem Penthaus in Waikiki aufnimmt und ihr helfen will, ihren Facebook-Freund zu finden. Doch dann verliert Luisa auch noch ihr Gedächtnis und kann sich nicht mehr erinnern, warum sie überhaupt auf Hawaii ist. Da weiß nur noch Anja Rat, ihre ehemals beste Freundin. Nur, warum sind sie keine Freundinnen mehr – und wird ihr Anja überhaupt helfen?

Die Autorin

Sabine Landgraeber wuchs in verschiedenen Bundesländern auf und lebt in Berlin. Sie studierte Film und Fotografie in Dortmund und arbeitete danach zehn Jahre als Regieassistentin für zahlreiche Fernsehfilme und Serien. Seit 1997 ist sie als Regisseurin für fast alle großen TV-Sender tätig. "Zufällig Hawaii" ist ihr erster Roman. Vor kurzem hat sie einen historischen Roman veröffentlicht, der ebenfalls auf Hawaii spielt: "Picture Bride - Die Geschichte einer Fotobraut". Derzeit arbeitet sie an der Fortsetzung von "Zufällig Hawaii".

Zufällig Hawaii

Ein Roman von Sabine Landgraeber

Sabine Landgraeber, Friedbergstraße 11, 14057 Berlin
www.sabine-landgraeber.de
ISBN: ISBN-13:978-1497386013
ISBN-10:1497386012
Lektorat: Dorothea Kenneweg
Coverdesign: Clarissa Yeo
Herstellung: Amazon Distribution GmbH, Leipzig

Prolog

Tuuuuut.

Der langgezogene Ton brummte in den Bäuchen der Anwesenden, bevor er seine Reise zu den steilen, zerklüfteten Klippen antrat und sich über dem türkisfarbenen Pazifik verlor.

"Hattest du nicht gesagt, dass es weiß sein sollte?"

"Ich muss das missverstanden haben, anscheinend gilt das nur für das Brautpaar, außerdem sind unsere Kleider doch gar nicht weiß."

Die beiden Frauen stachen in ihren hellen, eleganten Kleidern deutlich aus der Gruppe der bunt gekleideten Menschen heraus. Viele hatten farbenfrohe Leis umgelegt und es herrschte eine feierlich, fröhliche Stimmung.

Tuuuuuut.

Auch der schwarzhaarige Mann mit dem nackten Oberkörper hatte mehrere Blumenketten um seinen Hals hängen. Er nahm die schneckenförmige Muschel von den Lippen und schnappte mit hochrotem Kopf nach Luft, um sie gleich wieder an seinen Mund zu pressen und einen weiteren tiefen Ton in die nächste Himmelsrichtung zu schicken.

Tuuuuuut.

"Kommt er auch?"

"Ich hoffe es."

Sie blickte zu dem Bräutigam, der selbstvergessen mit seinen nackten Füßen den fast weißen Sand durch seine Zehen rieseln ließ. Er schien ihren Blick bemerkt zu haben, denn er hob seinen Kopf und schaute sie an.

"Mahalo", formten seine Lippen und ein Lächeln breitete sich auf seinem Gesicht aus. Er rückte sich seinen Kranz aus Farnwedeln, den er auf dem Kopf trug, zurecht und griff nach der Hand der Braut. Auch sie bedachte die beiden Frauen mit einem Lächeln, bevor sie sich mit glänzenden Augen wieder ihrem Bräutigam zuwendete. Beide waren ganz in Weiß gekleidet, die Braut trug ein schlichtes, langärmeliges Kleid und ein Blumenkranz aus Orchideen schmückte ihr offenes Haar. In ihrer Hand hielt sie einen großen Strauß, der seltsam improvisiert aussah, aber trotzdem in seiner eigenwilligen Schönheit hervorstach.

Tuuuuuut.

"Wie oft denn noch?"

"Er ist jetzt fertig, in jede Himmelsrichtung schickt er ..."

Sie verstummte, als sich ein Mann der Gruppe näherte. Er stapfte etwas schwerfällig durch den weichen Sand, da er feste Schuhe und einen Anzug trug. Ein kleiner Junge löste sich von seiner Hand und lief quietschend voraus. Vor dem Herz aus Blumen, in dem das Brautpaar stand, plumpste er in den Sand und betrachtete mit offenem Mund den Muschelbläser, der gerade sein Instrument abgesetzt hatte.

Der Mann in dem zerknitterten Anzug hatte nun auch endlich die Gruppe erreicht und stellte sich neben die beiden Frauen. Die eine der beiden strahlte ihn an und lehnte sich dann leicht an ihn.

1

Ich schnappte nach Luft und öffnete die Augen.

Manchmal wacht man auf und weiß genau, dass etwas nicht richtig ist. Ich lag nicht in meinem Bett, sondern auf dem Mittelstreifen einer vierspurigen Straße. Die Autos fuhren in hohem Tempo an mir vorbei. Die warme Luft schmeckte nach Staub und Abgasen. Ich versuchte mich aufzurichten und schaute in den Himmel, aber den gab es in diesem Albtraum nicht. Über mir befand sich eine weitere Straße, von der ich nur die graue, rußverschmutzte Unterseite sehen konnte. Ich rutschte über den staubigen Boden zu einem Betonpfeiler, lehnte mich daran und schloss die Augen.

Allein das Nachdenken über diese merkwürdigen Umstände nahm mir meine ganze Kraft. Ich fühlte mich wie betrunken und mein ausgetrockneter Hals schmerzte.

"Ist alles in Ordnung mit Ihnen?"

Was für eine blöde Frage. Was sollte ich darauf antworten?

Ich öffnete wieder die Augen und sah ein paar schwarze Hosenbeine, direkt vor mir.

"Können Sie mich verstehen?"

Ein riesiger Mann ging ächzend in die Hocke, ich sah die Schweißperlen auf seiner Stirn, die unter seiner Mütze hervorrannen. Sein kurzärmliges schwarzes Hemd spannte über seinem Bauch. Seine Hand berührte meine Schulter. Polizeiuniform.

"Ma'am, Sie können hier nicht bleiben. Sie scheinen einen Unfall gehabt zu haben, tut Ihnen etwas weh?"

Ich musterte meinen Körper, der sich seltsam fremd anfühlte. Einen Unfall? Ich trug meine weite bequeme

Boyfriend-Jeans, die, die man sich auch ohne Boyfriend kaufen konnte. Meine Füße steckten in den grauen, schnürsenkellosen Chucks. Ich bewegte meine Zehen, kein Problem. Hose und Schuhe waren ein bisschen schmutzig, was ja auch kein Wunder war, wenn man sich mal die Umgebung ansah, in der ich saß. Auch auf meinen nackten Armen konnte ich keinerlei Verletzungen erkennen, und das blaue T-Shirt war noch so, wie es sein sollte.

"Du siehst wirklich Scheiße aus", kam es von meiner Linken. In einiger Entfernung saß ein zotteliger, dürrer Mann auf einer Decke aus Zeitungen. Ein mit Dosen gefüllter Einkaufswagen stand neben ihm.

Ich hatte Angst davor, etwas zu sagen, denn dann würde das alles hier zur Realität werden. Ich suchte die Umgebung nach Spuren eines Unfalls ab. War ich vielleicht aus einem Auto herausgeschleudert worden, das jetzt mit den Rädern nach oben im nächsten Graben lag? Ich konnte nur die Fahrspuren rechts und links von mir sehen und in einiger Entfernung einen weiteren Betonpfeiler. Ein warmer Windstoß wehte Staub und eine Plastiktüte an mir vorbei.

"Ma'am, kommen Sie jetzt mit?"

Ich nickte und versuchte mich hochzurappeln. Das war nicht so einfach, wie ich erwartet hatte. Der dicke Polizist hatte da auch so seine Schwierigkeiten, wieder in die Aufrechte zu kommen.

"Mein Name ist Officer Malawa, ich bringe Sie aufs Revier."

Ich konnte immer noch nicht sprechen und so nickte ich einfach. Der Polizist drehte sich zu dem Mann mit dem großen Dosenkontingent um.

"Tim, hast du irgendwas gesehen?"

"Nein, die saß schon da, als ich kam. Scheiße, Scheiße, Scheiße."

Er murmelte weitere unverständliche Worte vor sich hin.

"Tim lebt schon seit Jahren auf der Straße und das ist sein Platz", entschuldigte der Officer das wirre Gebrabbel des

Mannes.

"Kommen Sie."

Ich folgte ihm hinter den Brückenpfeiler. Dort stand ein Streifenwagen. Er öffnete die hintere Tür und ich stieg ein. Es roch erstaunlich frisch und fruchtig.

"Wollen Sie vielleicht erst ins Krankenhaus?"

Er drehte mir den Rückspiegel so, dass ich mich darin sehen konnte. Ich rutschte vor und sah dabei auch die Ursache für den fruchtigen Duft. Auf dem Beifahrersitz stand ein geöffnetes Schälchen mit Ananasstücken.

Das, was ich im Spiegel sah, war schrecklich. Ich hatte eine Platzwunde auf der Stirn und geronnenes Blut klebte auf meinem Gesicht. Ich sah aus wie ein Zombie. Ich befühlte die Beule, aber die eigentliche Wunde schien nicht so groß zu sein, wie das viele Blut es vermuten ließ.

"Danke, kein Krankenhaus."

Ich sank zurück in den Sitz. Ich konnte es nicht mehr weiter verschieben. Das alles war kein schrecklicher Alptraum, es war real.

Wir fuhren los. Die tief stehende Sonne brannte durch das Seitenfenster auf mein Gesicht. Ich war am Morgen gelandet, jetzt schien es schon später Nachmittag zu sein. Hatte ich den ganzen Tag unter der Brücke gelegen? Hatte Alex etwas damit zu tun? Ich schaute aus dem Fenster. Mit Matthias war ich nur in Europa unterwegs gewesen. Einmal hatte ich es mit Anja bis nach Asien geschafft, eine Reise nach Goa mit durchtanzten Nächten am Strand. In Amerika war ich noch nie gewesen.

Wir fuhren durch eine Gegend mit kleineren zweigeschossigen Holzhäusern, Lagerhallen und Discountern. Im Hintergrund funkelten die Glasscheiben der Wolkenkratzer vor den steil abfallenden, dunkelgrünen Bergen.

Wir hielten auf einem Parkplatz, auf den wir durch eine Schranke gelangt waren. Officer Malawa öffnete mir die Tür. Wir befanden uns im Schatten eines mehrstöckigen Gebäudes. Vor der großen Glastür wehten geräuschvoll Fahnen im Wind.

Der Officer führte mich durch eine verwirrende Anzahl

von Gängen und blieb schließlich vor einer Tür stehen. Detective Beni Korea, informierte mich ein Schild.

"Sir, ich glaube, ich habe da jemanden für Sie. Sie arbeiten doch an dieser Flughafensache?"

"Kommen Sie rein, Malawa." Ein Asiate sprang von seinem total überfüllten Schreibtisch auf und kam uns entgegen.

"Ein neues Opfer?", fragte er und deutete auf mich.

"Ja, ich habe sie am Nimitz, gleich hinter dem Flughafen gefunden."

Der Asiate musterte mich mit undurchdringlichem Blick. Er war ein bisschen größer als ich, trug einen dunkelblauen Anzug und ein graues Hemd mit einer rot gestreiften Krawatte.

"Danke, Malawa." Er wendete sich an mich.

"Bitte setzen Sie sich."

"Auf Wiedersehen und viel Glück, Ma'am."

Mein Retter wollte sich schon abwenden, aber ich hielt ihn auf und drückte ihm seine große Hand.

"Vielen Dank."

Als er gegangen war, entstand eine unangenehme Stille. Korea starrte mich weiter an und ich konnte mich nicht rühren.

"Ich muss auf die Toilette", sagte ich.

Er lächelte.

"Kommen Sie, ich zeige Ihnen den Weg."

In der Toilette blieb ich vor dem Spiegel stehen. Ich sah wirklich so schrecklich aus, wie ich mich fühlte. Ich versuchte mir mit Hilfe von Toilettenpapier und Wasser das geronnene Blut aus dem Gesicht zu wischen. Was gar nicht so einfach war. Nachdem ich es einigermaßen geschafft hatte, trank ich das Wasser direkt aus dem Hahn. Es schmeckte nach Chlor, aber es erschien mir trotzdem köstlich.

"Alles okay bei Ihnen?"

Der Detective klopfte an die Tür.

"Ja, ich brauche noch eine Minute."

"So, und nun erzählen Sie mir doch mal alles von Anfang an", sagte Korea, als wir wieder in seinem Zimmer waren.

Wo sollte ich beginnen?

Facebook? Alexander?

Ich entschied mich für die Kurzfassung unter Vermeidung der peinlichen Einzelheiten.

Touristin besucht Freund in Hawaii, Freund holt sie nicht ab, Touristin will mit dem Bus in die Stadt fahren und Stop, da musste ich dann doch etwas ausführlicher werden.

"Können Sie mir verraten, warum man mit den Bussen, die am Flughafen halten, nur ohne Gepäck mitgenommen wird?"

Korea verzog das Gesicht, aber ich war noch nicht fertig.

"Ich war schon mit meinen beiden riesigen Taschen eingestiegen und dann hat mich der Busfahrer einfach wieder rausgeschmissen. Wozu halten denn dann die Busse am Flughafen?"

"Sie hätten sich ein Taxi nehmen können."

"Ich fahre immer mit dem Bus."

Wir starrten uns einen Augenblick schweigend an.

"Ja, das ist ein Problem, es ist ein Kompromiss zwischen der Stadt und den Taxifahrern, es ist kompliziert", gab er zu.

"Als ich wieder alleine an der Bushaltestelle stand, kam dann dieses Auto, ein weißer Pick-Up, und dann kann ich mich an nichts mehr erinnern."

Korea nickte und starrte mich weiter mit unbeweglichem Blick an.

"Das ist leider schon mehreren Touristen passiert, wir haben mit dieser Gruppe seit zwei Jahren zu tun."

Super, ich war eine von vielen.

"Sind die auch alle aus dem Bus geworfen worden?"

Ich fing an zu zittern und mir brach der Schweiß aus. Ich schaute auf den Boden neben meinem Stuhl. Da war nur ein graugesprenkelter PVC-Belag. Meine Taschen waren nicht mehr da. Ich war ausgeraubt worden. Wie ein Holzhammer traf mich diese Erkenntnis.

"Möchten Sie ein Glas Wasser?", fragte mich der Detective.

Ich nickte und er zauberte aus einem mit Akten vollgepacktem Regal ein Glas und eine Karaffe mit Wasser. Er ging um den Schreibtisch und reichte mir das Glas. Er nahm es mir aber gleich wieder aus meinen zitternden Händen, goss Wasser hinein und stellte es vor mich auf den Schreibtisch.

"Das ist bestimmt der Schock", sagte er, während er sich wieder auf seinen Stuhl setzte.

"Wollen Sie erst mal ins Krankenhaus?"

Ich schüttelte den Kopf.

"Ich weiß nicht, was ich jetzt machen soll. Ich muss meine Karten sperren, ich weiß keine einzige Nummer, die waren alle in meinem Laptop. Ich muss einen neuen Pass beantragen und ich weiß nicht wohin. Oh Gott, mein Laptop, mein Leben."

"Wegen Ihrem Pass können wir heute nicht mehr viel machen, aber beim Sperren Ihrer Karten kann ich Ihnen helfen. Haben Sie jemanden in Deutschland, den Sie anrufen wollen?"

Nein, niemanden. Ich schüttelte wieder den Kopf.

Die nächsten Stunden waren einfach schrecklich. Ich hatte das Gefühl, mich an gar nichts mehr erinnern zu können. Korea blieb sehr geduldig. Immer wieder befragte er mich nach weiteren Karten und Dingen, die es zu sperren galt. Er fand die richtigen Telefonnummern und sorgte dafür, dass ich bei den jeweiligen Anrufen auch ernst genommen wurde. Irgendwann war es geschafft und wir strichen den letzten Posten auf unserer Liste.

"Kann ich doch kurz mit Deutschland telefonieren?"

Korea reichte mir das Telefon.

"Ich warte draußen."

Er lächelte mich freundlich an und verließ den Raum. Er roch gut, schoss es mir durch den Kopf.

Ich wählte die altbekannte Nummer.

Anrufbeantworter.

"Hallo, das ist der Anschluss von Anja Kraft, bitte

hinterlassen Sie eine Nachricht."

Es war so schön, ihre Stimme zu hören.

"Hallo, ich bin es, Luisa, ich brauche deine Hilfe. Ich weiß auch nicht ... Scheiße."

2

Anja befreite sich aus Stefans Umarmung und richtete sich auf. Wer zur Hölle rief um halb fünf am Samstagmorgen bei ihr an?

"Leg dich wieder hin, es ist ja noch nicht mal hell", nuschelte Stefan schlaftrunken und versuchte sie an sich zu ziehen.

"Ich kann jetzt nicht wieder einschlafen, außerdem bin ich neugierig. Ich habe gehört, dass jemand auf den Anrufbeantworter gesprochen hat, ich konnte es aber nicht verstehen."

Anja befreite sich von der Bettdecke und ging ins Wohnzimmer. Jawohl, sie hatte richtig gehört, das Telefon blinkte.

"Hallo, ich bin es, Luisa, ich brauche deine Hilfe. Ich weiß auch nicht ... Scheiße."

"Scheiße."

Sie hörte die Nachricht ein weiteres Mal ab.

Und noch mal und noch mal und noch mal.

"Alles okay bei dir?"

Sie drückte eine andere Taste.

"Nachricht gelöscht", sagte das Telefon.

"Ja, war nicht so wichtig", sagte Anja und steckte das Telefon zurück auf die Ladestation.

Stefan kam näher und sah sie prüfend an.

"Wer ist Luisa? Und warum ist es nicht wichtig, wenn sie dich um Hilfe bittet?"

"Sie ist nur eine Arbeitskollegin von früher. Ich habe sie seit drei Jahren nicht mehr gesehen."

"Verstehe", sagte er und nickte.

Sie standen sich gegenüber, schweigend und misstrauisch, so als hofften sie beide auf eine Erlösung von diesem Gespräch.

Anja nahm seinen Arm und zog ihn daran zurück ins Schlafzimmer.

"Komm, wir legen uns noch ein bisschen hin. Ich muss erst in zwei Stunden aufstehen."

Sie lagen im Dunkeln nebeneinander, weiter schweigend und misstrauisch.

Spürte er, dass sie nicht die Wahrheit gesagt hatte? Warum hatte Luisa diese merkwürdige Ansage hinterlassen?

Stefan drehte sich auf die Seite und nach kurzer Zeit fing er leise an zu schnarchen. Anja konnte nicht aufhören, über Luisa nachzudenken. Sie beschloss, dass sie das viel besser mit einer Tasse Kaffee, als neben einem schnarchenden Stefan machen konnte.

In der Küche stellte sie den Wasserkessel auf den Herd und füllte den Porzellanaufsatz mit Kaffeepulver. Stefan lachte sie immer aus für diese altmodische Art der Kaffeezubereitung, aber Anja liebte ihren schlichten Filterkaffee. Mit Luisa war sie mal vor Jahren in einem Starbucks gewesen. Sie konnte sich noch gut daran erinnern, wie Luisa Tränen gelacht hatte, weil sie das System nicht verstanden hatte. Anja hatte sich schlicht geweigert, ihren Namen zu nennen.

"Wieso wollen die meinen Namen für eine simple Kaffeebestellung?", hatte sie Luisa zugeraunt.

Die hatte sie nur mit großen Augen angeschaut und gefragt, ob das ihr erstes Mal wäre, dass sie bei Starbucks etwas bestellte. Daraufhin hatte sich die Verkäuferin eingemischt.

"Sie können mir natürlich auch nur einen Buchstaben geben."

Luisa, die hinter ihr stand, fing an zu lachen und die Lachtränen kamen dazu, als sich Anja ein "A" herausquetschte. Als dann die Verkäuferin nach dem Zubereiten des Kaffees noch mal laut "A" rief, war es vollständig um Luisa geschehen.

"Was für eine Farce führt ihr beiden hier auf? Wir sind komplett allein in dem Laden", hatte sie gejapst und da war dann auch Anja in ihr Lachen eingefallen.

Sie nahm den pfeifenden Kessel vom Herd und goss das Wasser auf das Kaffeepulver.

Anja und Luisa hatten sich vor mehr als zehn Jahren kennengelernt. Außer einem abgebrochenen Studium verband sie auch, dass sie beide keinerlei Idee hatten, was sie mit ihrem Leben anfangen wollten. Ein großer Bio-Supermarkt suchte Aushilfen und so fingen sie beide gleichzeitig an, bei BioLogo an der Kasse zu arbeiten. Ihren Zwischenjob, hatten sie es immer genannt, wobei sie beide mit der Zeit immer weniger Energie darauf verwendeten, etwas anderes zu finden. Sie wurden Freundinnen und tobten durch das Berliner Nachtleben. Ihr Freundeskreis war groß, sie waren beliebt. Dann traf Luisa auf Matthias, ihre große Liebe. Während Anja jede Woche einen neuen Mann testete, blieb Luisa bei Matthias. Sie vergnügten sich zu viert im Nachtleben, Anja, Luisa, Matthias und der Mann der Woche. Bis vor drei Jahren.

Anja ging ins Wohnzimmer und nahm das Telefon von der Ladestation. Sie würde Luisa einfach anrufen. Während sie die Nummer wählte, die sie erstaunlicherweise immer noch auswendig konnte, ging sie zurück in die Küche. Ein Freizeichen, dann klickte es in der Leitung und sie erfuhr, dass die Nummer nicht vergeben wäre. Sie rief die Auskunft an. Ein Mensch, der schwer beleidigt schien, dass er am frühen Morgen so schwere Dinge erledigen musste, wie eine Telefonnummer herauszufinden, teilte ihr die zuvor gewählte Nummer mit und erklärte ihr dann in barschem Ton, dass er keine weiteren Einträge hätte. Sie beendete den Anruf.

Stefan kam in die Küche und lehnte sich an den Türrahmen.

"Ich konnte auch nicht mehr schlafen."

Anja goss den Rest des Wassers in den Kaffeefilter. Sie wollte ihn nicht ansehen, er würde erkennen, was in ihr vorging.

Er kam näher, umfasste sie von hinten und drehte sie um. Er nahm ihr Gesicht in seine Hände und sah ihr in die Augen.

"Was ist los? Erzähl mir von Luisa."

Anja machte sich sanft von Stefan los. Sie ging zum alten Medizinschrank, der als Geschirrschrank diente. Sie nahm eine blaue und eine rote Tasse aus dem Schrank, schnappte sich die Kaffeekanne und ging an den Tisch ins Wohnzimmer und setzte sich. Stefan folgte ihr. Sie goss den dampfenden Kaffee ein.

"Lisa war nicht nur eine Arbeitskollegin. Sie war meine beste Freundin. Vor drei Jahren hatten wir einen riesigen Streit. Seitdem habe ich nichts mehr von ihr gehört."

"Worum ging es?" fragte Stefan und pustete in seine dampfende Kaffeetasse.

"Es war einfach aus. Unsere Freundschaft war zu Ende."

"Wirst du ihr helfen?"

"Ich weiss doch gar nicht, wie ich sie erreichen kann."

"Freundschaften hören nicht einfach auf."

"Ich geh duschen."

Anja nahm ihren Kaffee und ging ins Bad.

Sie stellte sich unter die prasselnde Dusche und musste lächeln. Luisa hasste es zu duschen, für sie kam nur die Wanne in Frage.

Stefan hatte nicht recht. Diese Freundschaft hatte einfach aufgehört. Wie kam Luisa überhaupt dazu, nach fast drei Jahren diese kryptische Ansage zu machen?

Sie stieg aus der Dusche und griff nach dem großen, schon etwas dünnen Handtuch, das sie vor Jahren in ihrem Fitness-Studio hatte mitgehen lassen.

Nein, sie würde nicht weiter über Luisa nachdenken. Nachricht gelöscht.

3

"KO.-Tropfen."

Auf dem Kanal, den ich durch die offene Seitenscheibe sehen konnte, ruderten mehrere Boote um die Wette. Obwohl die Sonne schon untergegangen war, konnte ich sie, durch die Helligkeit der Häuser, deutlich erkennen. Wir standen im Stau.

"Ich meinte, diese Typen haben Ihnen sicher K.O.-Tropfen verabreicht."

"Ich kann mich nicht erinnern."

"Das ist ein typisches Zeichen. Manchmal hat das sogar sein Gutes. Sie werden oft bei Vergewaltigungen benutzt."

"Warum fahren die nachts?", fragte ich und deutete auf die immer neuen Ruderboote, die an uns vorbeifuhren, während wir uns fast gar nicht bewegten.

"Tagsüber ist es zu heiß."

Korea griff mit seiner Hand hinter meinen Sitz und holte eine Flasche Wasser hervor.

"Durst?"

Plötzlich war die Erinnerung wieder da.

"Die haben mir auch so eine kleine Plastikflasche angeboten."

"Und da waren die K.O.-Tropfen drin. "

Ich nahm die Flasche und hielt sie ungeöffnet in meiner Hand. Die Plastikfaust mit abgestrecktem Daumen und kleinem Finger, die am Rückspiegel des Autos hing, fing an zu wackeln. Wir bewegten uns wieder.

"Was hat das zu bedeuten?", fragte ich und zeigte auf den gelben Anhänger.

"Das nennt man Shaka oder auch den Gruß der Surfer. Es kann ganz viel bedeuten, von 'Danke' über 'Cool', bis hin zu 'Bleib locker'."

Aha, das waren nicht die Worte, die mir als Erstes für Korea eingefallen wären. Mit seinem zerknitterten Anzug und dem unbeweglichen Blick strahlte er das komplette Gegenteil aus.

"Das ist nicht mein Auto", sagte er, ohne mich anzusehen.

Na toll, Gedankenlesen konnte er auch.

"Mein Wagen ist in der Werkstatt, den habe ich als Ersatz bekommen. Ich fahre einen Dodge aus den Siebzigern."

So stolz, wie er den letzten Satz von sich gegeben hatte, schien ihm das Auto sehr wichtig zu sein.

Wir bogen von der Straße am Kanal ab und tauchten ein in die Hochhausschluchten.

Nach ein paar Minuten fuhren wir auf die Auffahrt eines der größten Hochhäuser. Auf dem Dach des Empfangsportals blinkte in Neon ein Schriftzug: Island Colony.

Korea stellte den Wagen direkt vor ein Parkverbotsschild, stieg aus und ging zu einem Mann in Uniform, der am Eingang stand. Die Männer tauschten eine Begrüßung aus und dann öffnete Korea mir die Tür.

Stimmengewirr, leise Musik und lautes Lachen empfingen mich in der Eingangshalle. Menschen saßen auf bunten Korbstühlen vor ihren Getränken und amüsierten sich. Im hinteren Bereich, neben den vier Fahrstühlen, befand sich ein Empfangstresen.

"Ist das ein Hotel?", fragte ich.

"Ja und nein", er schob mich in den ganz rechten Fahrstuhl und drückte auf die Taste PH. Die Türen glitten geräuschlos zu.

"Dotty wohnt und arbeitet im Penthouse. Einige andere Etagen sind auch privat, aber der größte Teil des Gebäudes ist ein Hotel."

Ohne Zwischenstopp kamen wir im obersten Stockwerk an. Wir betraten einen fensterlosen Flur, von dem zwei nichtssagende Türen abgingen. Neben beiden Türen befand sich ein Klingelknopf ohne Namensschild. Korea wählte die linke Tür und drückte auf den Knopf, woraufhin im Inneren ein Gong ertönte. Nach kurzer Zeit hörte ich, wie jemand von innen an die Tür trat, um durch den Spion zu schauen, dann wurde die Tür aufgerissen.

"Aloha, da seid ihr ja endlich, wie schön dich mal wieder zu sehen. Kommt rein, ich habe uns auf der Terrasse ein paar Kleinigkeiten vorbereitet. Beni, du bleibst doch noch?"

"Dotty, darf ich dir erstmal Luisa Mayer vorstellen?", unterbrach Korea den Redeschwall der schönsten, elegantesten, alten Dame, die ich je gesehen hatte. Ihr schwarzgrau meliertes Haar war zu einem dicken Zopf geflochten, der ihr den Rücken herabfiel. Ihre mandelförmigen Augen funkelten mich über eine Lesebrille hinweg neugierig an. Ihre Haut war erstaunlich glatt, bis auf die vielen Lachfalten. Sie trug einen kunstvollen Kimono mit gewebten Rauten in rot und schwarz, abgesetzt durch eine breite gestreifte Borte in den gleichen Farben. Darunter schimmerte eine schwarze Seidenhose. Sie war barfuß. Auch Korea zog sich jetzt seine Schuhe aus und stellte sie an die Wand neben der Tür. Ich tat es ihm nach und wir betraten die Wohnung.

Die Frau hakte sich bei mir ein und lotste mich durch einen großen Raum auf die Terrasse.

"Sie müssen mir alles genau erzählen. Beni hat nur angedeutet, dass Sie überfallen worden sind, ich will alle Details."

Ich ließ mich auf den mir zugewiesenen Sitz fallen. Ich blickte in ein Lichtermeer der vielen anderen Gebäude um uns herum und in einiger Entfernung konnte ich den Pazifik erahnen.

"Da es gerade eine dieser wertvollen Sekunden gibt, in denen Dotty nicht redet: Luisa, darf ich Ihnen meine gute Freundin Dorothy Castle vorstellen."

"Beni, hör auf, du tust ja so, als ob ich ein albernes Plappermaul wäre. Luisa, darf ich Ihnen etwas zu trinken anbieten? Ein Glas Wein? Und greifen Sie bei den Pupus zu!" Sie deutete auf den Tisch, auf dem eine Fülle von verschiedenen Schälchen standen.

Ich sah rohe Thunfischstücke in einer hellen Soße, Garnelen in unterschiedlichen Zubereitungen, Hähnchenflügel und einige Leckereien, die ich nicht einordnen konnte.

"Ich hätte sehr gerne ein Glas Wein und die Pupus sehen wirklich lecker aus."

Dorothy stand auf und verschwand im Inneren. Korea setzte sich mir gegenüber. Ich blicke über das atemberaubenden Panorama. Die Häuser um uns glitzerten und funkelten um die Wette. Ein leichter, warmer Wind wehte die Großstadtgeräusche zu uns herauf.

"Geht es Ihnen jetzt etwas besser?"

"Ja, ich bin Ihnen ..."

Dorothy kam mit zwei Gläsern und einer geöffneten Flasche Wein zurück.

"Beni, du bekommst keinen Wein, du musst ja noch fahren. Bedien dich in der Küche, wenn du was trinken möchtest. So, und das ist für Sie", sagte sie und reichte mir ein beschlagenes Glas mit Weißwein.

"Sie haben ja noch nichts probiert, Sie sehen ganz verhungert aus."

Das hatte lange niemand mehr zu mir gesagt. Ich hatte in den letzten Monaten einige Kilo abgenommen, aber es war niemandem aufgefallen. Mein Magen knurrte und ich nahm mir einen der Teller, die auf dem Tisch standen. Das jadegrüne Porzellan fühlte sich kühl und zerbrechlich an. Ich belud mir den Teller mit den unterschiedlichen Sachen und fing langsam an zu essen. Es schmeckte köstlich. Dorothy und Korea beobachteten mich, während sie eine Unterhaltung anfingen.

"Was ist das, ich habe das noch nie so gegessen?", fragte ich und zeigte auf die Thunfischstücke mit der weißen Soße auf meinem Teller.

"Poke, das ist eine hawaiianische Spezialität, das gibt es in vielen Varianten." Korea stand auf.

"Ich muss euch jetzt leider alleine lassen, Steve hatte heute ein Spiel und ich habe versprochen, ihn abzuholen."

Plötzlich fühlte ich mich wieder sehr alleine.

Dorothy stand ebenfalls auf.

"Essen Sie schön weiter, meine Liebe, ich bringe Beni schnell zur Tür."

"Auf Wiedersehen, Detective Korea, und danke."

Er gab mir die Hand und kam mir so nah, dass ich ihn wieder riechen konnte, er roch wirklich gut.

"Machen Sie sich keine Sorgen, ich melde mich morgen bei Ihnen, und bei Dotty sind Sie in den besten Händen."

Und dann gingen die beiden und ich war allein. Ich nahm mein feuchtes Weinglas, stand auf und trat an die Glasbalustrade. Ich nahm einen großen Schluck von dem fruchtigen Weißwein. Eigentlich hatte ich mir vorgenommen, nichts mehr zu trinken, aber der Wein tat gut. Ich spürte, wie der Alkohol zu wirken begann.

Dorothy kam zurück und nötigte mich, noch mehr zu essen. Also setze ich mich wieder auf meinen Platz und aß weiter.

"Und jetzt müssen Sie mir die ganze Geschichte erzählen", sagte sie, als ich den fast leeren Teller beiseite stellte.

Ich trank mein Glas aus und schwieg. Was sollte ich erzählen? Dorothy schenkte mir nach.

"Es ist eine blöde und langweilige Geschichte. Ich bin nach Hawaii geflogen, weil ich einen Freund besuchen wollte. Er ist am Flughafen nicht aufgetaucht und dann bin ich überfallen worden."

"Haben Sie Ihren Freund schon angerufen?"

"Ich habe keine Telefonnummer."

Sie schaute mich zweifelnd an.

"Wir kennen uns nur über Facebook. Da sind wir Freunde. Wir haben uns in den letzten Monaten viele Nachrichten geschrieben und dann hat Alex mich gefragt, ob ich ihn nicht mal besuchen will. Ich hatte gerade Zeit, und dann bin ich einfach losgeflogen."

Ich hörte mir selbst zu, es klang wirklich blöd.

"Oh, wie romantisch, das ist doch keine schlechte Geschichte, wir werden ihn morgen suchen."

Sie musterte mich.

"Sind Sie müde? Wollen Sie sich hinlegen? Entschuldigen Sie, dass ich so neugierig war, möchten Sie duschen oder lieber baden?"

"Baden, danke, Mrs Castle."

"Nennen Sie mich Dotty, ich lass Ihnen jetzt ein Bad ein und danach können Sie gleich ins Bett gehen."

In der heißen Wanne mit Lavendelschaum betrachtete ich meine Blessuren. Meine ganze Hüfte war blau und abgeschürft, mein Knie puckerte. Ich glitt unter Wasser. Ich schloss meine Augen und die Welt versank in Hitze und Schmerzen. Die Wunde auf meinem Kopf fing an zu klopfen. Ich tauchte wieder aus meiner Schutzhülle auf, durchbrach die Wasseroberfläche. Dorothy stand vor mir.

"Ich habe Ihnen etwas zum Anziehen hingelegt."

Nachdem sie das Badezimmer verlassen hatte, erhob ich mich aus dem Wasser und kletterte aus der Wanne. Ich hüllte mich in ein flauschiges Handtuch und trocknete vorsichtig meine Wunde an der Stirn. Auf einem Board neben dem Waschbecken lag eine eingepackte Zahnbürste und eine Zahnpastatube. Außerdem fand ich einen Kamm und ein Stück Seife in Form einer Ananas. Wie lieb von Dorothy, sie hatte an wirklich alles gedacht.

In einer etwas ungewohnten Nachtbekleidung, einem weißen Baumwollnachthemd, öffnete ich die Tür. Wohin nun? Dorothy erschien am Ende des Flurs.

"Kommen Sie, meine Liebe, das Gästezimmer ist hier hinten."

Ich folgte ihr und wir betraten einen kleinen, funktional eingerichteten Raum. Ein breites Bett mit einer dicken Matratze stand an der Stirnseite. Ein roter Ledersessel, mit einem kleinen Holztisch davor, stand vor dem Fenster. Auf der anderen Seite erblickte ich einen japanischen Holzschrank.

Dorothy drückte mir ein kleines Buch in die Hand.

"Nur falls Sie nicht einschlafen können, das ist ein bisschen so wie ihre Geschichte."

Ich schaute auf den Titel: "The Picture Bride".

Dann versank ich in dem bequemen Bett. Ich schlief sofort ein, aber nach einiger Zeit erwachte ich wieder. Orientierungslos erhob ich mich und schaute mich um. Auf dem Tisch neben dem Sessel sah ich im Mondlicht eine Flasche Wasser stehen. Ich schenkte mir ein Glas ein und trank es gierig aus. Wieder im Bett konnte ich nicht mehr einschlafen. Bilder der letzten Tage rasten an mir vorbei. Und immer wieder die Frage: Was sollte ich jetzt bloß machen? Ich versuchte die kleine Lampe neben dem Bett anzuknipsen. Knipsen funktionierte nicht, aber nachdem ich an dem kleinen Rädchen gedreht hatte, leuchtete sie auf. Ich nahm mir Dorothys Buch und begann zu lesen.

4

In der Nacht träumte ich von Anja und von Hitomi, der Frau aus dem Buch. Sie war, genau wie ich, nur mit einem Bild von ihrem Bräutigam nach Hawaii gereist.

Desorientiert wachte ich am nächsten Morgen auf. Mein Kopf schmerzte und ich schwitze stark. Ich schlug das weiße Laken zurück und stand auf. Mit einem Blick aus dem Fenster war meine Orientierung wieder da. Von diesem Raum aus hatte man einen direkten Blick auf den Diamond Head. Links sah ich hohe Berge, rechts konnte ich, über viele Häuser hinweg, das Meer glitzern sehen. Ich lief den Flur entlang und öffnete die Tür zum großen Raum. Er war so schön. Und so riesig. Er war größer als meine ganze Wohnung. Gestern Abend hatte ich das gar nicht registriert. Die Wände waren mit alten Schwarzweiß-Fotografien in unterschiedlichen Rahmen bedeckt, dazwischen standen Regale, übervoll mit Büchern, eine runde weiße Lampe schwebte über einem grau lackierten Tisch. Die sechs Stühle hatten interessanterweise jeder eine andere Form und Farbe. Hinter dem Tisch befand sich der Durchgang in die Küche. Auf der anderen Seite des Raums standen sich zwei flache, schiefergraue Sofas gegenüber. Dorothy saß auf der sich anschließenden Terrasse. Sie telefonierte und hatte einen Laptop vor sich stehen. Als sie mich sah, beendete sie das Telefonat und winkte mich zu sich heran.

"Guten Morgen, wie geht es Ihnen?"

Ich trat zwinkernd in das grelle Licht.

"Guten Morgen, ist es noch Morgen?"

Ich hatte jegliches Gefühl für die Zeit verloren. Der

enormen Helligkeit zufolge musste es schon spät sein, die Sonne stand aber noch sehr tief.

"Es ist halb neun, setzen Sie sich."

Sie reichte mir eine Tasse Kaffe und ich setzte mich auf denselben Stuhl wie am gestrigen Abend. Auch auf der Terrasse gab es nur wenige Möbelstücke. Außer dem runden Holztisch mit den dazu passenden Stühlen stand nur noch eine gelbe Plastikliege am anderen Ende.

Wir fingen an zu plaudern, über Hawaii im Allgemeinen, über Waikiki im Besonderen. Wir aßen süße Blaubeermuffins, während Dorothy von ihrer Arbeit erzählte. Sie war Hochzeitsplanerin. Sie hatte sich auf Japaner spezialisiert, da sie selbst japanisch sprach – wenn auch nur wenig. Aber auch ein deutsches Paar war schon unter ihren Kunden gewesen. Mir war bisher nicht bewusst, dass Hawaii ein Ziel für Brautpaare war.

"Dotty, warum helfen Sie mir?"

"Warum nicht? Mein Apartment ist groß genug. Außerdem konnte ich das Beni nicht abschlagen."

"Woher kennen Sie sich?"

Irgendwie wollte ich mehr über diesen Polizisten erfahren.

"Das weiß ich gar nicht mehr so genau. Ich kann mich noch an ihn erinnern, als er so klein war", sie zeigte mit ihrer Hand die Höhe der Tischplatte an, "er war schon als Kind ein süßer Kerl."

Sie lächelte mich herausfordernd an, aber dann wurde ihre Mine wieder ernst.

"Er hat wirklich viel um die Ohren gehabt, in letzter Zeit. Ich habe ihn ein bisschen aufgepäppelt."

Ich versuchte mir Detektive Korea als kleinen Jungen vorzustellen, aber es gelang mir nicht.

Nachdem ich kurz geduscht hatte, stieg ich wieder in meine alten stinkenden Klamotten und ging zurück auf die Terrasse.

"Ich habe eine Freundin angerufen, sie kommt gleich mit

ein paar frischen Sachen zum Anziehen für Sie vorbei."

Ich war sprachlos.

Dorothy ließ mich an ihren Rechner und ich recherchierte als Erstes, welchen Schaden mein Bankkonto genommen hatte. Online konnte ich sehen, dass kurz nach meinem Überfall ein Betrag abgehoben worden war. Ich hatte mich Gott sei Dank von meinem Bankberater beschwatzen lassen, ein Limit für die tägliche Auszahlung festzulegen. Da wir gestern alles hatten sperren lassen, blieb mir hier nichts mehr zu tun. Ich wollte das Rätsel um Alex lösen. Ich rief meinen Facebook-Account auf, Mary May, aber ich hatte keine Nachricht von ihm erhalten und im Chat war er auch nicht zu erreichen. Ich ging auf seine Seite, aber auch dort konnte ich keine neueren Aktivitäten sehen. Ich schrieb ihm eine persönliche Nachricht und ich postete auf seiner Seite ein kurzes "Wo bist Du?".

Ich trieb gerade durch den Nachrichtenstrom, als Dotty mit einer quirligen Frau auf die Terrasse trat.

"Aloha, Luisa, ich bin Martha und ich habe mal in den Untiefen meines Kleiderschranks gewühlt."

Sie stellte eine prall gefüllte, blau-weiß-gesteifte Plastiktasche vor mich auf den Tisch. Martha war um die fünfzig, hatte einen blonden Lockenkopf und ungefähr meine Größe. Den gleichen Kleidergeschmack teilten wir nicht, da war ich mir sicher. Sie trug ein wallendes Hippie-Kleid, bedruckt mit bunten Blumen auf lila Hintergrund. Mehrere Ketten klirrten aneinander, wenn sie sich bewegte, und sie bewegte sich viel. An ihren fleischigen Ohrläppchen baumelten goldene Kreolen. Sie war so sehr das Gegenteil von Dorothy, doch als ich die beiden sah, wie sie kicherten und redeten, da konnte ich ihre Verbindung spüren und mir wurde einmal mehr schmerzlich bewusst, wie sehr ich Anja vermisste.

"Nehmen Sie die Tasche mit ins Bad, machen Sie eine Modenschau für uns. Oder was meinst du, Martha?"

"Ich liebe Modeschauen."

5

Anja lief schon seit einer halben Stunde vor der Bar auf und ab. Fröstelnd blieb sie stehen und holte ihr Handy aus ihrem Mantel.

"Stefan, ich komm heute nicht bei dir vorbei, ich brauch mal eine Nacht für mich alleine. Es ist alles in Ordnung, mach dir keine Sorgen."

Dankbar darüber, dass nur die Mailbox drangegangen war, legte Anja auf und schaltete das Handy ab. Dann betrat sie die fast noch leere Bar. Wie in Berlin üblich, war es einfach nicht angesagt, schon um acht Uhr am Samstagabend wegzugehen. Anja hatte das schon immer blöd gefunden.

Matthias stand hinter dem Tresen und Anja beschlich das Gefühl, dass die Zeit stehengeblieben war. Vielleicht waren die letzten drei Jahre gar nicht passiert? Nein, Matthias war älter geworden, aufgedunsen, das schwarze Haar war ungepflegt und ohne jeglichen Schnitt. Auch ihre einstige Stammbar hatte ihren Glanz verloren und sah jetzt mehr wie eine dieser Berliner Eckkneipen aus, in die man einfach nicht ging, weil man dort ausschließlich zum wirklichen Trinken saß.

"Einen Wodka Tonic, bitte."

"Anja, lange nicht gesehen, wie geht es dir?"

Wie konnte er einfach so tun, als ob nie etwas gewesen wäre?

Sie schüttelten sich über den Tresen hinweg die Hände. Matthias Hand fühlte sich kalt und nass an. Sie setzte sich auf einen Barhocker und wischte sich die Hand an ihrer Jeans ab.

"Mir geht es gut. Und du, immer noch hier?"

Kaum hatte sie es ausgesprochen, hätte Anja den letzten

Satz am liebsten zurückgezogen. Aber Matthias schien die Ironie nicht zu bemerken.

"Ja, ich bin jetzt auch Geschäftsführer. Und hier steppt ja der Bär, das läuft so richtig gut", sagte er und bückte sich nach der Tonic-Flasche. Anja suchte krampfhaft nach einer Erwiderung, aber ihr wollte nichts einfallen, womit sie das Gespräch in Gang halten konnte.

"Und du, immer noch bei BioLogo?", fragte er und stellte den gewünschten Drink vor sie auf den Tresen.

"Nein, schon lange nicht mehr, seit ..." Sie nahm das Glas und trank es mit hastigen Zügen aus. Die Kohlensäure des Tonics und der Alkohol trieben ihr die Tränen in die Augen. Sie schaute kurz hoch zu ihm, aber sein Gesicht zeigte keinerlei Reaktion.

"Du hast ja einen ganz schönen Zug am Leib, willst du noch einen?"

Anja winkte ab.

"Hast du noch Kontakt zu Luisa?"

"Wie kommst du denn darauf?"

Matthias nahm ein fertig gezapftes Bier und brachte es dem Mann, der am anderen Ende des Tresens in ein leeres Glas schaute. Als er wieder zu Anja zurückkam, lächelte er.

"War eine tolle Zeit, oder?"

"Ja, ja, siehst du Luisa noch, habt ihr noch Kontakt?", versuchte Anja ihn wieder auf ihre Frage zurückzulenken.

"Nein, ich hab sie seit Ewigkeiten nicht gesehen."

Anja war enttäuscht und auch ein bisschen erleichtert, dass Luisa nichts mehr mit diesem Angeber zu tun hatte. Es war eine hirnrissige Idee gewesen, in der Bar vorbeizukommen.

Sie stand auf und kramte in ihrer Handtasche nach ihrem Geldbeutel.

"Lass stecken, ich lad dich ein, auf die guten alten Zeiten."

Anja dankte ihm und wendete sich zur Tür.

"Komm doch mal wieder vorbei, wir können ja mal was zusammen machen", rief ihr Matthias hinterher. An der Tür drehte sie sich um und registrierte, wie traurig er dort hinter dem Tresen stand. Über der ganzen Bar lag eine Schicht von Trübsinn und Gestrigem.

"Ich glaube nicht, mach's gut", murmelte sie und stieß erleichtert die Tür ins Freie auf.

Schaudernd blieb sie draußen stehen und fragte sich, was sie um Himmels willen jemals an diesem Typen gefunden hatte. Er war ein Arschloch und er schien sich nicht geändert zu haben.

6

Die Modenschau hatte sich wider meiner Erwartung sehr lustig gestaltet. Marthas Kleidergeschmack war dann doch nicht so konträr zu meinem eigenen. Zumindest die Sachen in der Tasche stellten sich als durchaus tragbar heraus. Unter lautem und ansteckendem Lachen probierte ich verschiedene Kombinationen und schließlich einigten wir uns auf einen schlichten Jeansrock und eine kurzärmlige Bluse mit einem grossen Kragen wie aus den Siebzigern. Wahrscheinlich war das ein echtes Vintage-Teil. Um die Hüften wickelte mir Dorothy einen roten Seidenschal, da der Rock etwas zu weit für mich war.

Das Telefon klingelte und Dorothy reichte es mir weiter. Korea.

"Luisa, ich habe noch keine Neuigkeiten, aber ich wollte Sie fragen, ob ich Sie heute Abend zum Essen einladen darf."

Verwundert willigte ich ein und wir verabredeten uns für den frühen Abend.

Dorothy und Martha grinsten mir verschwörerisch zu.

"Interessanter Mann, der Beni, oder?"

Nein, wirklich nicht, ein hundertprozentig steifer Asiate mit einem Stock im Arsch war nicht so mein Fall. Aber das sagte ich lieber nicht laut. Dorothy schien Korea wirklich zu mögen und ich wollte ihr nicht weh tun.

Martha verabschiedete sich und auch Dorothy ließ mich alleine, da sie zu arbeiten hatte. Das Wochenende war ihre Zeit, da fanden die meisten Hochzeiten statt, und sie musste noch Vorbereitungen für eine morgige Hochzeit am Strand von Lanikai treffen.

Nachdem die beiden Frauen lautstark abgeschwirrt waren, wurde mir bewusst, dass der Morgen besonders gewesen war. Es hatte einfach Spaß gemacht. Ich ging auf die Terrasse und schaute auf die Stadt und das Meer. Ein Häusermeer und ein Meermeer, das türkisfarben schimmerte. Es war befreiend, nichts mehr zu haben, niemandem verpflichtet zu sein, sich einfach darauf zu verlassen, dass das Leben schon irgendwie weiterging. Niemand wusste, dass ich zu Hause alle Brücken abgebrochen hatte. Es gab allerdings auch niemanden, den das interessiert hätte.

Ich nahm mir erneuert Dorothys Laptop und besuchte meine Facebook-Seite. Als Heimat hatte ich vor Jahren Honolulu angegeben, aus Spaß, es erschien mir damals als ferner, fremder, exotischer Ort.

Ich hatte keine Nachrichten, nichts von Alex, nichts von seinen Freunden. Ich wollte mich auf meiner Farm einloggen. Das war mein Leben. Mein kleines Haus, meine Tiere, Felder, die ich bestellen konnte. Ich hatte in den letzten Jahren sehr viel Zeit mit dem Spiel verbracht, es war meine Zuflucht, mit loyalen Nachbarn und Freunden, eine überschaubare Welt in meiner untergehenden. Siedend heiß fiel mir ein, dass ich sie, in einem Anfall von Wut auf mich selbst, gelöscht hatte. Auch weg.

Hatte mir Alex vielleicht doch die Diebe auf den Hals gehetzt? Lud er Frauen nach Oahu ein und gab dann die Ankunftsdaten an eine Gang weiter? Konnte ich mir eigentlich nicht vorstellen. Alex war immer sehr zurückhaltend gewesen, aber er war einer der wenigen Menschen, mit denen ich persönliche Gespräche im Internet geführt hatte.

Auch auf Alex' Seite gab es nichts Neues. Ich schaute in seine Infos, aber auch da konnte ich nichts Neues lesen. Er hatte, wie ich, nicht viel Persönliches von sich preisgegeben. Hieß er wirklich Alexander Mot? Ich hatte bis heute nicht darüber nachgedacht. Ich googelte seinen Namen, aber ich fand niemanden in Hawaii, der so hieß.

Ich rief meinen Mail-Account auf, aber auch dort gab es

nichts Neues außer ein paar Viagra-Werbungen und einem Jobangebot, bei dem ich unendlich viel Geld verdienen konnte.

Ich schaltete den Computer aus und streifte durchs Wohnzimmer. Ich besah mir die Fotografien, die die Wände bedeckten und einen reizvollen Gegensatz zu der ansonsten sehr minimalistischen Einrichtung darstellten. Auf allen Fotos waren Frauen zu sehen, japanische Frauen. Sie standen in Gruppen zusammen und schauten mürrisch in die Kamera, sie lächelten auf einem Portrait in Farbe, sie hielten lachende Babys in die Kamera. Und dann sah ich die Frau aus meinem Traum. Das musste sie sein, genau so hatte ich sie mir vorgestellt. Eine schmale Gestalt, bekleidet mit einer gemusterten großen Jacke, einer dunklen Hose mit Stiefeln und Handschuhen blickte mich scheu an. Über einem Tuch trug sie einen Strohhut auf ihrem Kopf. Es gab sie wirklich. Ich hatte gedacht, es wäre ein ausgedachter Roman, aber hier sah ich sie vor mir. Das konnte kein Zufall sein. Ich suchte in meinem Bett nach dem Buch. The Picture Bride, von Dorothy Castle.

Genau wie ich, war Hitomi nicht von ihrem Mann abgeholt worden, als sie vor über hundert Jahren hier auf Hawaii angekommen war. Sie war erst 18 Jahre alt gewesen und hatte ohne einen Cent im Hafen von Honolulu gestanden. Das Photo bewies, dass sie es geschafft hatte, hier zu bleiben.

Ich kehrte auf die Terrasse zurück und legte mich auf die Liege, die im Schatten des Dachs stand. Neugierig öffnete ich das Buch und vertiefte mich in Hitomis Geschichte.

Sie war, im Gegensatz zu mir, mit einem Schiff von Japan nach Hawaii gereist. Die Zustände auf dem Zwischendeck mussten grauenhaft gewesen sein. Aber sie hatte dort, im Bauch des Schiffs, Freundinnen gefunden.

Meine Gedanken wanderten zu Anja. Inzwischen bereute ich mein Gestammel auf ihrem Anrufbeantworter. Wie ging es ihr wohl?

7

Anja stand vor dem Mietshaus in der Leonhardstraße, in dem Luisa gewohnt hatte. Auf dem Klingelschild für die Wohnung im fünften Stock stand lediglich 5. OG und auch auf dem Schild ihrer Eltern, die zwei Stockwerke unter ihr gewohnt hatten, stand ein neuer Name. Was war passiert? Es war schon spät und sie traute sich nicht zu klingeln. Nachdem sie in der Bar gewesen war, hatte sie schon in der S-Bahn gesessen, um nach Hause zu fahren. Aber am Hauptbahnhof war sie ausgestiegen und wieder zurück nach Charlottenburg gefahren. Sie war den bekannten Weg vom S-Bahnhof gegangen und nun stand sie vor der Tür des ihr so vertrauten Hauses und wusste nicht, was sie machen sollte. Sie fasste sich ein Herz und klingelte an Luisas altem Klingelschild, auf dem jetzt gar kein Name stand.

"Ja?", kam es nach einer Weile aus der Sprechanlage.

"Hallo, darf ich hochkommen, ich bin auf der Suche nach der Frau, die früher in Ihrer Wohnung gewohnt hat."

Der Summer brummte und Anja betrat das Treppenhaus. Sie nahm, wie sie das gewohnt war, den Fahrstuhl, der sich am Ende des Flurs befand. Es war renoviert worden, seit sie das letzte Mal hier gewesen war. Der Flur war jetzt babykotzgelb gestrichen, neue kupferfarbene Bleche waren an den Wänden angebracht. Geschmäcker waren verschieden. Anja betrat den Fahrstuhl und drückte den obersten Knopf. Einmal hatten Luisa und sie einen ganzen Nachmittag in diesem Fahrstuhl verbracht. Es war ein heißer Sommertag gewesen und mit einem Rumpeln war die Kabine zwischen dem dritten und vierten Stock zum Stehen gekommen. Sie hatten den

Alarmknopf gedrückt, aber niemand hatte sich darum gekümmert. Die Verbindung zur Notrufzentrale hatte sich sehr schwierig gestaltet und so hatten sie sich auf den Boden des Fahrstuhls gesetzt und ihre kleine persönliche Party gefeiert. Zwei lauwarme Weißweinflaschen später waren sie kichernd aus dem kleinen Raum befreit worden.

Die Türen gingen auf und Anja nahm die letzten fünf Treppenstufen zu Luisas Wohnung.

"Paul?" Anja war fassungslos, was machte Paul in Luisas Wohnung?

Paul, ihr ehemaliger Drogendealer, eine Erscheinung aus ihrer wilden Phase. War er das immer noch? Anja war sich nicht sicher.

"Komm rein. Sorry, ich kenne zwar dein Gesicht, aber ich habe deinen Namen vergessen."

"Anja", murmelte sie und betrat die Wohnung. Es sah noch genauso wie zu Luisas Zeiten aus. Die grauen Wände, das rote, riesige Samtsofa.

"Warum wohnst du jetzt hier?"

"Ich habe eine Untermietvertrag."

"Luisa hat mich heute angerufen und um Hilfe gebeten. Ich glaube, ihr geht es nicht so gut."

"Die war echt Scheiße drauf, als ich sie das letzte Mal gesehen habe. Die stand mitten in der Nacht sturzbetrunken an der Tanke mit einem Six Pack Bier unterm Arm. Ich hab sie dann nach Hause gefahren und, na ja, da hat sie mir erzählt, dass sie ihre Wohnung vermieten will. Ich hab dann am nächsten Tag bei ihr angerufen, weil ich wissen wollte, ob ihr besoffenes Gelaber ernst war. Ja, und dann haben wir nur noch telefoniert. Die Schlüssel hat sie mir zugeschickt."

"Wie lange hast du die Wohnung gemietet?"

"Für ein Jahr."

Anja wusste nicht mehr weiter, Paul schien nichts zu wissen.

"Ich geh dann mal wieder, Tschüss."

An der Tür drehte sie sich um.

"Dealst du eigentlich noch?"

"Wie man's nimmt. Ich bin jetzt Autoverkäufer", sagte er grinsend.

Im Treppenhaus blieb sie einen Augenblick in der Dunkelheit stehen. Was war hier passiert? Wo war Luisa? Sie ging langsam im Dunkeln die Treppe hinunter. Im dritten Stock blieb sie stehen und horchte an der Tür. Auf dem Klingelschild stand nicht mehr "Mayer" sondern "Wynchizin". In der Wohnung war es still. Anja beschloss, dass sie morgen bei den Wynchizins vorbeischauen würde.

In der S-Bahn, auf dem Weg nach Hause, starrte sie auf die vorbeifliegenden Häuser und tüftelte einen Plan aus, wie sie Luisa finden würde. Dummerweise hatte sie die Nachricht gelöscht. Sonst hätte sie einfach die mitgesendete Nummer wählen können.

Morgen war Sonntag, also hatte BioLogo nicht auf. Sie ging in Gedanken ihre gemeinsamen Freunde durch, kam aber auf keinen Treffer. Anja und Luisa hatte sich komplett voneinander zurückgezogen, nach dem Zerwürfnis, das eigentlich kein Zerwürfnis war. Anja traf die Schuld, aber sie hatte es Luisa nie gesagt. Sie hatte ihre gemeinsamen Freunde bewusst aufgegeben und sich mit ihrer neuen Arbeit auch ein neues Umfeld gesucht. Was war wohl aus Cleo und Jo geworden? Sie würde morgen versuchen Kontakt aufzunehmen. Anja merkte, dass ihr eine Träne über die Wange lief. Sie strich sie schnell weg und blickte sich in der Bahn um. Ein paar Sitze weiter saß eine Frau und blätterte in einer Modezeitung, ohne sie zu bemerken. Auch der Typ mit dem Fahrrad, der an der Tür stand, starrte nicht sie an, sondern aus dem Fenster der Bahn, in die nächtliche Dunkelheit.

8

Ich erwachte von einem Geräusch und versuchte mich auf der Sonnenliege aufzurichten. Das gestaltete sich als nicht so einfach, da meine nackten Arme und Beine mit den gelben Plastikschnüren verschmolzen waren. Mit einem schmatzenden Geräusch lösten sie sich, als ich mich aufsetzte. Ich rieb mir die Abdrücke auf meiner Haut und blinzelte in die tief stehende Sonne. Vorhin hatte mich das Dach der Terrasse vor der Sonne geschützt, jetzt saß ich im grellen Sonnenschein. Es gongte und ich realisierte, dass es sich um die Türklingel handelte. Ich erhob mich und viele kleine Stecknadeln rasten durch meinen rechten Arm und mein Bein. Ich betrat das Innere der Wohnung und Sterne blitzten vor meinen Augen.

Korea. Diesmal eine blau gestreifte Krawatte.

"Ich bin ein bisschen zu früh. Ich wollte Sie abholen."

Oh Mist, unsere Verabredung, die hatte ich vollständig vergessen. Ich schaute auf die Abdrücke der Liege auf meinem Arm, die noch deutlich zu sehen waren, auf die zerknüllte blaue Bluse und den verrutschten Jeansrock. Korea musterte mich ebenfalls von oben bis unten. Dann schaute er mir durchdringend in die Augen.

"Was ist mit ihrem Gesicht passiert?"

Ich blickte ihn verständnislos an. Was war los? Hatte er vergessen, dass ich überfallen worden war? Ich fasste mir an die Wunde, die von einem Pflaster bedeckt war. Mein Daumen streifte meine Wange und da bemerkte ich, dass ich anscheinend auch dort die hässlichen Abdrücke hatte.

"Ich bin eingeschlafen und die Liege ... Ich glaube, das kommt vom Jetlag."

Ehe ich noch mehr Blödsinn von mir geben konnte, bat ich ihn herein, entschuldigte mich und rannte ins Badezimmer.

Im Spiegel sah ich, was er eigentlich gemeint hatte. Es war schrecklich. Und komisch. Unter dem Pflaster war Blut durchgesickert und hatte eine lange, rote Träne gebildet. Die Abdrücke der Liege waren ebenfalls gut zu sehen. Das eigentlich Schlimme und gleichzeitig Lustige war aber meine andere Gesichtshälfte. Sie leuchtete so rot, dass mir sofort das Wort Feuerwehrauto in den Sinn kam. Ich hatte einen halbseitigen Sonnenbrand vom Feinsten. Ich suchte in Dorothys Kosmetikartikeln nach etwas, um das Desaster ein bisschen zu mildern, aber ich fand nur Bleichcreme und mir unbekannte Sachen, von denen ich mir auch keine Linderung versprach.

Ich wechselte das Pflaster und zog die zerknautschten und verschwitzten Sachen aus. Aus Marthas Tasche wählte ich eine schlichte, etwas zu große, schwarze Leinenhose und ein einfaches weißes T-Shirt. Nachdem ich mich gewaschen und angezogen hatte, verwendete ich wieder das rote Tuch von Dotty als Gürtel. Ich schaute noch mal in den Spiegel, das Ergebnis warf mich nicht um, aber es war mir auch egal. Ein Bier mit Korea, sonst kannte mich ja sowieso niemand. Denn dass ich Alex heute Abend über den Weg laufen würde, war auch äußerst unwahrscheinlich.

Korea stand auf der Terrasse neben der gelben Liege. Er hatte das Buch in der Hand und blätterte darin.

"Sie lesen Dorothys Buch? Wie gefällt es Ihnen?"

"Als sie es mir gestern gab, wusste ich gar nicht, dass sie es geschrieben hat."

"Sie hat sich sehr viel mit ihrer Familiengeschichte beschäftigt. Sie ist ja auch sehr spannend."

Er legte das Buch wieder auf die Liege und versuchte sich in einem Lächeln.

"Wollen wir?"

Ich nahm den Schlüssel, den mir Dorothy auf den Tisch gelegt hatte, und steckte ihn, in Ermangelung einer Handtasche, in meine Hosentasche. Es fühlte sich seltsam an, so ohne alles, sprich Tasche, Geld, Telefon, das Haus zu verlassen.

Auf der Straße gingen wir an Koreas Leihwagen vorbei, ohne ihn zu benutzen. Seltsam, fuhren nicht alle Amerikaner auch die kleinste Strecke mit dem Auto?

Korea klärte mich auf.

"Ich hoffe, es macht Ihnen nichts aus, wenn wir laufen. In Waikiki gibt es nur völlig überteuerte Parkplätze."

"Kein Problem."

Ich hatte wieder meine Chucks an und in denen konnte ich wirklich weit laufen.

Es war immer noch sehr warm, obwohl die Straßen, die wir entlangliefen, schon länger im Schatten lagen. Viele Menschen mit Strandtaschen, kurzen Hosen und Röcken, in Flipflops kamen uns entgegen. Die meisten hatten das zufriedene Lächeln eines in der Sonne am Strand verbrachten Tages auf dem Gesicht. Wir gingen schweigend die Straße hinunter. Vielleicht war das keine so gute Idee gewesen, mit Korea den Abend zu verbringen. Aber es war ja auch gar nicht meine Idee gewesen.

"Wir sind gleich da."

An einer Kreuzung blieben wir vor einer Fußgängerampel stehen. Ich spürte, wie er mich musterte.

"Die Sachen stehen Ihnen. Woher haben Sie sie?"

"Kennen Sie Martha?", fragte ich und schaute ihn an.

Es war das erste Mal, dass ich einen etwas anderen Korea sah. Er grinste mich breit an.

"Sagen Sie jetzt nicht, die Kleider sind von ihr? So schlichte Sachen, das kann ich nicht glauben."

Seine dunklen Augen blitzten mich an und ich merkte, dass mir dieser geheimnisvolle Mann außerordentlich gut gefiel.

Die Ampel sprang auf grün, nachdem sie die Sekunden heruntergezählt hatte.

"Sie war so nett, mir eine ganze Tasche voll mit Kleidern

zu bringen. Leider habe ich ja nicht Dorothys Größe. Es waren auch ein paar, äh, außergewöhnlichere Teile dabei."

Wir betraten einen Durchgang. Dabei fühlte ich mich ein bisschen so, als ob wir in das altmodische Europacenter in Berlin gingen. Das Innere hatte den Charme eines Parkhauses. Nachdem wir an einem Mix aus Edelshops und Billiganbietern in einem Betontunnel vorbeigelaufen waren, blieben wir am Ende einer Schlange von wartenden Menschen stehen.

"Das ist das Duke's. Hier kann man den Sonnenuntergang besonders schön erleben. Unseren Tisch habe ich leider erst für halb acht reserviert. Wir können ja zuvor an die Bar gehen."

Die Schlange rückte vor und wir mit ihr.

Nachdem wir den Empfang passiert hatten, betraten wir ein gerammelt volles Restaurant mit lauter Musik. Korea zog mich an die Bar, die sich vor einem großen Außenbereich befand. Gleich hinter den Tischen im Sand konnte ich das Meer sehen.

Wir quetschten uns auf zwei Barhocker und ich war sehr froh, dass Korea bei mir war. Ich fühlte mich verloren zwischen all diesen glücklichen, lachenden Menschen.

"Sie müssen den Mai Tai probieren", sagte Korea.

"Wenn Sie das sagen."

Da sich das nicht sehr freundlich angehört hatte, lächelte ich ihn an und bekräftigte: "Ja, gerne, ich nehme einen Mai Tai."

Er lehnte sich über den Tresen und schaffte es in einer erstaunlich schnellen Zeit, uns in dieser geschäftigen Bar zwei Cocktails zu bestellen.

"Ich hoffe sehr, dass ich Ihren ersten Eindruck von den Inseln etwas geraderücken kann", sagte er, als unsere Drinks da waren.

Er prostete mir zu und ich nahm einen tiefen Schluck, und noch einen und noch einen. Es schmeckte so köstlich. Fruchtig, nach Ananas und überhaupt nicht nach Alkohol.

"Möchten Sie noch einen?" Korea schaute mein leeres Glas

an und schenkte mir dann einen seiner nicht zu deutenden Blicke.

Als ich nickte, wandte er sich wieder dem Barkeeper zu. In diesem Moment steuerte eine asiatische Barbiepuppe auf uns zu.

"Beni, du hier?", kreischte sie und umarmte ihn.

Sie fingen an, über Menschen zu reden, die ich nicht kannte. Ich widmete mich meinem zweiten Cocktail. Die Barbie, die eigentlich Jennifer hieß, versuchte mich ins Gespräch mit einzubeziehen.

"Sag mal, bist du wirklich überfallen worden?"

Sie blickte kritisch in mein Gesicht und mir wurde wieder meine rote Gesichtshälfte bewusst. Ich spürte, wie auch in die andere Hälfte das Blut stieg. Nein, ich habe mir nur zum Spaß ein Pflaster auf die Stirn geklebt.

Ich nickte, und mir wurde von meiner Kopfbewegung ein bisschen schwindelig.

"Du musst mitkommen, jetzt geht die Sonne unter." Sie zog mich am Arm und schob mich an den Strand.

Überall standen Menschen mit Handys und Kameras und versuchten das Schauspiel am Himmel festzuhalten. Ich versuchte meine Contenance zu bewahren. Der sandige Boden unter mir schwankte und auch die Sonne verschwamm vor meinen Augen. Korea trat neben mich.

"Alles in Ordnung?"

"Ja, ist sehr schön", nuschelte ich.

Wieder zurück an der Bar, bestellte ich einen weiteren Drink.

Barbie und Korea schauten mich etwas vorwurfsvoll an, zumindest kam es mir so vor. Aber es war mir egal, ich hatte doch nichts mehr zu verlieren. Außerdem half mir der Alkohol auch, all die dunklen Gedanken zu vergessen, die durch mein Hirn geisterten.

"Ich glaube, wir können etwas früher an unseren Tisch, er wird gerade bereit gemacht. Stört es Sie, wenn Jennifer uns Gesellschaft leistet?"

Ich verneinte, denn ich war froh, dass ich mich aus der Unterhaltung zurückziehen konnte. Die Worte wollten mir einfach nicht mehr flüssig über die Lippen kommen.

9

Schneebedeckte Tannenzweige rasten auf mich zu, Glas zersprang zu einem undurchsichtigen Mosaik. Ich erwachte aus einem Albtraum. Ich schreckte hoch, bereute es aber sogleich. In meinem Kopf wütete anscheinend ein kleiner Mann mit einer Bohrmaschine. Ich schob das feuchte Laken zur Seite und setzte mich benommen auf. Beim Aufstehen aus dem Bett trat ich mit meinen nackten Füßen in eine Pfütze. Ein Weinglas lag neben dem Bett und der Inhalt hatte sich über einen Zettel, der ebenfalls auf dem Boden lag, ergossen. Dorothys Brief! Wie spät war es? Ich schaute mich hektisch im Raum um, konnte aber keine Uhr entdecken. Ich erinnerte mich, dass im Wohnzimmer, neben den vielen Fotos, auch eine Uhr an der Wand hing.

11 Uhr. Scheiße, Scheiße, Scheiße!

Ich rannte zurück in mein Zimmer und schnappte mir den durchgeweichten Zettel. Um 12 Uhr sollte ich in Lanikai Beach sein – wo auch immer das war. Der Briefumschlag hatte nichts von der Weißweindusche abbekommen. Ich nahm den beigelegten Fünfzig-Dollar-Schein und eilte ins Bad.

Zehn Minuten später stieg ich in das vom Portier herbeigerufene Taxi. Ich las die Adresse von Dorothys Brief ab und lehnte mich erschöpft zurück. Der Mann mit dem Bohrer in meinem Kopf war noch nicht fertig und ging wieder an die Arbeit. Plötzlich fielen mir Teile des vergangenen Abends wieder ein. Ich spürte, wie ich vor Scham errötete. Die vielen Cocktails, der Wein zum Essen, der Heimweg, den ich nur überstanden hatte, weil sich Korea und Barbie bei mir untergehakt hatten. Wie peinlich! Warum hatte ich mich selbst so abgeschossen? Ich wünschte, ich könnte den ganzen Abend rückgängig machen. Aus Angst zu lallen hatte ich während des ganzen Essens geschwiegen und auch nur sehr einsilbig geantwortet, als Barbie mich immer wieder in die Unterhaltung mit einzubeziehen versuchte. Ich schloss die Augen und gab mich meinen Schmerzen und meinen lückenhaften Erinnerungen an den Abend hin.

Das Taxi hielt und der Fahrer zeigte auf die offenen Tore einer Markthalle. Ich bat ihn zu warten und stieg aus. Es herrschte ein munteres Treiben vor der Halle. Zu meinem Entsetzen sah ich um mich herum nur chinesische Schriftzeichen. Während ich noch überlegte, wie ich es anstellen sollte, den richtigen Stand zu finden, blieben zwei junge Chinesinnen in Schuluniform vor mir stehen.

"Können wir Ihnen helfen?"

"Das ist nett, ja, ich habe hier einen Namen, aber ich weiß nicht, wo das ist."

Ich reichte ihnen den inzwischen wieder trockenen und dafür welligen Zettel. Neugierig studierten sie Dorothys Instruktionen und dann nickten sie gleichzeitig.

"Mister Ming ist am Ende der Halle. Es ist ganz einfach, nehmen Sie den rechten Gang."

Ich bedankte mich und machte mich auf den Weg.

Ganz unterschiedliche Stände reihten sich in der Halle aneinander. Es roch nach Kräutern, dann auch wieder nach Fisch und Fleisch. An vielen Ständen konnte ich nicht erkennen, was dort verkauft wurde oder wozu man es benutzen konnte. An einem Stand waren kleine braune Kugeln zu akkuraten Kegeln gestapelt worden, an einem anderen Stand konnte man eine breiartige Masse in mehreren Farben kaufen. Besonders der lilafarbene Brei erfreute sich großer Beliebtheit. Der Blumenstand von Mister Ming ähnelte einer kleinen Nähstube. An mehreren Campingtischen saßen Frauen unterschiedlichen Alters, die Blüten und Blätter auf Schnürre aufspießten. Die Tische quollen über vor Blüten in allen erdenklichen Farben und über dem Ganzen lag ein süßer, schwerer Duft. Diese Blumenketten waren nicht mit den Gänseblümchenkränzen meiner Kindheit zu vergleichen. Sie glichen vielmehr kunstvollen Muschelketten, nur dass die prächtigen Blumen leider viel vergänglicher waren.

Mister Ming stand inmitten dieser kleinen Fabrik und begrüßte mich mit einem zahnlosen Lächeln.

"Ich soll Mrs. Castles Bestellung abholen."

"Ist alles schon fertig", sagte er und griff sich eine der vielen blauen Boxen, die hinter ihm standen. Er pflückte einen Zettel vom Deckel der Box und hielt ihn mir hin.

"Bitte kontrollieren Sie die Bestellung."

Ich verstand nicht genau, was ich jetzt machen sollte, aber er öffnete schon die Box und präsentierte mir die in Plastikschläuche verpackten Leis.

"Der ist für den Mann und dieser ist für die Braut. Hier ist der Brautstrauß und hier ist der Lei für das Herz. Den Rest hat Mrs Castle ja schon abgeholt."

Er legte die kunstvollen Blumenarrangements wieder behutsam in die Box. Ich wollte nicht unhöflich sein, aber es drängte mich zur Eile. Ich bewunderte kurz seine Arbeit, dann entschuldigte ich mich, schnappte mir die große Box und eilte durch die geschäftigen Menschen zurück zu meinem Taxi.

Auf der Uhr des Taxis sah ich, dass es schon 11 Uhr 30 war.

"Wie lange brauchen wir nach Lanikai Beach?"

"Wir können eine schöne Sight-Seeing-Tour machen, dann dauert es ungefähr zwei Stunden."

"Nein, ich muss so schnell wie möglich da hin."

"Dann nehmen wir den Highway", sagte er und trat aufs Gaspedal.

Okay, ich würde es schaffen. Es war ja auch kein so schwieriger Auftrag, ein paar Blumen abzuholen und, mit Hilfe eines Taxifahrers, an einen Strand zu liefern. Ich betrachtete die vorbeifliegenden Häuser. Die Markthalle hatte sich in einem Stadtteil mit zweigeschossigen Häusern befunden. Jetzt fuhren wir durch einen Mix von Hochhäusern und historisch aussehenden Gebäuden.

"Da, das ist unser Palast", bestätigte der Fahrer meine Vermutung und deutete auf einen schlossartigen Bau inmitten eines Parks mit den prächtigsten und größten Bäumen, die ich je gesehen hatte.

"Wie lange brauchen wir denn noch?"

"Keine Angst, wenn wir aus der Stadt raus sind, geht es schneller."

Er lächelte mir über den Rückspiegel beruhigend zu.

Unsere Straße schlängelte sich den Berg hoch und wir tauchten in einen dunklen, geheimnisvollen Wald ein. Die Bäume reckten ihre fleischartigen Blätter in den Himmel, Nebelschwaden waberten uns entgegen. Der Taxifahrer schaltete den Scheibenwischer ein. Plötzlich prasselten dicke Regentropfen auf das Auto. Die Scheibenwischer kämpften mit den Wassermassen und der Fahrer verlangsamte unsere Fahrt.

"Das passiert häufig hier oben. Die Wolken bleiben an den Bergen hängen. Wahrscheinlich ist es unten an der Küste wieder schön", brüllte er durch das Trommeln der Regentropfen und das Quietschen der Scheibenwischer.

Wie konnte es sein, dass wir durch eine Wolke fuhren und es gleichzeitig regnete? Ich schaute aus dem Seitenfenster und sah nichts, außer den dicken Tropfen, die auf der Scheibe zerplatzten. Um uns herum war alles verschwunden. Als ob wir, in einem Flugzeug, durch ein Unwetter flogen, schoss es mir durch den Kopf.

Plötzlich heulte der Motor des Wagens laut auf und wir flogen tatsächlich durch das graue Nichts. Wie hatten abgehoben und schwebten über dem Boden. Ich sah den Fahrer hektisch lenken und schon neigte sich das Auto nach vorne. Ich wurde an die Trennscheibe gedrückt, dann schlug die Motorhaube kreischend auf ein Hindernis. Ich schleuderte im Wagen herum, Glas zerplatzte und regnete auf mich. Ich fühlte mich wie in einer riesigen Waschmaschine, ich konnte keinen Halt finden, meine Hände griffen ins Leere. In einem Inferno aus donnernden Lauten hörte ich die verzweifelten

Schreie des Fahrers. Ich versuchte in dem Chaos nach Luft zu schnappen, aber mein Kopf schlug krachend an die Decke, gleich darauf an die Rückscheibe, die mit einem Knall zerbarst. Etwas in meinem Kopf explodierte in weißem Licht.

10

Anja hatte den ganzen Sonntag mit vergeblichen Recherchen zu Luisa verbracht. Sie war noch mal zu Luisas Wohnung gefahren, hatte erneuert Paul befragt, aber das war sehr unergiebig gewesen. Vor der alten Wohnung von Luisas Eltern hatte sie stundenlang geklingelt und gewartet, aber es war niemand erschienen. Zum Schluss hatte sie eine Notiz mit der Bitte um Rückruf in die Türritze geklemmt. Auch Jo und Cleo waren keine Hilfe gewesen. Jo lebte jetzt in Frankfurt und Cleo auf einem Bauernhof in Brandenburg. Sie hatte ihre Liebe zum Kühemelken entdeckt und konnte von nichts anderem reden.

Wieder zurück in ihrer Wohnung hatte sie es auf Facebook versucht. Sie fand zwar diverse Luisas, aber bei keiner passte das Profil. Sie schickte ihren 278 Freunden eine Nachricht und hoffte auf eine positive Meldung, aber bisher war nichts gekommen.

Als es klingelte, sprang Anja auf und öffnete voller Hoffnung die Tür. Luisa, das wusste sie sicher, brauchte Hilfe, jetzt kam sie bestimmt vorbei. Stefan schnaufte die Treppe hoch.

"Willst du heute wieder alleine sein?"

"Nein, komm rein, ich dachte, ach, ist ja auch egal."

"Schatz, was ist los? Warum bist du so komisch?"

Stefan drückte sie an sich und Anja legte dankbar ihren Kopf an seine Brust. Sie sog seinen wohlbekannten, männlichen Geruch ein und schloss die Augen.

"Ich weiß nicht, warum es mir so schwer fällt, dir die Geschichte zu erzählen. Es ist alles vor deiner Zeit passiert, in meinem anderen Leben. Ich schäme mich so dafür."

"Es geht also um diese Luisa?"

"Ja, wir waren jahrelang die besten Freundinnen, aber dann ist alles kaputtgegangen. Ich habe sie seit drei Jahren nicht gesehen und jetzt braucht sie meine Hilfe, aber ich kann sie nicht finden."

Stefan umfasste Anjas Gesicht und zwang sie dazu, ihm in die Augen zu blicken.

"Kann ich dir irgendwie helfen? Süße, ich möchte für dich da sein. Hast du schon mal die mitgesendete Nummer angerufen?"

"Ich habe den Anruf doch gelöscht."

Anja löste sich von Stefan und ließ sich auf das cremefarbene Sofa sinken. Sie vergrub ihr Gesicht in ihren Händen.

"Ich bin echt eine blöde Kuh."

Stefan lachte und setzte sich neben sie.

"Aber man kann doch immer noch die Nummer sehen, das hast du nicht gelöscht."

Er stand auf und schnappte sich das Telefon aus der Ladestation.

"Du bist wirklich ein technischer Versager!"

Er drückte ein paar Tasten.

"Eine ganz lange Nummer. Kennst du die?"

Er hielt ihr das Telefon vor die Nase. Anja schaute neugierig die vielen Zahlen an.

"001 bedeutet, dass der Anruf aus Amerika kam", erklärte er und ließ sich neben ihr auf das Sofa fallen.

"Los, ruf an!"

"Was soll ich dann sagen, wenn da jemand dran ist, der Englisch spricht?"

"Aber Luisa hat dich doch von dieser Nummer aus angerufen, außerdem ist dein Englisch doch gar nicht so schlecht."

Sie drückte die Wahlwiederholung und das Telefon machte ein kleines Lied aus der langen Zahlenfolge. Ein fremdartiges Freizeichen erklang.

"Honolulu Police Department, how can I help you?"

Anja legte auf.

"Warum hast du das gemacht?"

Stefan hatte sein Ohr ebenfalls an den Hörer gelegt und alles mitgehört.

"Was hätte ich denn sagen sollen?", giftete Anja ihn an.

"Das ist cool, das hört sich ein bisschen so an wie bei Hawaii 50."

"Luisa ist auf Hawaii?"

Anja konnte es nicht fassen. Was hatte ihre Freundin dort zu suchen? Luisa, die immer Angst gehabt hatte, ihre vertraute Umgebung zu verlassen. Sie waren mal zusammen durch Indien gereist, aber Luisa hatte es nie wirklich genießen können. Sie hatte immer Angst vor allem Fremden gehabt. Und jetzt Hawaii? Und anscheinend mit Problemen, die so groß waren, dass sie sich sogar an Anja wandte.

"Soll ich da anrufen?", fragte Stefan.

"Nein, ich glaube, das muss ich selbst machen, das bin ich Luisa schuldig."

"Okay, möchtest du einen Wein?"

Stefan stand auf und ging in die Küche. Anja war ihm dankbar, dass er sie alleine ließ und sie ohne seine Nähe das Telefongespräch führen konnte.

Nachdem sich die Frau wieder meldete, erklärte sie ihr, dass sie von diesem Anschluss aus angerufen worden sei.

"Luisa ist meine beste Freundin und sie hat mich um Hilfe gebeten und nun suche ich nach ihr."

"Das ist der Anschluss von Detective Korea. Er ist im Moment nicht im Haus."

"Wann kommt er denn wieder?"

"Er ist am Montag Morgen wieder da."

Anja bedankte sich und legte auf. Stefan kam mit zwei Gläsern mit Rotwein zurück aus der Küche.

"Und?"

Er reichte ihr eines der Gläser und setzte sich wieder zu ihr.

"Was macht deine Freundin im Honolulu Police Department?"

Anja trank einen Schluck Wein und kuschelte sich an Stefan. Sie zog ihre Füße auf das Sofa und legte ihren Kopf in seinen Schoß.

"Ich weiß es nicht, die hat mir nur gesagt, wem der Anschluss gehört. Detective Korea ist am Montag wieder da", wiederholte sie.

"Wie ist die Zeitverschiebung zu Hawaii?"

Stimmt, das gab es ja auch noch. Anja hatte keine Ahnung, wie spät es jetzt auf Hawaii war. Kichernd über ihre Ahnungslosigkeit standen sie auf und befragten Google.

"12 Stunden, das hätte ich jetzt nicht gedacht", sagte sie. "Danke, dass du mir geholfen hast."

Plötzlich überfiel sie eine schreckliche Übelkeit. Sie stellte das Glas auf den Tisch und rannte ins Bad. Fast hätte sie es nicht mehr geschafft. Sie öffnete den Mund und der heutige Döner und der Rotwein ergossenen sich in einem Schwall in die Toilette. Stefan trat hinter sie und nahm ihr die langen blonden Haare aus dem Gesicht.

"Hey, was ist denn los mit dir?"

Anja tauchte aus der Toilettenschüssel auf.

"Ich weiß auch nicht, wahrscheinlich ist mir das alles auf den Magen geschlagen."

11

Mein Kopf. Mein Gehirn schien sich gelöst zu haben und krachte bei der geringsten Bewegung ohne einen Halt in meinem Schädel herum. Ich öffnete versuchsweise meine Augen und blickte in ein dunkelgrünes Augenpaar, das mir erstaunlich nah war.

"Können Sie mich hören?"

Ich versuchte mich aufzurichten und stellte mit Erschrecken fest, dass mich etwas davon abhielt. Um mich herum bewegte sich alles. Schmerzen zuckten durch meinen Kopf. Ich probierte, meine Arme zu bewegen, aber sie ließen sich nicht von meiner Seite lösen.

"Sie hatten einen Unfall. Wir bringen sie jetzt ins Krankenhaus."

Ich wollte ihn fragen, warum ich mich nicht mehr bewegen konnte, aber aus meinem Mund kam nur ein Krächzen.

"Bleiben Sie liegen, Sie sind festgeschnallt zu Ihrer Sicherheit."

Hektisch scannte ich meine Umgebung, soweit mir das wegen der Schmerzen möglich war. Mit jeder Bewegung meines Kopfes schoss mein Gehirn wie eine Flipperkugel durch meinen Schädel.

Wo war ich? Was war hier los? Wieso sprach der Mann englisch? Eine neue Welle von Schmerzen überwältigte mich und mir wurde schlecht.

"Mir ist schlecht", flüsterte ich.

Wieder versuchte ich mich aufzurichten, aber ein Gurt über meiner Brust hielt mich zurück. Der Mann mit den grünen Augen löste den Gurt und hielt mir eine silberne Schale hin.

"Es tut mir leid", sagte ich, setzte mich mit seiner Hilfe etwas auf und übergab mich.

Er reichte mir ein Papiertuch, mit dem ich mir den Mund abwischte.

"Was ist passiert?"

"Sie hatten einen schweren Autounfall, die Polizei sagte, dass Sie beide sehr viel Glück gehabt haben."

Eine neue Welle der Übelkeit überkam mich und der Mann hielt mir geduldig eine zweite Spuckschale hin.

Nachdem nur noch etwas Schleim aus meinem Magen kommen wollte, sausten die Wer-Wo-Was-Fragen durch meinen Kopf. Ich bekam keine Luft mehr und versuchte hektisch und immer schneller Sauerstoff einzusaugen. Um meine Brust schien sich immer noch der Gurt zu befinden, der sich immer enger zog. Ich schnappte nach Luft und alles um mich herum begann sich zu drehen, immer schneller, bis ich nichts mehr erkennen konnte. Dann wurde alles schwarz. Ich spürte einen Schmerz in meiner linken Hand und versuchte sie wegzuziehen.

"Bleiben Sie ruhig, Sie haben einen Schock, ich habe Ihnen etwas zur Beruhigung gegeben."

Ein warmes Gefühl durchströmte meine Adern und ich ließ mich fallen. Die Geräusche um mich herum wurden dumpfer und das Schwanken meiner Umgebung wiegte mich tiefer und tiefer in die warme Dunkelheit.

"Bleiben Sie bei mir. Wie heißen Sie?"

Ich wollte nicht wieder auftauchen, die Antwort auf die Frage versteckte sich ganz in der Nähe, aber ich konnte sie nicht greifen. Ich ließ mich durch einen Strom von Geräuschen und surrealen Bildern treiben, bis ich einen Schrei hörte. War ich das? Unbekannte Gesichter kamen auf mich zu, Geräusche schwollen zu einem Dröhnen an. Die Gesichter flogen an mir vorbei und ein Strudel zog mich in die Tiefe.

Ich erwachte durch ein grelles Licht, das mich durch

meine geschlossenen Augen beschoss. Stimmengewirr, dann ein Krachen.

Vorsichtig versuchte ich meine verklebten Augenlider zu öffnen.

Ich befand mich in einem Krankenzimmer, was unschwer an den piepsenden Geräten an der Seite meines Bettes zu erkennen war. Ein athletisch aussehender Asiate stand an meinem Bett. Er trug eine knielange Shorts, ein rotes Hemd mit Blumenaufdruck und Ornamenten und Flipflops. Wohl eher nicht der Arzt.

Als er bemerkte, dass ich wach war, näherte er sich lächelnd dem Bett.

"Hallo, Luisa, wie geht es Ihnen?"

Luisa? War ich das? Es schien zum Greifen nah, aber ich bekam es nicht zu fassen.

Meine pelzige Zunge schien wie festgeklebt an meinem Gaumen.

"Kann ich Wasser haben?"

"Natürlich." Er trat an das kleine Tischchen zu meiner Linken und goss aus einer Plastikflasche Wasser in ein Glas und reichte es mir. Ich versuchte mich aufzusetzen, aber mir fehlte die Kraft, und so half er mir. Er hielt mir den Glasrand an den Mund und ich trank gierig einige Schlucke, wobei ich spürte, dass mir Wasser auf meine Brust lief. Ich lehnte mich zurück, was mir durch eine Manschette um den Hals schwer gemacht wurde, und bemerkte, dass ich in einem Nachthemd mit kleinen blauen Punkten steckte.

"Dorothy hat sich große Sorgen gemacht, als Sie nicht am Treffpunkt aufgetaucht sind. Von Ihrem schweren Unfall haben wir erst heute Abend erfahren."

Stimmt, es war schon dunkel. Ich schaute mich in dem trostlosen Zimmer um. Eine schiefe Jalousie versperrte den Blick nach draußen. An der Decke hing eine kugelige Lampe, die ein gelbes Licht von sich gab. Außer dem Bett, in dem ich lag, standen nur noch zwei Sessel mit braunen Plastiküberzügen im Raum. Und natürlich die Geräte, deren

Schläuche zu meinem rechten Arm führten.

"Wer ist Dorothy?"

Er sah mich lange an, bevor er antwortete.

"Man hatte mir gesagt, dass Sie sich an nichts mehr erinnern können. Doktor Green war der Meinung, dass Ihre Erinnerung vielleicht zurückkehren würde, wenn Sie ein vertrautes Gesicht sehen."

Irritiert schaute ich ihn an, er kam mir nicht sehr bekannt vor.

"Und Sie sind ein vertrautes Gesicht?"

"Wir kennen uns erst seit vorgestern. Ich bin Polizist und Sie sind am Flughafen überfallen worden. Gestern Abend waren wir zusammen im Duke's." Er schaute mich forschend an. "Sie erinnern sich an gar nichts mehr?"

Ich durchforstete das Chaos in meinem Kopf, immer wenn ich meinte, eine Erinnerung zu haben, zog sie so schnell vorbei, dass ich sie nicht halten konnte. Ich wusste, da war etwas, aber ich konnte es nicht in meine Erinnerungen zurückverwandeln.

"In meinem Kopf ist nur Chaos."

"Das hat sicher mit dem Unfall zu tun. Ich will dem Doktor ja nicht vorgreifen, aber Sie haben eine schwere Gehirnerschütterung, ein Schleudertrauma und mehrere Rippenprellungen. Außerdem hat es auch ihre Kopfwunde noch mal getroffen."

"Noch mal?", fragte ich etwas dämlich.

"Die Platzwunde von dem Überfall", erklärte er.

Ich blickte ihn unsicher an. Was sollte ich tun? Wollte ich das wirklich alles wissen?

"Wo bin ich überhaupt und was mache ich hier?"

"Sie sind in Honolulu. Sie wollten hier Urlaub mit einem Freund machen, der hat Sie aber leider nicht abgeholt, und dann sind Sie überfallen worden."

Ich bemühte mich, ihm zu folgen. Dass ich nicht zu Hause war, war mir irgendwie klar. Plötzlich tauchte eine Straße mit hohen Häusern vor mir auf und es durchzuckte mich wie ein

Blitz.

"Ich wohne in Berlin, ich komme aus Deutschland."

Er grinste mich an und sagte: "Sehen Sie, es kommt wieder, Sie müssen nur ein bisschen Geduld haben."

"Und wer ist Dorothy?"

Gerade als er zu einer Antwort ansetzen wollte, ging die Tür auf. Der Mann mit den grünen Augen betrat das Zimmer.

"Ah, Sie sind wach. Ich bin Doktor Green, wir haben uns ja schon im Krankenwagen kennengelernt."

Er warf einen prüfenden Blick auf die Geräte und lächelte mir dann aufmunternd zu.

"Na, ist schon wieder alles zurück? Was macht die Übelkeit?"

"Ich gehe dann mal besser, ich komme morgen wieder vorbei", sagte der Asiate und wandte sich zur Tür.

"Bitte gehen Sie nicht, ich weiß doch noch nicht mal, wie Sie heißen. Sie müssen mir mehr erzählen, bitte, bleiben Sie."

Ich war verzweifelt. Er schien mir der Einzige zu sein, der etwas von mir wusste. Ich schaute panisch zwischen dem Doktor und ihm hin und her.

"Es ist besser, wenn Sie sich jetzt ausruhen. Schlafen ist in Ihrem Fall die beste Medizin. Und der Detective kommt doch morgen wieder", sagte Doktor Green.

"Ich heiße Beni Korea. Bis morgen, Luisa, und schlafen Sie gut."

Damit war er zur Tür raus und ließ mich alleine mit den grünen Augen. Die beobachteten mich aufmerksam. Der Arzt hatte blonde, etwas zu lange Haare, die ihm unordentlich auf dem Kopf abstanden. Unter seinem weißen Kittel trug er ein schlichtes blaues T-Shirt und eine verwaschene Jeans.

"Ich würde Ihnen gerne ein leichtes Schlafmittel geben", sagte er und riss mich aus meinen Gedanken.

Nur zu, her mit den Drogen, hätte ich am liebsten gesagt, aber ich nickte stattdessen nur vorsichtig mit dem Kopf.

Ich war auf Hawaii. Wahnsinn. Vielleicht würde ich ja aufwachen und alles wäre nur ein sehr seltsamer Traum?

"Bin ich wirklich auf Hawaii?"

Doktor Green zeiget mir eine Reihe schneeweißer Zähne und nickte.

"Aloha, Luisa!"

Er zog eine Spritze auf und spritzte den Inhalt in meinen Tropf.

Ich schloss die Augen und versank dankbar in dem watteartigen Gefühl, das sich in mir ausbreitete.

12

Anja ging ungeduldig vor dem BioLogo auf und ab. Frank war anscheinend noch immer so unpünktlich wie damals. Da sah sie ihn endlich um die Ecke biegen. Er hatte sich nicht viel verändert. Er war immer noch hager, sein Haaransatz war noch ein bisschen mehr zurückgewandert. Auch seine Vorliebe für beige und karierte Klamotten hatte er beibehalten. Sie registrierte, dass er noch immer seine alten Kordhosen trug. Anja schüttelte sich. Was für ein fieser Kerl! Er hatte ihnen öfters aufgelauert, hinten beim Umkleideraum, und versucht sich mit ihnen zu verabreden. Sie hatten ihn ausgelacht.

Er lief an ihr vorbei, ohne sie zu bemerken.

"Ey, Frank, hast du Bioobst auf den Augen?"

Er blieb stehen und in seinem Gesicht war zuerst nur Unfreundlichkeit zu sehen. Dann erhellte sich seine Miene und er erkannte sie.

"Anja, was machst du denn hier?", fragte er und beugte sich zu den komplizierten Schlössern des Ladens. Anja hatte sich schon immer gefragt, warum man einen Bioladen wie ein Juweliergeschäft sichern musste.

"Hallo, Frank, ich wollte dich fragen, ob du mir ein bisschen über Luisa erzählen kannst."

"Tragische Geschichte", antwortete er kryptisch und hatte endlich auch das letzte Schloss geschafft.

Sie betraten den Laden und Frank schaltete die Neonbeleuchtung an. Er ging in sein Büro und sie folgte ihm. Er ließ sich in seinen quietschenden Stuhl mit aufgeplatztem Polster fallen und schaute sie an.

"Was willst du?"

Da Anja nicht antwortete, machte er weiter:

"Du willst dich jetzt also beschweren, weil ich sie rausgeschmissen habe? Es ging einfach nicht mehr. Wer will eine Tussi an der Kasse, die pausenlos in Tränen ausbricht? Die Kunden waren irritiert."

"Ich wollte dich eigentlich nur fragen, was überhaupt passiert ist", stammelte Anja.

"Du weißt das alles nicht?"

Frank starrte sie ungläubig an.

"Ihr seid doch beste Freundinnen."

Anja senkte den Kopf, nein, sie wusste nichts und ja, beste Freundinnen waren sie mal gewesen.

"Ich habe Luisa seit drei Jahren nicht mehr gesehen."

Franks Blick wechselte von gelangweilt zu neugierig.

"Echt, das hätte ich ja nicht gedacht. Ihr ward doch immer so Seelenverwandte."

Plötzlich traf ihn die Erkenntnis und er riss die Augen auf.

"Dann weißt du ja auch nichts von dem Unfall?"

"Unfall", echote Anja perplex.

"Die hat doch ihre Eltern totgefahren. Also, sie hatten einen Autounfall."

Anja fühlte sich, als ob sie in ein schwarzes Loch stürzen würde. Sie sah die beiden Mayers vor sich. Sie waren immer der ruhende Pol gewesen. Bei ihnen konnte man morgens nach Milch, Eiern und auch frischen Brötchen fragen, wenn mal wieder nichts in Luisas Kühlschrank war. Anja war immer neidisch gewesen, dass sie nicht so fantastische Eltern hatte. Und nun sollte dieses wundervolle Paar nicht mehr da sein? Und wie musste es Luisa erst damit gehen? Und sie war nicht bei ihr gewesen, hatte ihr nicht zur Seite gestanden.

"Wann ist das passiert?", fragte sie leise.

"Vor ungefähr einem Jahr. Denen ist wohl in Brandenburg auf einer Landstraße einer entgegengekommen, auf ihrer Seite, und als Luisa ausweichen wollte, ist sie von der Straße abgekommen. Die Eltern waren sofort tot."

"Und Luisa?"

"Die war 'ne Woche im Krankenhaus. Dann saß sie wieder an der Kasse und hat geheult. Nur noch geheult, den ganzen Tag. Irgendwann konnte ich nicht mehr anders, ich hab sie rausgeschmissen."

Er lehnte sich zurück, verschränkte die Arme und lächelte sie süffisant an.

"Hast du nicht Lust, hier wieder anzufangen? Wir könnten auch mal ausgehen, ich kenn da einen richtig angesagten Laden."

Anja hatte genug gehört. Sie stand wortlos auf und verließ das Büro.

Vor dem BioLogo auf dem Bürgersteig, blieb sie stehen und sah sich etwas verwirrt um. Wohin? Sie musste zur Arbeit. Sie zog ihr Handy aus der Tasche und wählte die Nummer der Buchhandlung, in der sie arbeitete.

"Hallo, Charlotte, es tut mir leid, ich fühle mich sehr schlecht, ich glaube, ich habe die Grippe."

Anja schämte sich, dass Charlotte ihr so verständnisvoll antwortete und ihr auch noch anbot, mit Medikamenten vorbeizukommen. Sie beendete den Anruf schnell und wählte erneut.

"Stefan, ich ... Komm doch vorbei, bitte!", sprach sie auf die Mailbox.

Da lief Claudia, eine ehemalige Kollegin, an ihr vorbei. Sie blieb stehen und drehte sich um.

"Anja?"

Auch Anja wendete sich ihr zu.

"Was machst du hier? Willst du wieder hier anfangen?"

"Wie geht es dir? Und nein, ich war nur auf der Suche nach Luisa."

Claudias Gesicht verdunkelte sich.

"Ach Gott, die Arme, aber es war auch nicht mehr zum Aushalten, ständig hat sie geweint."

"Weißt du, wo sie jetzt ist?", fragte Anja.

Claudia schüttelte den Kopf.

"Du, ich muss jetzt auch los, vielleicht sehen wir uns ja mal wieder."

Sie lächelte noch kurz in Anjas Richtung, dann verschwand sie im BioLogo.

Anja schlug die Hände vor ihr Gesicht und versuchte ihre Tränen zu unterdrücken. Die Mayers waren tot und sie hatte Luisa nicht beigestanden. Sie atmete tief durch und beschloss nach Hause zu gehen. Sie musste nachdenken, sich auf ihr Sofa kuscheln und vielleicht schaffte sie es ja auch noch mal, die Telefonnummer zu wählen, um diesen geheimnisvollen Detective Korea zu sprechen.

Vor der Wohnungstür erwartete sie Stefan. Er saß auf dem Absatz vor ihrer Tür und grinste sie an.

"Hier bin ich."

Sie stürzte sich in seine Arme und fühlte sich geborgen.

13

Ich erwachte aus einem tiefen, traumlosen Schlaf, weil mich jemand sanft schüttelte.

"Guten Morgen, Ihr Frühstück."

Ein rundes Gesicht mit strahlenden braunen Augen lächelte mich an, als ich meine Augen aufschlug.

"Ich bin Schwester Lailani. Was halten Sie davon, wenn ich Sie erst einmal ein bisschen frisch mache?"

Ohne meine Antwort abzuwarten verschwand sie in der Tür, die sich in der Ecke des Zimmers befand. Ich versuchte mich zu orientieren. Ich hatte einen Unfall gehabt, ich lag im Krankenhaus und wie ich frustriert feststellte, war da immer noch das Chaos in meinem Kopf. Ich schloss die Augen, um einfach wieder einzuschlafen, um diesem Wirrwarr und den einsetzenden Schmerzen zu entfliehen, aber die Schwester ließ mich nicht. Sie klappte das Rückteil meines Bettes hoch und fing an, mein Gesicht und die Arme mit einem warmen Waschlappen zu bearbeiten.

Mein Kopf und mein Körper sendeten Schmerzsignale aus und ich konnte ein Stöhnen nicht unterdrücken. Die Schwester hörte abrupt mit dem Waschen auf.

"Ach, tut mir leid, immer noch Schmerzen?"

"Ja, aber das waren nicht Sie, mein Kopf zerspringt und meine Rippen brennen höllisch."

"Das ist ganz normal", sagte sie und drückte mich sanft zurück in mein Kissen. Sie schob ein Tablett mit kleinen dreieckigen Toastscheiben und einem Glas mit Saft zu mir hin.

"Bitte essen Sie eine Kleinigkeit, während ich Ihnen etwas gegen die Schmerzen besorge."

Nachdem sie das Zimmer verlassen hatte, versuchte ich aufzustehen. Ich setzte meine nackten Füße auf den kalten, glatten Linoleumboden und stemmte mich hoch. Meine Beine zitterten und fühlten sich wie zwei Gummipflanzen an. Da in meiner Hand immer noch die Nadel mit der Infusion steckte, benutzte ich den Ständer als Halt und versuchte Richtung Badezimmer zu schlurfen.

Ich hatte es bis zur Zimmermitte geschafft, als die Tür aufgerissen wurde und ein Mann in einem Bademantel, ebenfalls mit einem Infusionsständer an seiner Seite, in das Zimmer platzte. Er schaute mich prüfend an und dann ging ein Lächeln über sein Gesicht.

"Ich wusste, dass du das bist. Mary, es tut mir so leid, dass ich nicht am Flughafen sein konnte."

"Wer sind Sie"

"Ich bin es, Alex, du weißt schon, Facebook ..."

Nein, ich wusste nicht. War das der Freund, von dem der Polizist gestern erzählt hatte? War er auch bei dem Unfall dabei gewesen? Ich verstand gar nichts mehr. Außerdem gaben in diesem Augenblick meine zwei Gummipflanzen ihren Dienst auf und knickten um. Ich sah das Linoleum auf mich zurasen und in dem Augenblick drängte sich Schwester Lailani an meinem Besucher vorbei und versuchte mich aufzufangen.

"Was machen Sie denn da, Sie sollen doch noch nicht aufstehen", rief sie wütend, zog mich vom Boden hoch und schob mich zurück zum Bett.

"Und wer sind Sie und was machen Sie hier?", herrschte sie meinen Besucher an.

"Ich bin ein Freund von Mary."

"Aber mir wurde gesagt, Sie heißen Luisa?"

Beide schauten mich überrascht an und ich fühlte mich nicht in der Lage, das zu klären.

Alex, mein angeblicher Freund, fing nun auch an zu schwanken und sein Gesicht nahm einen fahlen Ton an. So wie ich vor ein paar Minuten, umklammerte jetzt er seinen Tropfständer, um sich selbst Halt zu geben. Kopfschüttelnd schob ihm die Schwester einen der Plastikstühle hin und er ließ sich darauf fallen und krümmte sich zusammen.

"Anscheinend sollten Sie Ihr Bett auch noch nicht verlassen. Wo kommen Sie überhaupt her?"

"Station 5, ich wollte doch nur helfen."

"Ich hole jetzt einen Rollstuhl und dann bringe ich Sie erst einmal wieder in Ihr Bett. Alles Weitere können Sie dann später klären. Ich bitte Sie beide, jetzt einfach da zu bleiben, wo Sie jetzt sind."

Sie marschierte, spürbar verärgert, aus dem Zimmer.

Wir schauten uns an und mussten, trotz unserer Lage, grinsen.

"Ich weiß nicht mehr, wer ich bin, ich hatte einen Unfall und als ich gestern hier aufwachte, war alles weg. Ein Polizist war da und hat mir erzählt, ich heiße Luisa und jetzt tauchst du auf und sagst, du bist mein Freund, und ich heiße Mary?"

Ich hatte mich beeilt, das alles so schnell wie möglich zu sagen, denn ich hatte Angst, dass er gleich nicht mehr da sein würde.

"Na ja, ich bin nicht wirklich dein Freund, wir kennen uns nur von Facebook und dann hab ich gestern Abend bei Hawaii News Now dein Bild gesehen."

Schwester Lailani unterbrach seine Ausführungen, indem sie mit einem Rollstuhl ins Zimmer fuhr. Sie bugsierte ihn in den Stuhl, nahm den Beutel von dem Tropfständer ab und legte ihn ihm in den Schoß. Dann schnappte sie sich den Rollstuhl und schob ihn ohne ein weiteres Wort zur Tür. Er drehte sich zu mir um und hielt sich am Türrahmen fest.

"Ich heiße Alex, kannst du dich wirklich nicht erinnern?"

Ich schüttelte den Kopf und dann war er verschwunden. Eine Welle von Schmerzen überrollte mich und ich versuchte gegen die aufsteigenden Tränen anzukämpfen.

Schwester Lailani fand mich unter meiner Bettdecke, unter der ich mich vor all meinen Schmerzen zu verstecken versuchte.

Sie schaute mich ernst an, aber ein Blitzen in ihren Augen

zeigte mir, dass sie auch neugierig war.

"Sie müssen mir versprechen, dass Sie heute nicht wieder alleine aufstehen. Bitte rufen Sie nach einer Schwester, wir sind schließlich für Sie verantwortlich."

Ich nickte, weil ich noch nicht wieder sprechen konnte. Durch mein Heulen hatte ich einen Schluckauf bekommen und jeder Hick trieb mir wieder die Tränen in die Augen.

Sie zog aus ihrem Kittel ein Fläschchen hervor und drückte mir drei Tabletten in die Hand.

"Die nehmen Sie jetzt erstmal, die sind gegen Ihre Schmerzen. Ich komme in einer halben Stunde wieder und dann helfe ich Ihnen, auf die Toilette zu gehen. Halten Sie es so lange noch aus?"

Ich nickte wieder und sie streichelte mir schnell über die Wange und verließ den Raum.

Gleich nachdem ich die Tabletten genommen hatte, wurden die Schmerzen dumpfer und traten in den Hintergrund. Ich versuchte in meinem Kopf eine Erinnerung mit diesem Alex abzugleichen, aber da war nichts. Ich verstand nicht, wieso er mein Freund sein sollte, ich aber nicht das geringste Zipfelchen an Erinnerung an ihn hatte. Ich wusste nur, dass er, von meinem Gefühl her, überhaupt nicht mein Typ von Mann war. Er war groß und schlank, fast schlaksig. Sein dunkelbraunes Haar fiel ihm unordentlich ins Gesicht und seine Augen lagen in tiefen Höhlen. Er sah nicht schlecht aus, eher interessant. Mit seiner schmalen Nase und seinen vollen Lippen erinnerte er mich ein bisschen an einen Schauspieler, dessen Name mir nicht einfiel. Aber mir fiel ja noch nicht mal mein eigener Name ein. Ich versuchte wahlweise Luisa und Mary vor mich hin zu sagen, aber es tat sich nichts in meinem Inneren.

"Und, geht es Ihnen etwas besser?"

Die Schwester zupfte an meiner Bettdecke und schaute kopfschüttelnd auf das nicht angerührte Tablett.

"Sie müssen etwas essen."

Ich blickte auf die weißen Toastecken und merkte plötzlich, dass ich Hunger hatte. Ich nahm eines der Dreiecke und fing gierig an zu essen.

"Das ist sehr gut", sagte Schwester Lailani und schenkte mir ein herzliches Lächeln.

"Ihr Besucher hatte übrigens einen Blinddarmdurchbruch. Er hat mir erzählt, dass er Sie eigentlich hatte vom Flughafen abholen wollen, dass er aber stattdessen mit dem Notarzt ins Krankenhaus eingeliefert wurde."

"Ich kann mich an nichts erinnern", nuschelte ich und griff nach einem weiteren Toasteck.

"Der Polizist von gestern Abend hat das Gleiche erzählt."

Nachdem ich alles vertilgt hatte, half mir die Schwester ins Badezimmer.

Vor dem Spiegel konnte ich nicht fassen, was ich da sah. Es fühlte sich an, als ob ich einen anderen Menschen betrachten würde, nur die synchronen Bewegungen des Spiegelbilds sagten mir, dass ich das war. Um die Stirn hatte ich einen breiten Verband, unter dem braunen Locken hervorlugten. Mein rechtes Auge war blutunterlaufen und der Wangenknochen sah so blau aus, als ob ich bei einem Boxkampf K.O. gegangen wäre. Irritierenderweise war die eine Seite meines Gesichts ganz blass, während die andere Seite rot schimmerte. Um den Hals hatte ich eine dicke fleischfarbene Manschette, die mich ein bisschen wie ein Priester mit einer Halskrause aussehen ließ. Spontan kam mir in den Sinn, dass ich diese Frau, die ich im Spiegel sah, nicht mochte.

"Das wird schon alles wieder, Ihre Platzwunde musste mit vier Stichen genäht werden, aber Doktor Green hat sich große Mühe gegeben, ich war dabei und habe Ihre Hand gehalten", versuchte mich Schwester Lailani zu beruhigen.

Sie wirkte so mütterlich und tröstlich, am liebsten hätte ich mich an ihren großen Busen gekuschelt und bitterlich geweint.

Ich riss mich von meinem Spiegelbild los und setzte mich auf die Toilette.

"Ich glaube, ich kann nicht, wenn jemand anderes mit im

Raum ist."

Sie ließ mich alleine und schon kamen doch wieder die Tränen. Ich betrachtete meine nackten Füße. Ich konnte mich noch nicht mal mehr daran erinnern, wann oder wie ich mir meine Fußnägel in diesem hübschen Himbeerrot lackiert hatte. Meine Nägel an den Händen waren kurz gefeilt und nicht lackiert. Arbeitete ich mit den Händen? Ich untersuchte sie genauer, konnte aber keine verdächtigen Spuren entdecken, außer den vielen Schrammen und kleinen Kratzern, die auch mein ganzes Gesicht zierten und sicherlich von dem Unfall stammten.

"Alles in Ordnung da drin?"

"Ja, ich bin fertig, können Sie mir helfen?"

Zurück im Bett merkte ich erst, wie mich das alles angestrengt hatte. Ich konnte kaum noch meine Augen aufhalten, als Schwester Lailani mir einschärfte, auf keinen Fall alleine aufzustehen. Sobald sie aus dem Zimmer war, schloss ich die Augen und war auf der Stelle eingeschlafen.

14

"Luisa, bitte wachen Sie auf, ich möchte mir Ihre Wunde ansehen."

Widerwillig tauchte ich aus meinem schwarzen Nichts auf. Doktor Green stand vor meinem Bett, hinter ihm hielt sich Schwester Lailani mit einem kleinen fahrbaren Tablett bereit. Ich versuchte mich aus meiner Decke, die eigentlich nur ein großes Laken war, freizukämpfen und mich aufzurichten. Der Doktor stellte das Rückenteil nach oben und half mir, mich aufzusetzen.

Nachdem er den Verband abgenommen hatte, informierte er mich, dass meine Wunde gut zusammenwuchs und dass ich nur noch ein großes Pflaster benötigte. Nach dem Verbandswechsel blickte er mir tief in die Augen.

"Und, schon was Neues, ich meine, können Sie sich schon wieder erinnern?"

"Nein, es war nur jemand hier, der mir erzählt hat, dass ich Mary heiße und dass er mein Freund sei."

"Ja, ich habe davon gehört. Ich würde an Ihrer Stelle im Moment nicht so viel darauf geben. Es war wohl gestern Abend jemand hier, der ein Foto von Ihnen gemacht hat und das dann als große Story auf eine News Seite gestellt hat. Sie wissen schon, eine Schlagzeile wie "Kennen Sie diese Frau?". Vertrauen Sie dem Detective, wenn der sagt, er kennt Sie, dann ist das auch so. Wahrscheinlich ist der Mann etwas verwirrt von seiner Operation. Es war sehr knapp, er hätte es fast nicht geschafft. Vielleicht hat er Ihr Bild gesehen und sich verliebt? Kann doch sein."

Er grinst mich an und ich konnte ihm nicht so ganz folgen.

War das ein Kompliment? Wohl eher nicht. Wollte er mich verarschen? Ich wusste selbst, wie ich aussah, eher spielte ich demnächst in einem Zombiefilm mit als in einer Liebeskomödie!

"Was meinen Sie, wann wird meine Erinnerung wieder da sein?", frage ich etwas verärgert.

Er setzte sich auf die Bettkante und schaute mich offen an.

"Ehrlich gesagt, ich kann es Ihnen nicht sagen. Sie haben eine schwere Gehirnerschütterung, deshalb ist Ihnen übrigens auch so übel."

Oh je, ich erinnerte mich, dass ich ihm ja schon diverse Schälchen vollgekotzt hatte. Er schien zu ahnen, was mir durch den Kopf ging, denn er fing an zu grinsen.

"Keine Angst, das war ganz normal, ich erlebe so etwas öfter."

Er erhob sich und ich bemerkte, dass ich ihn nicht gehen lassen wollte. Vielleicht war das vorhin ja doch als Kompliment gemeint? Wenn ich ehrlich sein sollte, wohl eher nicht. Aber er strahlte eine souveräne Männlichkeit aus, die mir gefiel.

Hinter ihm ging die Tür auf und eine sehr exotisch aussehende Frau betrat den Raum. Sie hatte ihre langen Haare zu einem dicken Zopf geflochten. Zwischen den tiefschwarzen Haaren schimmerten graue Strähnen. Ein flaschengrünes Etuikleid aus Seide betonte ihre klare, strahlende Haut. Sie kam auf schwindelerregend hohen, cremefarbenen Pumps schnell auf mich zu und strahlte mich an.

"Ich habe mir so viele Vorwürfe gemacht, dass ich dich um diesen Gefallen gebeten habe, es tut mir so leid, aber wer konnte das auch ahnen!"

Sie unterbrach ihren Redefluss und schaute erst mich und dann Doktor Green besorgt an.

"Es ist doch jetzt alles wieder in Ordnung, Herr Doktor, oder wird sie bleibende Schäden behalten?"

"Aus medizinischer Sicht sollte eigentlich alles wieder in Ordnung kommen", gab er bereitwillig Auskunft und blickte mich dann auffordernd an.

"Ich kann mich nicht erinnern."

Die Frau wendete sich wieder zu mir.

"Aber das ist doch vielleicht ganz gut, wenn du dich nicht mehr an den grässlichen Unfall erinnern kannst."

"Es ist nicht nur der Unfall, ich weiß nicht, wer Sie sind, und ich weiß auch nicht, wer ich bin."

"Oh", sagte sie und blickte mich bestürzt an.

Eine Weile schwiegen alle im Raum und die Frau und der Doktor musterten mich, als ob ich ein seltenes Insekt unter ihrem Mikroskop war. Schwester Lailani klapperte mit etwas Metallischem auf ihrem Instrumentenwagen. Doktor Green unterbrach die Stille.

"Ja, ich muss dann mal weiter, ich schaue heute Abend wieder nach Ihnen." Er schenkte mir einen aufmunternden Blick, nickte der Frau zu und verließ zusammen mit der Schwester das Zimmer.

"Das hat mir Beni gar nicht erzählt", sagte sie.

Ich musste einen Moment überlegen, von wem sie sprach, bevor mir der Polizist wieder einfiel. Ich schwieg, weil ich nicht wusste, was ich ihr erwidern sollte.

"Gut, dann fangen wir noch mal von vorne an." Sie näherte sich meinem Bett und streckte ihre zierliche, gepflegte Hand aus.

"Ich bin Dorothy Castle und du kannst mich Dotty nennen."

Ich nahm vorsichtig die zarte kleine Hand in meine, wie mir plötzlich schien, riesige Pranke und drückte sie behutsam.

"Man hat mir gesagt, ich heiße Luisa. Obwohl mich auch jemand Mary genannt hat."

"Wer hat dir das denn eingeredet? Du heißt Luisa, Beni hat dich vorgestern zu mir gebracht, weil du nichts mehr hattest, kein Dach über dem Kopf und keinerlei Sachen, alles weg. Martha hat dir sogar etwas zum Anziehen geliehen."

Sie schaute mir prüfend ins Gesicht.

"Du erinnerst dich an gar nichts mehr?"

Wer war Martha? Ich schloss die Augen und suchte nach Erinnerungssplittern, aber ich sah nur vorbeifliegende unscharfe Bilder, die ich nicht anhalten und auf denen ich nichts erkennen konnte. Frustriert öffnete ich wieder die Augen und blickte direkt in dieses wunderschöne Gesicht. Sie hatte sich auf den Platz von Doktor Green gesetzt und streichelte mir sanft über die Wange.

"Du armes Mädchen, erst der Überfall und jetzt auch noch ein Unfall. Aber wer hat dir denn gesagt, dass du Mary heißt?"

Ich erzählte ihr von meinem morgendlichen Besucher und als ich dessen Name erwähnte erhellte sich ihr Gesicht.

"Du hast ihn gefunden! Wie wunderbar, du warst so traurig, dass er dich nicht abgeholt hat. Jetzt hast du die Lösung: Er war verhindert, weil er ins Krankenhaus musste."

"Aber warum nennt er mich Mary? Und wenn er mein Freund ist, warum habe ich nichts bei seinem Anblick gefühlt?"

"Du hast mir erzählt, dass du und er, also, dass ihr euch nur aus dem Internet kennt."

Wahnsinn, was für eine seltsame Person war diese Luisa, in deren Hülle ich steckte. Und was hatte es mit diesem anderen Namen auf sich? Dorothy riss mich aus meinen Grübeleien.

"Soll ich zu ihm gehen und mit ihm reden?"

Aus ihren Augen blitzte die schiere Neugierde.

"Ich weiß nicht so recht, ich weiß überhaupt nicht, ob ich eigentlich wissen will, was da los ist. Ich glaube, ich habe Angst", gestand ich ihr kläglich.

Sie nickte verständnisvoll und wechselte das Thema. Sie zog aus ihrer eleganten Lederhandtasche ein Buch und hielt es mir hin.

"Das ist das Buch, in dem du gerade gelesen hast. Ich habe es dir gegeben, weil es darin um eine ähnliche Geschichte wie die deine geht."

Sie drückte mir ein Taschenbuch mit dem Titel "The Picture Bride" in die Hand. "Dorothy Castle" las ich auf dem

Buchdeckel und schaute sie überrascht an. Sie hatte inzwischen eine bunte Stofftasche, die ich vorher gar nicht bemerkt hatte, auf mein Bett gestellt.

"Ich habe dir ein paar Sachen zum Anziehen mitgebracht, bis auf die Nachthemden ist das alles von Martha."

"Sie haben das Buch geschrieben?"

Sie lächelte und nickte.

"Ja, es ist die Geschichte meiner Familie."

In diesem Augenblick klopfte es an der Tür und nachdem wir im Chor ein "Ja" gerufen hatten, betrat der Polizist das Zimmer.

Er trug einen leicht zerknitterten dunkelblauen Anzug mit einem weißen Hemd und einer blaugrau gestreiften Krawatte und sah so anders aus als bei unserer letzten Begegnung.

Dorothy sprang vom Bett auf und ging ihm entgegen.

"Hallo Beni, Luisa kann sich immer noch nicht erinnern, warum hast du mir nichts davon erzählt? Außerdem hat sie ihren Freund gefunden."

"Das ist ja schön", murmelte Korea.

"Ja, stell dir vor, er ist hier im Krankenhaus. Ist das nicht unglaublich?"

Anscheinend schien das den Polizisten nicht so zu freuen, denn er schenkte Dorothy nur ein gequältes Lächeln und kam zu mir ans Bett.

"Wie geht es Ihnen?"

Ich war kurz versucht, ihn anzulügen und ihm mitzuteilen, dass alles bestens sei, entschied mich dann aber, mit einem Blick auf seine mitfühlende Miene für die Wahrheit.

"Ich habe Angst. Ich weiß immer noch nicht, wer ich eigentlich bin und was ich hier mache, ich habe Schmerzen und in meinem Kopf herrscht das reinste Chaos."

"Vielleicht kann ich ja etwas zu Ihren verlorenen Erinnerungen beitragen?"

Dorothy erhob sich vom Bett und zwinkerte mir verschwörerisch zu.

"Ich hole mir etwas zu trinken, möchtet ihr auch etwas?"

Wir schüttelten beide den Kopf und daraufhin verließ sie das Zimmer.

Korea kam etwas näher und blieb dann schweigend stehen.

"Können Sie mir einfach alles erzählen, was Sie von mir wissen?"

Er nickte, schnappte sich einen der braunen Plastiksessel, schob ihn vor mein Bett und setzte sich.

Nachdem er mir von meinem Überfall und dem wenigen, was ich ihm erzählt hatte, berichtet hatte, war ich nicht schlauer als vorher. Ich konnte diese Luisa überhaupt nicht verstehen. Was zur Hölle hatte sie dazu gebracht, einfach nach Hawaii zu fliegen? Nicht dass ich diese Spontanität nicht gut gefunden hätte, aber sie, also ich hatte anscheinend keinerlei Absicherung, keine Freunde und Familie. Was war ich für ein Mensch?

"Ich werde Ihren angeblichen Freund überprüfen und machen Sie sich keine Sorgen, Ihre Erinnerungen sind sicher bald zurück."

Er sagte das so ungelenk, dass ich nicht richtig wütend auf ihn sein konnte. Obwohl es mich schon ärgerte, dass alle sagten, es würde schon wieder alles gut werden. In mir regte sich eine Erinnerung, die ich aber nicht fassen konnte.

"Wer saß mit im Auto? Der Arzt sprach gestern davon, wir hätten beide Glück gehabt. Und wohin war ich unterwegs?"

Er berichtete mir von Dorothys Hochzeitsservice und erklärte mir, dass ich in einem Taxi auf dem Weg zu einer Hochzeit verunglückt wäre. In einem Unwetter in den Bergen war der Wagen von der Straße abgekommen und hatte sich mehrfach überschlagen. Er blickte immer wieder unsicher zu mir, anscheinend aus Angst, es würde mir alles zu viel werden. Ich nahm den Bericht auf, als ob er von jemand anderem spräche. Ich hatte das Gefühl, es hatte nichts mit mir zu tun.

"Und warum war ich auf dem Weg zu einer Hochzeit?", unterbrach ich seinen Unfallbericht.

"Sie sollten Dorothy die noch fehlenden Leis bringen."

"Leis?"

Er lächelte und sagte: "Das sind hawaiianische Blumengebilde, Kränze, die man in wichtigen Momenten trägt."

In diesem Moment rauschte Dorothy wieder zur Tür herein. Sie hatte ein kleines Tablett mit drei dampfenden Pappbechern dabei.

"Nicht aus dem Automaten, sondern direkt aus dem Schwesternzimmer mit einem Gruß von Schwester Lailani", sagte sie und reichte mir einen der Becher.

Schweigend tranken wir unseren Kaffee und Dorothy schaute interessiert zwischen dem Polizisten und mir hin und her.

"Und hat Beni dir helfen können?", unterbrach sie die Stille.

"Nicht richtig. Ich habe das Gefühl, diese Person, von der er erzählt hat, ist eine völlig Unbekannte."

"Hast du ihr auch von Eurem Rendezvous erzählt?", wandte sie sich neugierig an Korea.

Der schüttelte den Kopf und murmelte: "Das war doch nur ein Essen, da gibt es nichts zu erzählen."

"Doch, alles ist wichtig. Worüber haben wir uns unterhalten? Was habe ich gegessen?"

"Bei Duke's?", fragte ich.

Überrascht hob er den Kopf und blickte mich irgendwie seltsam an.

"Sie erinnern sich wieder?"

"Äh, nein, Sie haben mich gestern danach gefragt."

"Stimmt, aber das war ja auch nicht so wichtig."

Irgendetwas stimmte hier nicht. Warum wollte er mir nicht mehr davon erzählen?

"Was ist denn passiert?"

Er räusperte sich und blickte von Dorothy zu mir. Wir schauten ihn beide gespannt an.

"Sie haben ein bisschen zu viel getrunken", sagte er und schaute auf den Boden.

"Oh", sagten Dorothy und ich im Chor.

Er räusperte sich und grinste mich dann an.

"Es war ganz lustig, Sie wollten nicht mehr reden, weil Sie ein kleines bisschen gelallt haben. Und auf dem Nachhauseweg haben Sie gesungen."

Ich spürte, wie mir das Blut in den Kopf schoss und mir ganz heiß wurde. Ich wollte im Erdboden versinken vor Scham. Mit brennenden Wangen schaute ich zu ihm auf, um zu sehen, was er davon hielt, aber das Grinsen war verschwunden, und alle seine Gedanken versteckten sich hinter seiner undurchdringlichen Miene.

"Beni, wie kannst du nur! Das hilft Luisa nun wirklich nicht weiter."

Sie schüttelte den Kopf und spießte ihn mit Blicken auf.

Er verabschiedete sich hastig, ohne ein weiteres Wort über dieses Rendezvous zu verlieren, und verließ überstürzt das Zimmer. Das musste ja wirklich ein schrecklicher Abend gewesen sein, nach seiner Reaktion zu urteilen.

Sobald wir alleine waren, setzte sich Dorothy wieder auf die Bettkante und schaute mich verschwörerisch an.

"Ich habe deinen Freund besucht."

Ich wartete, dass sie weitersprach.

"Er heißt Alexander Morgan, und stell dir vor, er ist ein entfernter Verwandter von Martha. Ist das nicht ein Zufall? Das mit der Verwandtschaft glaube ich zumindest, ich konnte leider nicht mit ihm sprechen. Aber Martha hat eine große Familie und ich bin mir fast sicher, dass sie auch mal einen Alexander erwähnt hat. Hier auf Oahu ist ja fast jeder mit jedem verwandt."

Wer war jetzt gleich wieder Martha? Einen Augenblick musste ich nachdenken, dann fiel es mir, mit einem Blick auf die bunte Tasche zu meinen Füßen, wieder ein. Die Frau mit den Klamotten.

Da ich nichts sagte, redete Dorothy weiter.

"Die Schwester hat mir erzählt, dass er einen Blinddarmdurchbruch hatte. Und jetzt ist wohl eine schwere Infektion dazu gekommen. Er war nicht bei Bewusstsein, als ich bei ihm war. Der Ausflug zu dir hat ihm nicht gut getan, seine Narbe ist wieder aufgeplatzt."

Ich schloss die Augen, denn auf einmal wurde mir alles zu viel. Ich bemerkte, wie sich die Dunkelheit über mich senkte. Dorothys Worte drangen nur noch bruchstückhaft zu mir durch.

" ... Station 5, der arme Mann ... Zimmernachbar, ... Schwester gefragt, ... 514, einfach schrecklich, ... Luisa, bist du noch wach?"

Mit letzter Kraft versuchte ich meine Augenlider zu öffnen, aber es ging einfach nicht.

"Es tut mir leid, da quatsche und quatsche ich und merke gar nicht, dass du deine Ruhe brauchst."

Ich spürte, wie sie mir mit ihrer Hand leicht über die Wange strich, dann driftete ich in die Dunkelheit ab.

15

Anja wälzte sich im Bett hin und her. Sie konnte einfach nicht schlafen. Immer wenn es ihr fast gelang, in die Traumwelt abzugleiten, tauchten wieder die unschönen Bilder von ihrem Streit mit Stefan auf. Sie verstand nicht, warum er unbedingt wissen wollte, was da zwischen ihr und Luisa passiert war. Es hatte doch nichts mit ihm zu tun, aber er konnte sich damit nicht zufriedengeben und sie war viel zu gereizt gewesen, um mit ihm ein vernünftiges Gespräch zu führen.

Sie schaute auf die blinkenden Ziffern des Radioweckers: 3. 39 Uhr, klick 3. 40 Uhr, klick, 3. 41 Uhr, klick.

Sie stand auf und taumelte in die Küche, um Wasser aufzusetzen. Schon wieder wurde ihr übel und sie schaffte es gerade noch, den Wasserkessel abzusetzen und ins Bad zu stürzen.

Nachdem nichts mehr aus ihrem Magen kommen wollte, blieb sie einfach auf den kalten Fliesen des Badezimmers sitzen. Sie musste heute unbedingt den Test machen, den sie schon vor einiger Zeit gekauft hatte. Seitdem schmorte er in ihrem Badezimmerschrank, in der untersten Schublade, zwischen alten Badetabletten und Wäscheweißer. In den letzten Tagen hatte sie es weit von sich geschoben, hatte ihre permanente Übelkeit auf das Wiederauftauchen (oder Verschwinden?) von Luisa geschoben und war froh gewesen, damit einen Grund zu haben, den Test zu verschieben. Aber natürlich wusste sie, dass sie ihn nicht weiter aufschieben durfte. Ihr Hintern schien die Temperatur der Fliesen angenommen zu haben. Als sie sich langsam erhob, fühlte er sich ganz taub und nicht zu ihr gehörig an. Sie kramte in der

Schublade und fand die Packung viel zu schnell. Minutenlang stand sie im Bad und starrte auf die Schrift, dann legte sie den Test auf die Waschmaschine, die neben der Toilette stand und schlurfte in die Küche.

Nachdem sie sich mit automatisierten Bewegungen einen Kaffee aufgebrüht hatte, setzte sie sich mit der dampfenden Tasse an den Esstisch im dunklen Wohnzimmer.

Was sollte sie nur machen, wenn der Test positiv wäre? Was würde Stefan dazu sagen? Würde er überhaupt je wieder mit ihr sprechen, nach dem letzten Abend? Sie hatte ihm scheußliche Dinge an den Kopf geknallt, Behauptungen, die nicht wahr waren und ihn schwer verletzt haben mussten. Dabei hatte sie einfach nur Angst davor, was er dazu sagen würde, wenn sie tatsächlich schwanger wäre. Bei ihrem Streit war es in Wirklichkeit gar nicht um Luisa gegangen, sondern Anja hatte ihn einfach vertreiben wollen, weil sie Angst vor seiner Reaktion hatte, denn im Grunde genommen wusste sie, dass sie schwanger war. Der Test war nur noch eine letzte Bestätigung, denn ihr ganzer Körper signalisierte ihr ihren Zustand. Es war genauso wie damals.

Sie stellte die Kaffeetasse so abrupt auf den Tisch, dass die heiße Flüssigkeit überschwappte und ihr die Finger verbrannte.

Im Bad pinkelte sie auf das Teströhrchen und blieb dann einfach auf der Toilette sitzen und sah zu, wie sich langsam die beiden rosafarbenen Linien bildeten.

Am liebsten hätte sie jetzt Luisa angerufen und um Rat gefragt.

Anja stellte sich unter die Dusche und ließ die heißen Wassertropfen auf sich herabregnen. Wie würde Stefan reagieren? Sie hatten nie über Kinder gesprochen, weil Anja das jedes Mal, sobald das Gespräch darauf kam, vehement abgewürgt hatte. Sie hatte klargestellt, dass das für sie nie in Frage kommen würde. Punkt. Leider hatte sie Stefan nie zu Wort kommen lassen, so dass sie jetzt nicht wusste, wie er dazu stehen würde. Und der Streit von gestern Abend war auch keine gute Voraussetzung für eine Versöhnung. Was hatte sie sich nur dabei gedacht?

Sie zog sich an und verließ die Wohnung. Im Treppenhaus war es ganz still, die Tageszeitungen, die normalerweise vor den Türen lagen, waren noch nicht da. Vor der Haustür blieb sie verblüfft stehen. Es war noch dunkel, viel zu früh, um zur Arbeit zu fahren. Sie setzte sich trotzdem in ihren Fiat Panda und ließ den Motor an.

Anja liebte es, Auto zu fahren. Es verschaffte ihr Ruhe zum Nachdenken. Manchmal fuhr sie aber auch einfach durch die Stadt, dachte nicht nach, gab sich nur dem Gefühl des Fahrens hin. Selbst in ihrem Fiat, auf den Campingstühlen, die, wie Stefan immer grinsend anmerkte, gar keine richtigen Autositze wären, eben nur bessere Campingstühle, fühlte sie sich wohl.

Aus purer Gewohnheit fuhr sie zu Charlottes Buchhandlung. Sie sah sogar direkt davor einen freien Parkplatz, was einem Wunder glich. Die Buchhandlung war keine dieser anonymen riesigen Buchläden, sondern ein kleines, gemütliches Geschäft mit hohen, vollgepackten Regalen, deren obere Schätze man nur mit einer kleinen Leiter erreichen konnte. Ein plüschiges Sofa lud zum Lesen ein und Anja hatte sogar schon mal eine Nacht auf diesem Sofa verbracht.

Nach einem kurzen Zögern, was ein Hupen eines hinter ihr fahrenden Autos nach sich zog, beschleunigte sie und ließ den Laden links liegen. Ohne weiter über ein Ziel nachzudenken, fuhr sie auf die Stadtautobahn Richtung Norden auf. In Richtung Stadt bildete sich gerade der erste morgendliche Stau, auf ihrer Spur waren nur vereinzelt andere Fahrzeuge unterwegs.

Nachdem sie die nervigen Geschwindigkeitsbegrenzungen am ehemaligen Grenzübergang passiert hatte, konnte sie endlich Gas geben. Der Panda schraubte sich langsam auf 120 Stundenkilometer hoch, aber dann war Schluss. Anja ließ sich wieder etwas zurückfallen, da das alte Auto bei Höchstgeschwindigkeit so laut vibrierte, dass sie davon Kopfschmerzen bekam. Sie fühlte sich in ihrem kleinen Fiat wie in einer Blase, abgeschottet von der Welt und all ihren Problemen.

Die Tankanzeige fing an zu blinken und holte sie zurück auf den Boden der Tatsachen. So ein Mist, eigentlich hatte sie schon vor ein paar Tagen tanken wollen, jetzt musste sie die teure Autobahntankstelle nehmen. Aber das war eigentlich auch egal, viel ärgerlicher war es, dass das reale Leben wieder bei ihr angeklopft hatte.

Nachdem sie an der Raststätte getankt hatte, kaufte sie sich im Bistro eine Currywurst und einen Kaffee. Sie setzte sich auf eine unbequeme Bank aus Stein und beobachtete das morgendliche Treiben, während sie mit großem Appetit ihre Wurst aß. Erstaunlicherweise blieb die Wurst auch da, wo sie hingehörte, und wollte nicht sofort wieder ihren Magen verlassen. An dem Kaffee nippte sie nur einmal, bevor sie ihn zur Seite stellte. Er löste schon mit seinem Geruch einen Würgreflex bei ihr aus. Okay, also ab jetzt morgens keinen Kaffee mehr, schade eigentlich, sie hatte das Ritual des morgendlichen Kaffeeaufbrühens immer als etwas Beruhigendes empfunden.

Sie musste Stefan anrufen. Halb neun, er war sicher schon wach. Anja ging, um den Anruf noch ein bisschen rauszuzögern, aber auch um etwas Ruhe vor dem Krach der Autobahn zu haben, in den hinteren Teil des Rastplatzes. Sie fand einen kleinen verwahrlosten Spielplatz, auf dem sich wohl quengelige Kinder etwas austoben sollten, der aber eher zu anderen Zwecken genutzt wurde. Zahlreiche Kondome lagen auf dem Sandboden und benutztes Toilettenpapier wehte ihr um die Beine. Sie setzte sich leicht angewidert auf eine Schaukel, deren Kettenglieder völlig verrostet waren.

"Hallo, ich bin’s, können wir reden? Ich ..."

"Nein."

"Wie, nein?"

"Ich habe keine Zeit und außerdem möchte ich erst mal ein paar Tage allein sein. Tut mir leid."

Aufgelegt.

Irritiert blickte Anja das Handy an. Was sollte sie jetzt machen?

Stefan hatte sich so kalt angehört. Und er hatte über die Freisprechanlage seines Wagens telefoniert. Wohin war er unterwegs? Hätte sie ihm gestern mal besser zugehört. Aber nein, sie hatte sich ja nur für ihre eigenen Probleme interessiert. Blöde Kuh, schimpfte sie sich selbst. Moment mal, schon vor ein paar Tagen hatte er ihr von einem Hotel an der Ostsee erzählt, etwas ganz Neues, eine Art Volkshotel. Und hatte nicht dieses Hotel ihn eingeladen zu einer Reiseblogger-Konferenz?

Sie ging mit ihrem Telefon ins Internet und gab bei Google die Suchbegriffe: "Ostsee, neu, Volkshotel" ein und gleich darauf poppten unzählige Vorschläge auf. In der Nähe von Rostock hatte ein neues Hotel aufgemacht, das in einem Artikel einer Online- Zeitung auch als Volkshotel beschrieben wurde. Bingo, das war es.

Wahrscheinlich saß Stefan in einem der Autos, die vorhin an ihr vorbeigesaust waren. Anja sah es ein bisschen als einen Wink des Schicksals, dass sie schon so gut wie auf dem Weg zu ihm war.

Ja, sie würde an die Ostsee fahren und ihm alles erzählen.

Nachdem sie sich ein weiteres Mal bei Charlotte für ihr Ausbleiben entschuldigt und mit schlechtem Gewissen das Angebot nach Hilfe aller Art abgelehnt hatte, setzte sie sich wieder in ihren Panda und startete Richtung Ostsee.

16

Ich träumte, dass ich durch die Luft gewirbelt wurde, gefangen in einer Glaskugel. Die Kugel fiel und fiel und schlug hart auf den Boden und zerplatzte mit einem ohrenbetäubenden Geräusch. Ich schrie, riss meine Augen auf – und schaute mal wieder in die grünen Augen von Doktor Green.

"Sie haben geträumt, atmen Sie ruhig."

Ich merkte, dass ich wie ein Fisch auf dem Trockenen nach Luft schnappte. Ich versuchte meine Atmung zu kontrollieren, aber ich japste weiter vor mich hin und war nicht in der Lage, einen ruhigeren Atemzug zu tun. Doktor Green holte einen Beutel aus seiner Kitteltasche und hielt ihn mir vor die Nase.

"Atmen Sie da rein, versuchen Sie sich zu beruhigen."

Ich sah, wie sich die Tüte unter meinen Atemzügen aufblies und wieder zusammenfiel. Langsam beruhigte ich mich und der Schwindel, der mich beim Aufwachen überfallen hatte, ließ nach.

"Ich hatte einen Albtraum", erklärte ich etwas dümmlich das Offensichtliche.

Er nickte und wandte sich dem piepsenden Gerät zu, an das ich angeschlossen war.

"Ich kann Sie jetzt von Ihrer Infusion und dem EKG befreien, es sieht alles soweit gut aus. Morgen werden wir noch mal Ihren Kopf untersuchen, um auszuschließen, dass Ihre Erinnerungslücken nicht physischer Natur sind."

Das hatte er ja sehr charmant ausgedrückt. Erinnerungslücken. Mir erschien es eher wie ein schwarzes Loch.

"Meinen Sie, es wird bald besser?"

"Um ehrlich zu sein, ich kann es nicht sagen. Ich weiß

nicht, was der Auslöser war, deswegen habe ich Ihnen auch einen Termin bei einem meiner Kollegen gemacht. Doktor Minervini wird Sie morgen vormittag eingehend untersuchen. Eine der Schwestern wird sie zu ihm bringen, denn Sie dürfen nach wie vor noch nicht alleine aufstehen."

Er schaute mich auffordernd an und ich nickte zur Bestätigung.

Ja, ich hatte verstanden und morgen ging es zum Nervenarzt. Herzlichen Glückwunsch, ich war verrückt.

Obwohl eigentlich Luisa die Verrückte war, ich lebte ja nur in ihrer nicht besonders attraktiven Hülle.

Nachdem er mich eingehend untersucht und mir auch versprochen hatte, dass sich keine sichtbare Narbe auf meiner Stirn bilden würde, ließ er mich alleine.

Auf dem Tischchen neben meinem Bett fand ich das Buch, das mir Dorothy mitgebracht hatte. Anscheinend hatte mein früheres Ich schon mehrere Kapitel gelesen, denn es steckte ein Lesezeichen in Form einer Ananas aus Papier zwischen den Seiten. Ich begann noch einmal von vorne zu lesen.

Ich wusste nicht ob die andere Luisa gerne historische Romane las, ich jedenfalls entdeckte, dass mich die Geschichte von Hitomi völlig fesselte. So nahm ich auch erst nicht wahr, dass Schwester Lailani das Zimmer betrat. Erst als sie ein Tablett mit duftenden Speisen vor mich stellte, tauchte ich aus der so interessanten, anderen Welt wieder auf.

"Scheint ja ein spannendes Buch zu sein, Sie waren ganz versunken."

"Ja, es tut gut, sich nicht die ganze Zeit mit sich selbst zu beschäftigen. Das riecht ja köstlich, was ist das alles?"

"Das hat Ihnen Mrs. Castle bringen lassen, denken Sie nicht, dass es hier ein so gutes Krankenhausessen gibt."

Sie kicherte und bekam einen roten Kopf.

"Das hätte ich vielleicht nicht sagen sollen, aber was Sie hier haben, das ist wirklich ein Festessen. Ein richtig hawaiianischer Mix aus all unseren Köstlichkeiten."

Mein Magen fing an zu knurren und ich merkte jetzt erst, dass ich großen Hunger hatte. Die Schwester erklärte mir die verschiedenen Leckereien. Von rohem eingelegten Thunfischsalat, über gebratene Garnelen mit Ingwer und Zitronengras, einer großen Suppenschüssel mit dicken Nudeln und einem scharfen Hähnchenschenkel mit einer breiartigen Masse, die sich Poi nannte, gab es einfach so viele, wenn auch teilweise unbekannte Speisen, dass ich beglückt aufseufzte. Sie ermahnte mich noch, langsam und nicht zu viel zu essen, bevor sie mich mit meinem Festmahl alleine ließ.

Eine Stunde später lehnte ich mich glücklich zurück und fasste das erste Mal Hoffnung, dass sich meine Situation schon irgendwie lösen würde. Ich beschloss, nicht weiter über mich selbst zu grübeln und schnappte mir wieder Dorothys Buch und versuchte mich erneut darin zu verlieren.

Aber ich konnte mich nicht konzentrieren, immer wieder tauchte das Bild meines Besuchers vor meinen Augen auf. Alex. Ich würde ihm einen Gegenbesuch abstatten. Station 5 hatte er gesagt und Dorothy hatte doch auch seine Zimmernummer erwähnt, als sie mir von seinem Bettnachbar erzählt hatte.

Hugh Grant. Plötzlich war der Name wieder da. Er hatte mich an einen jungen Hugh Grant erinnert. Wieso war plötzlich der Name dieses englischen Schauspielers wieder da? Würde mir auf die gleiche Weise mein Leben wieder einfallen?

Ich erzählte begeistert Schwester Lailani davon, während sie mir half, mich etwas zu waschen. Sie schaute mich leicht zweifelnd an.

"Hugh Grant? Finden Sie den etwa gut?"

"Ich weiß nicht, dieser Alex erinnert mich an ihn und heute morgen ist mir der Name nicht eingefallen."

"Also, ich finde ihn schnöselig."

Ich war etwas irritiert, sprach sie jetzt über Alex oder über Hugh?

"Ich habe Bridget Jones nie verstanden. Er hat sich ihr gegenüber doch so schrecklich benommen."

Ah, sie sprach von Hugh.

"Ich habe die Filme geliebt. Wie ist das mit Ihnen, Luisa?"

Sie schaute mich listig an und ich begriff, dass sie mir helfen wollte. Und sie hatte recht mit ihrer Taktik, ich konnte mich an die Filme mit der leicht übergewichtigen Renée Zellweger erinnern.

"Sehen Sie, es kommt alles wieder."

Im Spiegel konnte ich sehen, wie sie mir aufmunternd zulächelte. Mein Gesicht sah immer noch furchtbar aus, das Rotunterlaufene unter meinem Auge begann sich blau zu verfärben. Meine Beine zitterten, und ich spürte, wie meine Kraft nachließ.

Sie führte mich wieder zu meinem Bett und half mir behutsam hinein. Meine Rippen schmerzten wieder stärker und auch mein Kopf meldete sich mit einem dumpfen Pochen.

"Hier, nehmen Sie eine Tablette."

Sie drückte mir ein Glas Wasser in die Hand und ich schluckte dankbar die kleine Pille.

"Falls Sie nicht schlafen können, ist hier noch eine Schlaftablette und wenn die Schmerzen stärker werden, dann klingeln Sie bitte. Jetzt schlafen Sie erst mal und stehen Sie bitte nicht alleine auf."

Ich nickte und schämte mich, weil ich genau das vorhatte. Nachdem sie das Zimmer verlassen hatte, kämpfte ich mit der Müdigkeit. Immer wieder fielen mir die Augen zu und ich redete mir ein, dass ich Hugh Grant ja auch morgen noch besuchen könnte. Ich wollte nur noch schlafen, zurück in die Dunkelheit, nicht mehr denken, mich einfach treiben lassen.

Ich schreckte hoch und sah nichts. Es war dunkel im Raum, nur durch das Fenster schimmerte ein gelber Schein, vermutlich von der allgemeinen Helligkeit der Stadt. Ich tastete nach der Lampe, die an einer Leiste über dem Bett angebracht war. Das grüne Neonlicht leuchtete zuckend auf und tauchte mein Bett in kaltes Licht. Ich lehnte mich aus dem Bett und tastete nach der Tasche, die Dorothy mir mitgebracht hatte. Mit meinem gepunktetem Nachthemd, das am Rücken komplett offen war, wollte ich mich nicht auf den Flur wagen. Entzückt wühlte ich mich durch die bunte Auswahl aus T-Shirts und Kleidern. Ich entschied mich für ein knielanges blaues Trägerkleid mit aufgedruckten weißen Blumen. Es erschien mir am einfachsten anzuziehen, da ich praktischerweise einsteigen und es dann an mir hochziehen konnte. Ich ging langsam und vorsichtig ins Bad. Dort versuchte ich, so gut es ging, mein großes Pflaster auf der Stirn mit meinen Haaren zu verdecken. Ich entfernte die Manschette, die ich um den Hals trug, und einen Augenblick hatte ich das Gefühl, mein Kopf wäre viel zu schwer, als dass mein Hals ihn tragen könnte. Ich setzte mich für einen Moment auf die Kloschüssel, um mich auszuruhen, und grübelte, ob ich mein Vorhaben wirklich in die Tat umsetzen wollte. Ich blickte auf meine nackten Füße. Leider hatte Dorothy keine Schuhe in die Tasche gepackt und Schwester Lailani hatte mir wohlweißlich keine gegeben. Eine Erinnerung flirrte vorbei wie ein Schmetterling. Ich liebte es, barfuß zu laufen. Dafür sprachen auch meine rotlackierten Fußnägel.

Ich erhob mich, öffnete vorsichtig die Tür und spähte hinaus. Ein gedämpftes Nachtlicht beleuchtete den menschenleeren Flur. Zu meiner Rechten sah ich in einiger Entfernung über einer Milchglastür ein rotes Exitschild leuchten. Zu meiner Linken ragte ein Glaskasten in den Flur. Wahrscheinlich das Schwesternzimmer, aber es war Gott sei Dank niemand zu sehen.

Ich schlich mich an der Wand entlang zur Glastür. Immer wieder musste ich kurz anhalten und mich an dem in der Wand angebrachten Griff abstützen. Endlich hatte ich die Tür erreicht. Und wenn sie abgeschlossen war? Quatsch, ich lag ja schließlich nicht auf der Geschlossenen. Oder doch?

Die Tür ließ sich leicht öffnen und schlug hinter mir mit einem, wie ich fand, ohrenbetäubenden Rumms wieder zu.

Direkt vor mir befanden sich zwei Fahrstühle, rechts von mir ging es ins Treppenhaus. Ich drückte den Rufknopf und nach einer gefühlten Ewigkeit verkündete ein lautes Pling die Ankunft des Fahrstuhls. Ich schlüpfte hinein und versuchte mich zu orientieren. Laut Anzeige befand ich mich im elften Stock. Ich drückte die Fünf, in der Hoffnung, dass sich auf diesem Stockwerk auch Station 5 befand.

17

Anja stocherte mit ihren nackten Zehen im nassen Sand und blickte auf die aufgewühlte Ostsee. Warum war sie noch nie hier gewesen? Sie hatte nur drei Stunden mit ihrem betagten Auto gebraucht. Seit sie in Berlin lebte, hatte sie das nie als eine Option für einen Ausflug gesehen, dabei liebte sie das Meer. Sie sog die salzige Luft ein und wendete ihren Blick vom Meer ab. Direkt hinter ihr thronte das Volkshotel direkt an der Strandpromenade. Ein alter Kasten, der einen frischen Anstrich bekommen hatte und über dessen Eingang ein riesiges, stylisches Neonschild hing.

Anstatt gleich nach Stefan zu suchen, hatte Anja, sobald sie das Meer gesehen hatte, den Wunsch verspürt, einen Strandspaziergang zu machen. Sie hatte ihr Auto an der Straße geparkt, die Schuhe ausgezogen und sich die Hose hochgekrempelt und war bis zum Wassersaum gelaufen.

Eine Welle überspülte ihre nackten Füße und Anja quiekte laut auf. Das Wasser war eiskalt und durchnässte ihre hochgekrempelten Hosenbeine. Salzige Gischt peitsche ihr ins Gesicht, so dass ihr ein Strandspaziergang nicht mehr so verlockend erschien. Sie ging zu einem der vielen um diese Jahreszeit schon wieder verschlossenen Strandkörbe, setze sich in den feuchten Sand und lehnte sich an die geflochtene Seite. Hier fand sie Schutz vor den starken Böen und hatte gleichzeitig das Meer und das Hotel im Blick.

Was würde Stefan sagen, wenn sie einfach vor ihm stehen würde? Sie merkte, dass ihr schon wieder übel wurde, diesmal allerdings nicht von der Schwangerschaft, sondern vielmehr von ihrer Angst vor Stefans Reaktion. Was wäre, wenn er sie wegschicken würde? Sie fing an zu zittern und merkte, dass der feuchte Sand ihren Hosenboden durchnässte. Sie sprang auf, rannte über den breiten Strand zurück zur Promenade und stieg heftig atmend in ihr Auto. Sie hatte ganz vergessen, wie anstrengend es war, durch den tiefen Sand zu laufen. Wann war sie das letzte Mal am Meer gewesen? Vor fünf Jahren mit Luisa in Goa?

Nachdem sie ihre Beine vom Sand befreit hatte und wieder in Socken und Schuhe geschlüpft war, betrat sie das Hotel. Die Halle erinnerte sie mehr an ein Ikea-Restaurant als an eine Hotelhalle. Vor den großen Glasscheiben, die sich über die ganze Länge der Halle erstreckten, standen lange Holztische mit schlichten farbigen Bänken. An einer Wand standen auf einem Buffet Kaffee und Wasser zur Selbstbedienung. Vereinzelt saßen Menschen auf den Bänken, die in ihre Laptops tippten oder auf ihre Smartphones starrten. Weit und breit konnte Anja keine Rezeption entdecken.

"Entschuldigung, wo kann man denn hier einchecken?", fragte sie eine Frau, die wild auf der Tastatur ihres Laptops herumhämmerte.

Sie blickte auf, zog sich ihre dicke Lesebrille von der Nase und sah sie irritiert an.

"Kannst du online machen. Bist du auch wegen der Bloggerkonferenz hier?"

Sie schob sich ihre roten Locken aus der Stirn und deutete neben sich.

"Komm, setz dich, gibt ja nicht so viele Frauen unter den Reisebloggern, da müssen wir doch zusammenhalten."

Anja setzte sich.

"Eigentlich bin ich nicht direkt ...", versuchte sie sich zu erklären, aber die Frau unterbrach sie, indem sie auf das Buffett deutete und fragte: "Willst du auch einen Kaffee?"

"Lieber nicht." Sie dachte an ihre derzeitige Unverträglichkeit gegenüber Kaffee. "Ein Wasser wäre toll."

"Kommt sofort."

Die Frau sah aus wie Pumuckel, allerdings von Vivienne

Westwood eingekleidet. Ihre roten, kurzen Locken standen ab, als ob sie in eine Steckdose gefasst hätte. Sie trug einen Schottenrock über gelben Leggings und schwarzen Springerstiefeln, dazu ein blaugestreiftes T-Shirt mit einem stilisierten Totenkopf.

"Ich heiße Melissa, aber du kannst mich Mel nennen", sagte sie und reichte Anja eine Plastikflasche mit Wasser.

"Ich heiße Anja."

Ohne Anja eine weitere Gelegenheit zu geben, sich zu erklären, fing Mel an, ihr die Vorzüge des Hotels zu erläutern. Die Worte zogen an Anja vorbei, während sie überlegte, wie sie am besten ein Treffen mit Stefan herbeiführen könnte.

Plötzlich stockte Mels Redeschwall und sie schaute über Anjas Schulter hinweg in die Ferne.

"He Jungs, wollt Ihr euch nicht zu uns setzen? Dann kann ich euch auch gleich eine weitere Kollegin vorstellen."

Anja drehte den Kopf in Mels Blickrichtung und sah Stefan mit einem blonden Surfertypen auf sie zu kommen.

"Stefan, Joe, darf ich euch Anja vorstellen? Du hast mir noch gar nicht den Namen deines Blogs verraten, ach, ist ja jetzt auch erst mal egal, kommt, setzt euch."

"Anja, so so", sagte Stefan und blickte sie verwundert an. Auch Joe begrüßte sie, setzte sich dann aber zu Mel und begann ein für Anja kryptisches Gespräch über Formate, Html und Auflösungen. Anscheinend ging es um seinen Blog.

"Was machst du hier?", zischte Stefan ihr zu, während er sich neben sie setzte."Und was soll das Theater mit der Kollegin?"

"Das ist ein Missverständnis, Mel hat einfach vermutet, dass ich auch eine Bloggerin bin und dann hat sie mich nicht mehr zu Wort kommen lassen."

"Und was willst du hier?"

"Ich muss mit dir reden."

"Ich habe dir schon heute morgen gesagt, dass ich erst mal ein bisschen Zeit für mich brauche, was war denn daran nicht zu verstehen?"

Stefans Stimme wurde immer lauter und Mel und Joe unterbrachen ihr Gespräch und schauten sie mit offenen Mündern an.

"Kennt ihr euch?", fragte Mel.

"Ja", stießen sie beide im Chor hervor.

Mel schüttelte den Kopf und stupste Joe an.

"Wie wäre es mit einem kleinen Strandspaziergang? Ich habe das Gefühl, wir stören."

"Nein, bleibt ruhig, es ist alles gesagt."

Stefan stand abrupt auf und wendete sich zum Gehen.

"Warte, Stefan, ich ..."

"Lass es gut sein, fahr wieder nach Hause, wir reden in ein paar Tagen."

Und dann war er verschwunden. Anja saß zusammengesackt wie ein Häufchen Elend auf ihrer Bank.

Joe mischte sich ein: "Vielleicht solltet lieber ihr beiden einen kleinen Strandspaziergang machen?"

Er schaute Mel eindringlich an und erhob sich.

"Wir sehen uns nachher, Mel, okay? Tschüss, Anja, war nett dich kennengelernt zu haben."

Er rannte fast aus der Halle und verschwand in einem der Gänge, die zu den Zimmern führten.

"Drama, Baby, find ich immer spannend. Komm, die Idee mit dem Spaziergang ist gar nicht so schlecht, da kannst du mir dann alles erzählen."

Sie stand auf, schlüpfte in ihre zerschlissene Jeansjacke und streckte Anja lächelnd die Hand hin. Die ergriff sie, nach kurzem Zögern und ließ sich von Mel hochziehen. Hand in Hand liefen sie durch die Halle zum Ausgang.

18

Nachdem ich mich auf einem der Besucherstühle vor Station 5 etwas ausgeruht hatte, nahm ich all meinen Mut zusammen und öffnete die Milchglastür. Der Flur glich dem Flur auf meiner Station, nur mit den Farben war irgendetwas anders. Ich hatte mir schon die ganze Zeit mein Hirn zermartert, aber mir wollte die Zimmernummer, die Dorothy mir genannt hatte, einfach nicht mehr einfallen. Ich schlich über den Flur und blieb vor der ersten Zimmertür stehen. 518. Ich klopfte vorsichtig an, aber ich hörte keine Antwort. Unter der Tür konnte ich einen Lichtschein sehen. Ich öffnete die Tür langsam und sah einen kräftigen Hawaiianer auf einem der Betten sitzen. Er trug ein blau-weißes Hawaii-Hemd und schwarze Shorts, aus denen muskulöse Beine mit Tätowierungen hervorlugten. Er bemerkte mich nicht, weil er Kopfhörer trug und gebannt auf den Fernseher an der Wand starrte.

Ich schloss die Tür hinter mir und machte ein paar Schritte in den Raum. Überrascht blickte er plötzlich zu mir, er musste meine Bewegungen gespürt haben. Er setzte die Kopfhörer ab und strahlte mich über das ganze Gesicht an.

"Aloha, so spät noch Besuch?"

"Entschuldigen Sie, ich wollte Sie nicht stören. Ich suche meinen Freund, ich habe mich wohl in der Zimmernummer geirrt."

Mir wurde wieder schwindelig und ich hielt mich an dem unbelegten Bett, das direkt vor mir stand, fest. Skeptisch schaute der Mann von meinen nackten Füßen über mein zu großes Blumenkleid, zu meinem zerschundenen Gesicht.

"Sind Sie sicher, dass Sie hier zu Besuch sind?"

Er erhob sich ächzend aus seinem Bett und kam auf mich zu.

"Kommen Sie, Sie sehen gar nicht gut aus, setzen Sie sich."

Er führte mich um das freie Bett und setzte mich darauf. Nicht zu glauben, aber er hob mich hoch, als wäre ich eine Feder und setzte mich sanft ab.

"Also, ich heiße Keoki und bin hier, weil ich ein Magengeschwür habe."

Er streckte mir seine riesige braune Hand entgegen. Ich ergriff sie ängstlich, aber er drückte meine Hand nur ganz zart.

"Ich heiße Luisa und ich hatte einen Autounfall. Dadurch habe ich mein Gedächtnis verloren."

Das verschlug ihm die Sprache. Er plumpste auf sein Bett und fing an zu lachen.

"Wow, deine Geschichte ist wirklich die bessere."

Er lachte noch lauter, so dass ich schon Angst bekam, eine Schwester würde jeden Moment herbeieilen, um nach der Ursache des Krachs zu forschen. Ich legte meinen Finger an die Lippen und flüsterte: "Psst, bitte, ich darf noch nicht aufstehen, und wenn die Schwester mich erwischt, dann ..."

Ja, was dann? Ich war mir nicht sicher, aber ich wollte lieber nicht den Zorn von Schwester Lailani heraufbeschwören.

Er hörte schlagartig auf zu lachen und flüsterte: "Bist du heimlich abgehauen?"

"Nein, ja, schon, aber ich gehe gleich wieder zurück auf meine Station. Ich muss nur einen Freund finden."

Er musterte mich neugierig.

"War der auch in dem Auto?"

"Nein, er hatte einen Blinddarmdurchbruch."

Ich wusste nicht, ob Keoki mir meine Geschichte abnahm, seiner Miene nach zu urteilen überlegte er gerade, ob ich noch alle Tassen im Schrank hatte. Ich beeilte mich, ihm zu versichern, dass ich nicht verrückt wäre, und beschrieb ihm Alex, in der Hoffnung, dass er wüsste, in welchem Zimmer er lag.

"Du meinst den Typen, der ein bisschen wie Hugh Grant aussieht?"

Ich nickte völlig perplex. Ich hatte mich nicht getraut, diesen Vergleich zu bringen, weil ich mir sicher war, dass er nichts mit dieser Art von Schauspielern anfangen konnte. Im Fernsehen lief immer noch stumm ein Horrorfilm mit viel Blut und Gemetzel.

"Ich liebe die Bridget-Jones-Filme", sagte er ohne ein Fitzelchen Ironie in der Stimme.

Erstaunt riss ich mich von dem Fernsehbild los, auf dem gerade ein Zombie mit einem langen Säbel geköpft wurde, und schaute ihn mit offenem Mund an. Wollte er mich verarschen? Er blickte mich so aufrichtig und ehrlich entzückt an, dass ich den Gedanken schnell verwarf.

"Du stehst auf Bridget Jones?"

"Ja, warum nicht?"

Ja, warum eigentlich auch nicht?

"Okay, ist ja auch egal, aber noch mal zu Hugh Grant. Wo hast du ihn gesehen? Weißt du seine Zimmernummer?"

"Nein, ich weiß nur, dass er auf dieser Station liegt. Heute morgen ist eine wirklich entzückende Schwester mit ihm in einem Rollstuhl an mir vorbeigestürmt, als ich gerade von meiner Untersuchung kam."

Mist, dann wusste er auch nicht mehr als ich. Meine Rippen begannen wieder zu schmerzen und ich musste mehrmals schlucken, da mir schon wieder übel wurde. Von den Fingern und Zehenspitzen angefangen, spürte ich, wie mein Körper langsam taub und kalt wurde. Ich schlug das Laken, auf dem ich lag, auf und wickelte es um meine nackten Beine. Ich lehnte mich zurück und versuchte durch flaches Atmen den Würgereiz zu unterdrücken. Auf meiner Oberlippe spürte ich kalte Schweißperlen. Ich wollte mich zusammenreißen und versuchte mich wieder aufzusetzen. Die Schmer- zen in meinen Rippen nahmen mir den Atem und ich biss mir auf die Lippe, um nicht laut aufzuschreien.

"Alles okay bei dir?"

Keoki war aufgestanden und berührte mich sanft an meiner Schulter.

Ich konnte nur nicken und versuchte weiter flach zu atmen. Gekonnt stellte er das Kopfteil des Betts nach oben und half mir, mich aufzusetzen.

"Soll ich eine Schwester holen?"

"Nein, geht schon wieder, danke."

Ich sammelte mich und versuchte, so gut es ging, ihm meine Geschichte zu erzählen. Ich hoffte, dass er verstehen würde, wie wichtig es wäre, mit Alex zu sprechen. He, jemand, der Bridget Jones mochte, hatte vielleicht auch ein bisschen Mitgefühl für meine Situation.

Er hörte mir aufmerksam zu und unterbrach meinen Bericht nur durch Laute des Erstaunens. Als ich fertig war, schaute ich ihn fragend an.

Er hatte sich während meiner Schilderung auf seine Bettkante gesetzt. Er sprang auf, schlüpfte in seine Flipflops, die unter dem Bett standen, und ging zur Tür.

"Du bleibst schön im Bett liegen und ich mache mich auf die Suche nach Alex", sagte er mit der Hand an der Türklinke. Er grinste mich unternehmungslustig an: "Agent Keoki in geheimer Mission, bin gleich wieder da."

Er öffnete die Tür einen Spalt und spähte hinaus.

"Die Luft ist rein", flüsterte er, trat auf den Flur und schloss die Tür.

Mein Blick fiel auf den immer noch laufenden Fernsehapparat. Die Zombies waren inzwischen einer lokalen Fernsehsendung gewichen. Ich sah Karten von den einzelnen Inseln, auf denen vor starken Regenfällen gewarnt wurde. Dann wechselte das Bild und ein Moderatorenpaar tauchte auf. Sie moderierten stumm und ich versuchte vergeblich von ihren Lippen abzulesen, was sie sagten. Ich hielt den Atem an, als plötzlich hinter ihnen, in einem kleinen Fenster, ein Bild von mir auftauchte. Ich hatte darauf die Augen geschlossen und es war auch etwas verschwommen, aber das war ohne

Zweifel ein Bild von mir, aufgenommen in meinem Krankenhausbett.

Ich versuchte meine Beine aus dem Laken zu befreien und hangelte mich zu Keokis Bett. Ich wühlte in seinem Laken nach den Kopfhörern, aber als ich sie endlich gefunden hatte, lief auf dem Bildschirm eine Werbung für eine Bank, von der ich noch nie etwas gehört hatte. Ernüchtert setzte ich mich wieder in mein Bett und biss die Zähne zusammen, um nicht laut aufzuschreien wegen der stechenden Schmerzen in meinen Rippen.

Ich wusste nicht, wie viel Zeit vergangen war, als ich hörte, wie die Tür aufging und jemand das Zimmer betrat. Ich öffnete meine Augen nicht, aus Angst in das griesgrämige Gesicht einer Schwester oder eines Pflegers zu schauen. Aber es war Keoki.

"Luisa, hörst du mich?"

Ich schlug die Augen auf und sah ihn mit einem Rollstuhl vor meinem Bett stehen.

"Auftrag ausgeführt, komm, ich bring dich jetzt in dein Bett. Ich glaube, wir würden ein bisschen Ärger bekommen, wenn sie dich morgen früh hier bei mir finden würden."

Er legte seine muskelbepackten Arme um mich und hob mich in den Rollstuhl. Durch die Schmerzen, die meine Rippen verursachten, konnte ich kaum sprechen.

"Hast du ihn gefunden?", murmelte ich und versuchte ein Stohnen zu unterdrucken.

Während Keoki mich durch den menschenleeren Flur rollte, berichtete er mir von seiner erfolgreichen Detektivarbeit. Er hatte Alex in Zimmer 514 aufgespürt. Allerdings hatte er nicht mit ihm reden können, da er entweder ohnmächtig oder im Tiefschlaf lag, Keoki war sich da nicht so sicher.

Ungehindert fuhren wir mit dem Fahrstuhl in den elften Stock. Als die Türen sich mit einem Pling öffneten, stand Schwester Lailani mit ernster Miene vor uns. Ich wäre am liebsten im Erdboden versunken, obwohl sich das vom elften

Stock aus sicher sehr schwierig gestalten würde. Keoki fand zuerst seine Sprache wieder, schob mich aus dem Fahrstuhl und ging auf die Schwester zu.

"Bevor Sie mit uns schimpfen, ich habe gut auf Luisa aufgepasst. Ich bringe sie jetzt ins Bett und sie verspricht, auch nicht mehr ohne Ihre Erlaubnis aufzustehen."

Er stupste mich an und ich nickte eifrig zur Bestätigung seiner Worte.

"Sie machen jetzt hier gar nichts mehr, ich werde Luisa ins Bett bringen. Wo kommen Sie überhaupt her?"

Sie musterte Keoki von oben bis unten und es war nicht zu erkennen, ob ihr das, was sie sah, gefiel. Keoki trat dicht vor sie und strahlte sie an. Er streckte ihr seine große Pranke entgegen und sagte: "Ich heiße Keoki Kalakawa, Magengeschwür, Station 5."

"Aha", sagte Schwester Lailani und schüttelte ihm irritiert die Hand.

Ohne die Hand der Schwester loszulassen, fragte er mit einem verzückten Blick: "Und wie heißen Sie, schöne Frau?"

Schwester Lailani versuchte ihm ihre Hand zu entziehen und errötete. Ich war mir nicht sicher, ob sie verärgert oder verlegen war, aber sie gab mir keine weitere Zeit, darüber nachzudenken. Sie befreite ihre Hand, schnappte sich meinen Rollstuhl und schob ihn, ohne ein weiteres Wort, auf den Stationsflur. Hinter uns fiel die Tür mit einem dumpfen Geräusch zu.

"Was haben Sie sich nur dabei gedacht?", schimpfte sie und öffnete kopfschüttelnd die Tür zu meinem Zimmer.

19

Anja erwachte durch einen schrillen Ton. Sie versuchte sich zu orientieren, obwohl es stockdunkel in dem Raum war. Neben sich spürte sie eine Bewegung und dann hörte sie Mel vor sich hin schimpfen.

"Wo ist dieses Scheißhandy, aha, mein Kopf."

Das Schrillen verstummte und sie bemerkte, dass Mel sich wieder auf ihrer Seite des Bettes fallen lassen hatte. Kurz danach hörte sie die regelmäßigen Atemzüge ihrer Bettnachbarin. Sie krabbelte aus dem Bett und lief barfuß über den kratzigen Teppich zum Fenster. Sie schob die Gardine zur Seite und stellte erstaunt fest, dass es draußen schon taghell war. Das Meer war immer noch aufgewühlt und schimmerte in vielen unterschiedlichen Blautönen. Kleine weiße Schaumkronen tanzten auf den Wellen.

Nachdem sie gestern einen langen Strandspaziergang gemacht hatten, bei dem Anja Mel ihr Herz ausgeschüttet hatte, waren sie ins Hotel zurückgekehrt und hatten feststellen müssen, dass es komplett ausgebucht war. Mel hatte Anja daraufhin angeboten, bei ihr zu übernachten. Sie hatte Mel zu einem Meeting im Rahmen der Konferenz begleitet, in der Hoffnung, Stefan zu sehen, aber er war nicht erschienen. Im Hotel wollte ihr niemand Auskunft über seine Zimmernummer geben und an sein Handy ging er nicht. Auch beim gemeinsamen Abendessen war er nicht zu sehen gewesen. Sie hatten sich dann noch eine Flasche Rotwein gekauft, die Mel dann alleine auf dem Zimmer trank, während sie sich die hundertste Wiederholung von Bridget Jones im Fernsehen ansahen.

"Hab ich wirklich die ganze Flasche alleine ausgetrunken?"

Mel war neben sie ans Fenster getreten. Ihr rotes Haar stand noch mehr vom Kopf ab als sonst und ihr blasses, ungeschminktes Gesicht kam Anja viel hübscher vor, als das dick geschminkte, das sie am Tag zuvor hatte kennenlernen dürfen.

"Ich hab nur Wasser getrunken."

"Stimmt, du bist ja ..."

Mel ging ins Bad und kurze Zeit später hörte Anja Duschgeräusche und eine fröhliches Singen. Sie ging zurück zum Bett und ließ sich darauf fallen. Sie starrte an die Decke und überlegte, was sie jetzt machen sollte.

Mel kam nackt aus dem Badezimmer und begann in ihrem kleinen braunem Koffer zu wühlen. Sie hatte einen drahtigen Körper mit kleinen festen Brüsten.

"Du bist ja eine echte Rothaarige", sagte Anja und setzte sich auf.

Sie betrachtete Mel und bewunderte sie für die Selbstverständlichkeit, mit der sie nackt im Zimmer herumlief. Anja fand es schon unangenehm, sich im Fitnessstudio vor fremden Frauen umzuziehen.

Mel schaute auf ihre roten Schamhaare und grinste Anja an.

"Was hast du denn gedacht?"

"Ich hab einfach noch nie rote Schamhaare gesehen", gestand sie verschämt.

"Und gefällt es dir?", fragte Mel und stellte sich in Pose.

Anja senkte den Blick und schaute peinlich berührt auf das rot-blaue Teppichmuster. Mel fing an zu lachen und warf ihr eine schwarze Unterhose und ein T-Shirt mit Totenkopf zu.

"Sorry, ich wollte dich nicht in Verlegenheit bringen. Willst du jetzt ins Bad?"

Anja zupfte an dem etwas zu engen T-Shirt, als sie aus dem Bad kam. War ihr Busen etwa schon gewachsen oder hatte sie schlicht und einfach etwas mehr Oberweite als Mel? Sie entschied sich für die zweite Möglichkeit.

"Sei nicht böse, Mel, aber ich komme nicht mit zum Frühstück. Da wird mir nur wieder schlecht. Ich mache jetzt noch einen Spaziergang am Strand und dann fahre ich nach Hause."

"Willst du nicht noch mal versuchen, mit Stefan zu reden?"

Anja schüttelte den Kopf.

"Du hast doch gestern auch gehört, was er gesagt hat. Er will Zeit für sich und ich habe beschlossen, sie ihm zu lassen."

"Aber er weiß doch noch gar nicht, dass du schwanger bist. Über was soll er da nachdenken?"

"Ich schicke dir deine Sachen zu, danke fürs Leihen. Wo wohnst du überhaupt?"

"Wir können uns ja nächste Woche treffen, ich wohne auch in Berlin."

Sie umarmten sich flüchtig und verließen zusammen das Zimmer. Vor den Fahrstühlen stießen sie auf Leo und Stefan. Anja nickte Stefan zu und musste innerlich ein kleines bisschen grinsen, als sie seinen überraschten Gesichtsausdruck sah. Leo schaute betreten zwischen ihnen hin und her. Sie stiegen in den Fahrstuhl und alle versuchten den Blicken der anderen auszuweichen. Selbst Mel, die ja sonst nicht auf den Mund gefallen war, hielt ihre Klappe. Anja musterte Stefan verstohlen. Er hatte das blaue Hemd an, das Anja so an ihm mochte. Am liebsten hätte sie sich an ihn gekuschelt und hätte sich von ihm versichern lassen, dass alles gut werden wurde.

Als der Fahrstuhl im Erdgeschoss ankam, konnten Leo und Stefan gar nicht schnell genug herauskommen. Mel und Anja schauten den Flüchtenden perplex hinterher.

"Männer", war das Einzige, was Mel dazu einfiel.

Anja schüttelte den Kopf und rannte aus der Kabine.

"Warte Stefan, wir müssen reden", rief sie ihm hinterher.

Er blieb stehen, drehte sich um und musterte sie eindringlich. Dann wendete er sich an Leo und kam kurz danach auf sie zu. Mel murmelte etwas in Richtung: "Wir telefonieren" und liess Anja mit Stefan alleine.

"Ich habe dir doch schon gesagt, dass ich etwas Zeit brauche. Was ist daran nicht zu verstehen? Du tauchst einfach hier auf und denkst sofort, dass ich alles stehen und liegen lasse und nur noch für dich da bin. Du lässt mich nie an dich ran, erzählst mir nichts aus deinem Leben. Und von mir verlangst du das alles. Ich habe es so satt. Du verletzt mich andauernd und es scheint dich überhaupt nicht zu interessieren, wie es mir damit geht. Lass mich einfach in Ruhe."

"Ja aber, ...", Anja brachte es einfach nicht übers Herz, ihm von der Schwangerschaft zu erzählen. Nicht hier, vor den sich öffnenden Aufzugstüren und nicht so, vor diesem so wütenden Stefan.

"Entschuldigung", murmelte sie leise, drehte sich um und lief langsam, in der Hoffnung, dass er sie zurück rief, zum Ausgang. Aber er rief nicht.

Am Strand blies der Wind noch etwas stärker als gestern. Anja stemmte sich gegen die Böen und stapfte schnell durch den tiefen Sand. Es tat gut, sich so durchpusten zu lassen. Sie ließ ihren Blick über den Horizont schweifen und versuchte Stefans Bild zu verdrängen, das immer wieder vor ihren Augen auftauchte. Er hatte so traurig gewirkt und so wütend. War wirklich schon alles vorbei?

Sie blieb stehen und plötzlich ergoss sich eine Welle eiskalten Wassers über ihre Turnschuhe. Sie schrie auf und schimpfte laut mit sich selbst, dass sie ihre Schuhe nicht ausgezogen hatte.

Der Panda wollte einfach nicht anspringen. Er röchelte vor sich hin, aber das Brummen, das sonst immer auf das Röcheln folgte, blieb aus. Immer wieder drehte Anja den Zündschlüssel, bis sie es schließlich verzweifelt aufgab und ihren Kopf auf das Lenkrad fallen ließ. Was nun? Alleine anschieben? Sie kramte ihre ADACKarte aus ihrem Portemonnaie und wählte die darauf angegebene Nummer mit ihrem Handy.

Der gelbe Engel war erstaunlicherweise schon nach einer Viertelstunde zur Stelle. Anja hatte im Wagen gewartet und war ausgestiegen, sobald sie das Auto hinter sich einparken sah. Sie schilderte dem Mann ihr Problem, der sich daraufhin auf den Fahrersitz setzte und den Zündschlüssel drehte. Wieder nur das Röcheln. Der Mann stieg wieder aus und schaute Anja, wie sie fand, etwas abfällig an.

"Sie haben keinen Sprit mehr."

Siedend heiß fiel Anja ein, dass sie an der teuren Autobahntankstelle nur ein bisschen nachgetankt hatte. Sie spürte, wie ihr die Röte ins Gesicht stieg. Wie peinlich war das denn?

"Ich weiß gar nicht, was ich sagen soll", stotterte sie.

"Ich habe einen Reservekanister bei mir", beruhigte sie der Mann. "Und glauben Sie nicht, dass Sie die Erste sind, der das passiert. Seien Sie froh, dass es nichts Schlimmeres ist."

Anja fing an zu weinen und musste gleichzeitig lachen.

20

Doktor Minervini brachte meine Gedanken am nächsten Morgen auf den Punkt.

"Sie wollen sich nicht erinnern, Luisa. Ich bin mir sicher, dass Sie es eigentlich können. Medizinisch spricht jedenfalls nichts dagegen."

Er studierte die Abbildungen aus dem Kernspintomograph, in den ich kurz zuvor gesteckt worden war. Nur die Hoffnung, dass man herausfinden würde, was mit mir los war, hatte mich davon abgehalten, aus dem röhrenähnlichen Gefängnis hysterisch schreiend herauszukrabbeln.

"Haben Sie Geduld. Ein Gedächtnisverlust resultiert oftmals aus einem verdrängten Erlebnis. In Ihrem Fall kann der Auslöser aber auch das Trauma sein, das Ihre Gehirnerschütterung ausgelöst hat. Sehen Sie hier, die helle Stelle, da hat Ihr Gehirn einen leichten Schlag bekommen."

Er hielt mir einen Ausdruck mit mehreren bunten Darstellungen eines Gehirns hin. Ich konnte nichts darauf erkennen, außer dass es in meinem Gehirn anscheinend recht bunt zuging.

Mich quälte eine viel praktischere Frage.

"Wer zahlt das hier eigentlich alles?"

Doktor Minervini schaute überrascht von seinen Unterlagen auf.

"Ich dachte, Sie wüssten, ... Detektive Korea hat sich um Ihre Versicherungsunterlagen gekümmert. Und ich kann Ihnen sagen, Sie sind sehr gut versichert."

Mir schossen viele unterschiedliche Gedanken durch den Kopf. Deshalb war ich also in den Genuss eines MRTs gekommen, deshalb lag ich in einem Einzelzimmer. Ich schien in meinem früheren Leben eine verantwortungsbewusste Frau gewesen zu sein, ein Danke an mein anderes Ich. Aber vor allem, warum kümmerte sich dieser Polizist so sehr um mich? Ich nahm an, dass das nicht zur normalen Polizeiarbeit auf Hawaii zählte. Obwohl, vielleicht war das ein Service, extra für Touristen? Der Doktor riss mich aus meinen Grübeleien, indem er aufstand und die Schwester mit dem Rollstuhl hereinholte.

"Ich werde Sie mir morgen noch mal anschauen, schonen Sie sich und grübeln Sie nicht zu viel, es braucht alles seine Zeit."

Er gab mir seine mit braunen Flecken übersäte Hand und half mir, mich in meinen Rollstuhl zu setzen.

Die dünne, kleine Schwester brachte mich, ohne ein Wort mit mir zu sprechen, wieder auf mein Zimmer. Hatte sie Angst, weil ich die Verrückte ohne Gedächtnis war? Oder hatte Schwester Lailani allen Schwestern ein Sprechverbot erteilt, weil ich so ungehorsam war?

Ich hatte mir wieder den Stuhl ans Fenster gezogen und blickte in den wolkenlosen, blauen Himmel. Die Geräusche der Stadt drangen nur gedämpft zum mir, ab und an schrillte die Sirene eines Krankenwagens. Mein Blick folgte einem Flugzeug, das gerade zum Landeanflug ansetzte. Ich konnte mich noch nicht mal an meine Ankunft hier auf Hawaii erinnern.

Ich beschloss, dem Rat des Doktors zu folgen, legte mich wieder in mein Bett (Schonung) und vertiefte mich in Dorothys Buch (nicht so viel grübeln).

Nachdem ich wieder voll und ganz in die Welt von Hitomi eingetaucht war, sie stand gerade völlig alleine und ohne Ehemann, der sie abholte, in Honolulu, wurde ich von der wortkargen Schwester mit dem Mittagessen unterbrochen. Sie stellte ein Sandwich und eine Tasse Tee vor mich und wollte schon wieder das Zimmer verlassen, als ich sie zurückhielt.

"Wie heißen Sie?"

"Oh, ich bin Schwester Emily."

Sie kam wieder näher und beäugte mich neugierig.

"Ich heiße Luisa."

"Ja, ich weiß. Ich bin überrascht, dass Sie englisch sprechen. Ich meine, wo Sie doch Ihr Gedächtnis verloren haben und aus Deutschland sind ..."

Ich musste lachen, das war also der Grund, warum sie nicht mit mir geredet hatte.

"Komischerweise funktioniert das mit der Sprache. Der Doktor sagt, dass das andere auch bald wiederkommt. Sagen Sie, Emily, wann hat Schwester Lailani wieder Dienst?"

Um keine Missverständnisse aufkommen zu lassen, schickte ich schnell hinterher: "Ich wollte mich bei ihr entschuldigen, dass ich gestern einfach aufgestanden bin."

Sie grinste mich verschwörerisch an.

"Die war ganz schön sauer, aber das ist nicht so schlimm, sie ist nicht nachtragend. Sie hat heute Spätschicht, das heißt, sie ist ab dem Nachmittag wieder da."

Ich bedankte mich bei Emily und kaum war sie zur Tür hinaus, betrat Detektive Korea den Raum. Er hatte wieder einen Anzug an, diesmal nicht ganz so verknittert. In Shorts und Hemd gefiel er mir besser, stellte ich fest.

Die Andeutung eines Lächelns erschien auf seinem Gesicht.

"Hallo, Luisa, wie geht es Ihnen?"

"Sie haben den ganzen Kram mit meiner Versicherung für mich geregelt, warum machen Sie das?", platzte es aus mir heraus.

Das kleine Lächeln verschwand und er setzte wieder seine undurchdringliche Miene auf.

"Wer sollte es sonst tun? Ich scheine der Einzige zu sein, der zum jetzigen Zeitpunkt ein bisschen von Ihnen weiß. Oder ist Ihnen inzwischen alles wieder eingefallen?"

Oje, ich hatte ihn beleidigt.

"Nein, so meinte ich das nicht, Sie verstehen mich falsch",

beeilte ich mich zu sagen. "Ich bin Ihnen so dankbar, dass Sie das für mich gemacht haben, ich bin Ihnen überhaupt dankbar. Für alles", setzte ich etwas lahm hinterher.

Er schnappte sich den Stuhl vom Fenster und stellte ihn vor mein Bett. Er setzte sich und holte aus einer schwarzen Mappe mehrere Blätter hervor.

"Ich habe Ihnen alles ausgedruckt, was ich am Freitag zu Protokoll genommen habe. Vielleicht hilft Ihnen das."

Er reichte mir die Blätter und nahm ein weiteres Blatt aus der Mappe.

"Außerdem habe ich ein paar Nachforschungen über Ihren Freund angestellt."

Ich löste mich von den Papieren und schaute ihm in die Augen. Warum hatte er das Wort Freund so komisch betont? Ich konnte aus diesen undurchdringlichen, dunklen Mandelaugen nichts ablesen. Ich nehme an, er sah meine Unsicherheit, denn er versuchte mir zuversichtlich zuzulächeln.

"Keine Angst, ich habe nichts Besonderes herausgefunden. Er heißt Alexander Morgan, ist 30 Jahre alt und ledig."

Hatte er bei der 30 leicht seine Augenbraue hochgezogen?

Er wartete auf eine Antwort, aber da ich nichts sagte, fuhr er fort.

"Er wohnt in Kalihi, das ist ein Stadtteil von Honolulu, und er arbeitet als Immobilienmakler."

"Das hört sich doch ganz gut an, oder was meinen Sie?"

Mit einem etwas gequältem Lächeln nickte er mir zu.

"Ja, sieht nach einem guten Fang aus."

Ich klappte den Mund auf und vor lauter Fassungslosigkeit fiel mir keine Erwiderung ein. Wie unverschämt, was unterstellte mir dieser Mann? Oder war es vielleicht wirklich so? War ich eine Schlampe auf Männerfang?

"Ich glaube, es ist besser, wenn Sie mich jetzt alleine lassen."

Er schaute mich bestürzt an.

"Es tut mir leid, das sollte ein Witz sein."

"Ich möchte trotzdem jetzt alleine sein."

Ich war beleidigt und ich hoffte, dass er gehen würde, bevor ich ihm ebenfalls beleidigende Worte an den Kopf werfen würde.

Er erhob sich, legte das Blatt, das er in der Hand hatte, auf den Nachttisch und verließ ohne ein weiteres Wort das Zimmer.

Na, das war ja toll gelaufen. Ich konnte nicht so wirklich glauben, dass er nur versucht hatte, einen Scherz zu machen. Warum war er so nett und sagte dann so was? Oder reagierte ich gerade ein bisschen über?

Ich versuchte weiter in meinem Buch zu lesen, aber ich konnte mich nicht mehr auf Hitomis Geschichte konzentrieren.

21

Anja betrat ihre Wohnung und rannte, so schnell sie konnte, ins Bad. Sie übergab sich in die Kloschüssel, Schweißperlen lösten sich in ihrem Nacken und eine Träne kullerte über ihre Wange. Ihre Beine knickten ein und sie berührte mit ihrer Stirn die kalten Bodenfliesen. So hockte sie einige Zeit in der unbequemen Lage und dachte über die Ungerechtigkeiten der Welt nach. Warum musste es Schwangeren zusätzlich zur Schwangerschaft auch noch ständig übel sein? Wieso ging das bei ihr den ganzen Tag so? Anderen Schwangeren wurde immer nur morgens übel, warum dauerte das bei ihr den ganzen Tag an?

Sie fing an zu kichern. Wenn sie jetzt jemand sehen könnte, dann würde er denken, sie bete ihre Kloschüssel an. Sie löste sich aus ihrer knienden Stellung, erhob sich und spülte sich ihren Mund am Waschbecken aus und stellte den Wasserhahn der Badewanne an.

Beim Hereinkommen hatte sie bemerkt, dass der Anrufbeantworter vor sich hin blinkte. Erwartungsvoll ging sie ins Wohnzimmer und drückte die Wiedergabetaste. Ob Stefan sich, entgegen seiner Ansage, vielleicht doch gemeldet hatte?

"Guten Tag, mein Name ist Detective Korea. Ich arbeite im Honolulu Police Departement und ich wäre Ihnen dankbar, wenn Sie mich zurückrufen könnten."

Es folgten mehrere Telefonnummern und dann war Stille. Anja dachte schon, er hätte aufgelegt, als die Stimme noch mal einsetzte.

"Äh, also, vielen Dank, es geht übrigens um Luisa Mayer."

Luisas Anruf, den hatte sie vollständig vergessen oder,

besser gesagt, verdrängt. Sollte sie zurückrufen? Sie nahm den Hörer in die Hand und ließ die Nachricht noch einmal ablaufen. Sie tippte eine der angegebenen Nummern ein, aber dann verließ sie der Mut. Sie legte den Hörer zurück auf die Ladestation und ging in die Küche.

Sie hatte jetzt einfach nicht den Nerv, mit einem fremden Mann, in einer anderen Sprache, über Luisa zu sprechen. Sie goss sich ein Glas Wasser ein und wanderte ruhelos durch die Wohnung.

Ihre Gedanken schweiften von Luisa wieder zu Stefan. Was würde er zu ihrer Schwangerschaft sagen? Plötzlich tauchte das Gesicht von Matthias vor ihr auf. Angeekelt hatte er sie angeschaut und ihr quasi befohlen, es wegzumachen. Er hatte sie erpresst, Luisa alles zu sagen, und ihr keine andere Wahl gelassen.

Vor Scham schlug sie die Hände vors Gesicht, was hatte sie bloß getan? Wie hatte es so weit kommen können. Sie sah wieder den zutiefst verletzten und ungläubigen Gesichtsausdruck von Luisa, als sie ihr, wie aus dem Nichts und ohne Angabe von Gründen, die Freundschaft aufge- kündigt hatte. Sie hatte ihr weh getan, in der Hoffnung, dass es Luisa so leichter fiel, sie zu hassen.

Sie versuchte die albtraumhaften Erinnerungen abzuschütteln, aber immer wieder tauchten neue Bilder aus die- ser schrecklichen Zeit vor ihr auf.

Das entsetzte Gesicht ihrer Mutter, als sie sie eines morgens in einer Blutlache in ihrem ehemaligen Zimmer fand, der kalte Ausdruck auf dem Gesicht ihres Vaters, als sie ihnen die ganze Geschichte erzählte, und immer wieder die hasserfüllten Augen von Matthias.

Warum hatte sie Luisa nicht einfach alles erzählt? Das war so dumm gewesen, aber je mehr Zeit vergangen war, desto einfacher war es Anja gefallen, die ganze Geschichte aus ihrem Leben auszublenden.

Die Was-Wäre-Wenns überschlugen sich in ihren Gedanken. Was wäre, wenn sie ihr alles erzählt hätte? Was wäre, wenn sie ihr Kind nicht verloren hätte? Was wäre, wenn sie erst gar kein Verhältnis mit Matthias angefangen hätte? Aber so war es nun einmal nicht.

Jetzt war Luisa wieder in ihrem Leben aufgetaucht und brauchte ihre Hilfe. Vielleicht konnte sie wiedergutmachen, was sie damals so falsch gemacht hatte.

Es klingelte an der Tür, nicht nur einmal, sondern in einem ungeduldigen Staccato. Anja rannte zur Tür und riss sie, in Erwartung eines reumütig heimkehrenden Stefans, auf.

Aber nicht Stefan stand da, sondern die Frau aus der Wohnung unter ihr.

"Bei mir läuft Wasser durch die Decke. Haben Sie dafür eine Erklärung?"

Wie hieß sie noch mal? Mohnkraut? Nein, Anja fiel es wieder ein Mohnfeld, S. Mohnfeld stand an ihrem Briefkasten. Endlich erreichte sie der Inhalt der Worte von Frau Mohnfeld und siedendheiß fiel ihr die Badewanne ein.

"Oh nein!"

Ohne die Nachbarin weiter zu beachten, rannte sie ins Badezimmer. Schon auf dem kleinen Flur davor patschte sie mit ihren Turnschuhen durchs Wasser. Sie stoppte den Wasserstrahl mit einem Schlag auf den Hahn und griff in die Wanne und riss den Stöpsel heraus. Sie zerrte alle Handtücher aus dem Schrank unter dem Waschbecken und begann sie hektisch auf dem Boden zu verteilen.

"Kann ich helfen?"

Frau Mohnfeld stand im Türrahmen und blickte mitleidig auf das Chaos.

"Ja, gerne, es tut mir so leid. Normalerweise bade ich nie. Mist, ich hab die Wanne einfach vergessen."

Ohne ein weiteres Wort kickte die Frau ihre Schuhe von sich und krempelte sich die Hosenbeine ihrer Jeans hoch. Anja schaute an sich hinab. Das Totenkopf- T-Shirt und ihre Jeans waren klitschnass. Sie griff nach den schweren, mit Wasser vollgesogenen Handtüchern und begann sie im Waschbecken auszudrücken.

"Hast du noch mehr Handtücher?"

"Ja, im Schlafzimmerschrank, erste Tür."

Die Frau kam mit einem Arm voll Strandhandtüchern zurück und bedeckte den Boden mit Bildern von springenden Delphinen, Palmen und bunten Punkten.

Eine Zeitlang arbeiteten sie schweigend nebeneinander her. Wischen, ausdrücken, wieder wischen.

"Ich heiße Susanne", durchbrach die Frau das Schweigen.

"Anja", murmelte Anja, "ist es sehr schlimm bei dir? Ich meine, ist viel Wasser durchgekommen?"

"Geht so, ich denke, wir haben das rechtzeitig bemerkt."

"Na ja, von wir kann nicht die Rede sein", bemerkte Anja und erhob sich von dem inzwischen nur noch feuchten Boden.

"Danke, dass du mir geholfen hast."

Sie betrachtete Susanne neugierig. Nett sah sie aus. Eine kleine dralle Brünette mit funkelnden Augen hinter einer dicken, schwarzen Brille. Anja schätzte, dass sie ungefähr im gleichen Alter waren.

"Wie hast du denn bemerkt, dass ich hier alles unter Wasser gesetzt habe?"

"Ich war in meiner Küche und habe gerade ... Scheiße, meine Soße, ..."

Sie sprang vom Badewannenrand auf und rannte aus der Wohnung. Anja folgte ihr, nahm im Flur Susannes Schuhe an sich und lief die Treppe herunter. An der offenen Wohnungstür überlegte sie kurz, ob sie einfach die Wohnung betreten könnte, entschied sich dann dafür, schließlich war Susanne ihr ja auch einfach gefolgt. Sie ging dem köstlichen Duft von frischen Kräutern und gebratenem Fleisch nach und landete in der kleinen Küche. Die Wohnung war ganz anders geschnitten, dort, wo sich ihr Bad befand, war hier die Küche.

Susanne stand am Herd und rührte in einem Topf.

"Puh, nichts passiert, ich muss wohl die Hitze runtergedreht haben, das Einzige, was ruiniert ist, sind die Nudeln. Hast du schon mal eine halbe Stunde Spagetti gekocht?"

Sie präsentierte Anja einen Topf mit aufgedunsenen

Mehlwürmern und fing an zu lachen. Anja fiel, erleichtert über die Unbekümmertheit, in ihr herzhaftes Lachen mit ein.

Susanne bot ihr an, mit ihr zu essen, natürlich mit einem Topf neuer Nudeln und so fand sich Anja eine Viertelstunde später vor einem dampfenden Teller Spagetti Bolognese wieder.

Susannes Wohnung strotzte vor kräftigen Farben. Die Küche war scharlachrot gestrichen, das Wohn- und Esszimmer leuchtete in einem satten Grün. Anja stellte fest, dass sie sich viel wohler fühlte als in ihrer, in neutralem Weiß gestrichenen Wohnung. Susanne hatte sich auch viel Mühe mit ihrer Einrichtung gegeben.In der Küche standen einzelne, altmodische Holzunterschränke über denen offene Regale hingen.

Sie aßen an einem Holztisch, an dem zwei unterschiedliche Hocker und zwei rote Stühle mit Lehnen standen. Ein graues, verschlissenes Sofa dominierte den Raum, die Wände waren mit Bücherregalen zugestellt. Anja musste lächeln. Wie bei ihr, noch eine Bücherliebhaberin.

"Möchtest du auch ein Glas Wein?"

Susanne hatte aus der Küche eine Flasche Rotwein und zwei Gläser geholt und zog den Korken mit einem Plopp aus dem Flaschenhals.

"Nein danke, ich bin schwanger."

Anja war über sich selbst verwundert, wie selbstverständlich ihr das über die Lippen kam. Susanne war jetzt schon die zweite fremde Frau, mit der sie ihr Geheimnis teilte.

"Herzlichen Glückwunsch, dann hole ich dir ein Wasser."

Nach dem Essen überfiel Anja die große Müdigkeit und sie verabschiedete sich von Susanne mit dem Versprechen, sich bald wieder zu treffen.

Als sie ihre Wohnung betrat betrachtete sie die leeren, weißen Wände und beschloss, dass sie nicht nur ihre Wohnung, sondern auch ihr Leben etwas bunter gestalten würde.

22

Schwester Lailani musterte mich mit besorgter Miene.

"Sie fühlen sich gut?"

Ich nickte und sie öffnete die Tür von Zimmer 514.

Ich hatte mich bei der ihr für meinen abendlichen Ausflug entschuldigt und ihr danach erklärt, warum ich Alex unbedingt sehen musste. Nach einigem Hin und Her hatte sie mich in einen Rollstuhl verfrachtet und persönlich auf Alex' Station gebracht.

"Ich hole Sie in einer halben Stunde wieder ab", sagte sie und gab meinem Rollstuhl einen Schubs.

Das Zimmer war, wie Keokis Zimmer, bestückt mit zwei Betten, die auch beide belegt waren. Im vorderen Bett schlief ein Mann, der von seiner Form unter dem Laken ein bisschen an einen gestrandeten Wal erinnerte. Er schnarchte leise und rhythmisch vor sich hin. Alex lag im hinteren, dem Fenster zugewandten Bett und schien ebenfalls zu schlafen. Ich rollte langsam näher. Er sah Hugh Grant wirklich ein bisschen ähnlich. War er mein Mr. Darcy? Oder war Mr. Darcy der andere gewesen?

Sein Gesicht war ganz blass und eingefallen. Seine dunklen Locken waren zerzaust und hingen ihm unordentlich in die hohe Stirn. Durch die dunklen Bartschatten sahen seine Wangen noch ausgezehrter aus. Er war an mehrere piepsende Geräte angeschlossen und ein Schlauch führte von seiner linken Hand zu einem Infusionsbeutel. An der Seite lugte ein Beutel mit gelber und roter Flüssigkeit unter dem Laken hervor. Er schien groß zu sein, denn seine nackten Füße stießen an die Bettumrandung, als ob das Bett viel zu klein für ihn wäre.

Mein Herz hämmerte wild und ich versuchte durch gleichmäßiges Ein- und Ausatmen den normalen Rhythmus wiederzufinden. Sollte ich ihn wecken? Ich nutzte die Gelegenheit, ihn ungestört zu betrachten. Ich stöberte im Chaos meines Gehirns nach Erinnerungen, aber sein Anblick löste rein gar nichts in mir aus. Was zum Teufel verband mich mit diesem Mann?

Plötzlich schlug er die Augen auf und fixierte mich mit seinen blassblauen Augen.

"Mary?", flüsterte er ungläubig.

"Hallo, Alex", flüsterte ich zurück.

"Du musst nicht flüstern, der lässt sich durch nichts wecken", sagte er mit fast normaler Stimme und deutete auf seinen Bettnachbar.

Ich räusperte mich und rollte etwas näher zu ihm.

"Warum nennst du mich Mary?"

"Weil du so heißt?" Er schaute mich an, als ob ich den Verstand verloren hätte.

"Alex, du musst mir helfen. Ich weiß nicht, warum ich hier bin und wieso wir beide uns kennen. Ich hatte einen Autounfall und seitdem fehlen mir meine Erinnerungen."

"Heißt das, du weißt gar nichts mehr? Das ist ja verrückt!"

Ich verzog das Gesicht. Schönen Dank auch, er hielt mich für verrückt.

"Äh, so habe ich das nicht gemeint. Ich wollte damit nur sagen, dass das eine wirklich irre Geschichte ist."

Er machte eine Pause und schien seine Worte zu überdenken.

"War wohl auch nicht die richtige Wortwahl", sagte er.

Als ich seinen zerknirschten Blick sah, fing ich an zu lachen. Irgendwie war es ja wirklich eine irre Geschichte.

Alex fing auch an zu lachen, krümmte sich dann aber zusammen und stöhnte laut auf.

"Kann ich was für dich tun? Soll ich nach der Schwester klingeln?"

"Nein, nein, ist schon gut, ich darf nur nicht lachen, das verträgt meine Narbe nicht."

Ich wollte ihn nicht zu sehr drängen, aber ich musste unbedingt etwas mehr über unsere Freundschaft erfahren.

"Kannst du mir von dir und Mary, also mir, erzählen?"

Er sah mich lange an und dann ging ein süßes Lächeln über sein Gesicht.

"Wir haben uns über Facebook kennengelernt. Wir haben dasselbe Spiel gespielt, aber das war schon nach kurzer Zeit kein Thema mehr. Im letzten halben Jahr haben wir uns täglich mindestens eine Nachricht geschrieben. Und dann habe ich dich gefragt, ob du mich nicht mal besuchen kommen willst. Ich wollte dich einfach im wirklichen Leben kennenlernen. Am Anfang fandest du die Idee blöd, aber eines Tages hast du dann überraschenderweise geschrieben, dass du kommen würdest."

Er ließ den Kopf in sein Kissen sinken und schloss die Augen.

Ich war erleichtert, ich war anscheinend doch nicht die Schlampe auf Männerfang. Auf der anderen Seite konnte ich mir nicht vorstellen, dass man aufgrund von ein paar Nachrichten eine Reise um die halbe Welt unternimmt.

"Du heißt in deinem Profil Mary May. Ich habe mir einfach nie Gedanken darüber gemacht, dass du anders heißen könntest. Für mich warst du immer Mary."

Er versuchte, sich aufzustützen, aber er fiel wieder zurück in sein Kissen. In diesem Augenblick ging die Tür auf und Schwester Lailani schaute neugierig in den Raum.

"Luisa, es wird Zeit, Mister Morgan braucht noch sehr viel Ruhe. Sie übrigens auch."

"Danke, Alex, dass du mir das alles erzählt hast."

Er beugte sich vor und ergriff meine Hand.

"Komm wieder, dann kann ich dir unsere Nachrichten zeigen. Mein Kollege aus dem Büro bringt mir morgen meinen Computer vorbei."

Er hielt weiter meine Hand und blickte mir forschend in

die Augen.

"Du willst doch wiederkommen, oder?"

"Ja, sehr gerne sogar", sagte ich und löste sanft meine Hand aus der seinen.

Als ich durch die Tür rollte, rief er: "Bis morgen, Mary-Luisa!"

Ich war so in Gedanken versunken, dass ich nicht bemerkte, dass uns Keoki auf dem Gang auflauerte. Erst als Schwester Lailani den Rollstuhl anhielt, sah ich ihn direkt vor mir stehen. Seine Aufmerksam schien aber nicht so sehr mir, sondern vielmehr Schwester Lailani zu gelten. Er warf mir ein kurzes "Hallo, Luisa, wie geht es dir?" zu, dann schmiss er sich vor der Schwester in Positur.

"Sie sehen einfach zauberhaft aus, Schwester. Diese Frisur gefällt mir auch viel besser als die, die Sie gestern getragen haben. Nicht, dass Sie damit nicht auch gut aussahen, aber heute gefallen Sie mir noch besser."

Stimmt, er hatte recht. Schwester Lailani trug heute ihr langes schwarzes Haar zu einem lockeren Zopf geflochten, gestern hatte sie ihre Haare zu einem strengen Knoten hochgesteckt.

Sie errötete und schaute verlegen wie ein kleines Mädchen auf den Boden. Ich musste lächeln. Erlebte ich hier gerade den Beginn einer kleinen Romance?

"Danke, das ist sehr freundlich von Ihnen, aber wir müssen jetzt weiter. Luisa muss wieder ins Bett."

Abrupt schob sie den Rollstuhl an und rollte mich im Laufschritt durch den Flur. Das Ganze glich ein bisschen einer Flucht.

Im Fahrstuhl schaute sie mich mit einem Blick an, der jeglichen Kommentar von mir verbot. So grinste ich sie nur an, was mir einen weiteren strafenden Blick von ihr einbrachte.

Zurück in meinem Bett griff ich widerwillig zu den Unterlagen von Detective Korea. Irgendwann musste ich anfangen, mich damit zu beschäftigen.

Die Aufstellung von Korea sah mehr oder weniger wie ein

Steckbrief aus. Ohne Emotionen las ich die einzelnen Angaben, ohne das Gefühl zu haben, dass da ja von mir die Rede war.

Luisa Mayer
ledig
geb. 20. August 1977 in Berlin
wohnhaft: Leonhardstraße 12, 14074 Berlin
Augenfarbe: grün- blau
Haarfarbe: braun
Größe: 1, 72 Meter
Keine besonderen Merkmale
Zu kontaktierende Personen: keine Angaben

Es folgte eine Auflistung meiner Kreditkarten und meiner Bankdaten.

Protokoll der Aussage von Luisa Mayer:
Mrs. Mayer wurde am 19 April um 3.30 pm von Officer Malawa unter einer Brücke auf dem South Nimetz Hgw aufgefunden. Eine leichte Kopfwunde wurde von dem Officer festgestellt, Mrs. Mayer lehnte eine Behandlung im Krankenhaus aber ab. Bei einer Befragung auf dem Revier gab sie an, überfallen und ausgeraubt worden zu sein. Die Täter hatten sie an der Bushaltestelle des Flughafens aufgegriffen. Sie war freiwillig in einen weißen Van gestiegen, an die weitere Situation hat sie keine Erinnerung.

Aha, da hatte ich auch schon Erinnerungslücken. Mist, Mist, Mist! Wollte ich überhaupt wissen, wer ich war? Warum hatte ich alles vergessen? Ich hatte den Verdacht, dass mein Leben nicht besonders gut gewesen sein musste. Keine Verwandten, keine Freunde, keine Kontaktpersonen?

23

"Aloha, Luisa, hier ist der Liebesbote."

Keoki schubste so schwungvoll die Tür auf, dass sie krachend gegen die Wand schlug. Als ich mich verschlafen aufrichtete, protestierte mein ganzer Körper vor Schmerz. Ich stieß einen leisen Schrei aus. Keoki kam, für einen Mann mit der Größe eines kleinen Sumo-Ringers, erstaunlich leichtfüßig an mein Bett geeilt. Er trug ein schwarzes Hemd, auf dem unzählige rot und grün verzierte Surfboards aufgedruckt waren. Dazwischen konnte ich kleine filigrane Wellensymbole und Surfer auf ihren Boards erkennen.

"Entschuldigung, ich wollte dich nicht erschrecken."

"Das hast du nicht", sagte ich, obwohl sein Hemd so früh am Morgen nur schwer zu ertragen war.

Er hielt mir einen braunen Umschlag hin und strahlte übers ganze Gesicht.

"Von Alex."

"Aha." Ich nahm ihm den Umschlag ab und betrachtete ihn von beiden Seiten. Es stand nichts drauf, es war einfach ein brauner Umschlag.

"Ich soll dir ausrichten, dass das die letzten zwei Wochen wären. Du wüsstest dann schon Bescheid."

"Wie kommst du dazu, mir das vorbeizubringen? Und warum Liebesbote?"

Keokis braune Hautfarbe nahm einen etwas dunkleren Ton an. Wurde er etwa rot?

"Ich habe nach einer Möglichkeit gesucht, Schwester Lailani wiederzusehen, und als ich hörte, dass Alex dir etwas schicken wollte, da habe ich mich angeboten."

Er betrachtete eingehend seine braunen Füße in den Flipflops, bevor er mich wieder anschaute.

"Hat sie jetzt Dienst?"

Ich schüttelte den Kopf und erklärte ihm, dass sie immer erst am Nachmittag käme. Betrübt senkte er den Kopf und sackte in sich zusammen. Wie ein Kind, dem man sein Lieblingsspielzeug nicht geben wollte, stand er da vor mir.

"Soll ich ihr etwas ausrichten?"

"Nein, danke, ich komme später noch mal vorbei."

Er zwinkerte mir zu, wendete sich zum Gehen und schloss leise die Tür.

Ich betrachtete erneut den Umschlag. Neugierig zog ich die vielen Blätter heraus. Es waren Kopien von Nachrichten. Nachrichten von Mary an Alex:

Freitag

Alex, noch eine Woche! Ich kann es immer noch nicht fassen: Wir werden uns sehen, ich fliege nach Hawaii.

Gestern Abend habe ich, durch einen Zufall, einen alten Bekannten von mir wiedergetroffen. Er hat meine Wohnung für die nächsten Monate gemietet. Ich fühle mich so frei, keine Verpflichtungen, vogelfrei mit einem One Way Ticket in der Tasche. Mary

Samstag

Danke für Deine Worte. Ich kann Dir gar nicht sagen, was für ein guter Freund Du mir geworden bist. Werden wir uns genauso gut verstehen, wenn wir uns gegenüberstehen? Ich freue mich schon auf die Blumenkette. Was für ein schöner Brauch! Mary

Sonntag

Ich war heute am Grab. Das erste Mal seit langer Zeit und es fiel mir schwer. Du bist der Einzige, mit dem ich darüber reden kann. Überhaupt hast Du die Leere in meinem Leben gefüllt, Du bist der Freund, der mir hier in Berlin so sehr fehlt.

Ich ließ die Blätter sinken. Welches Grab? Wer lag darin? Mein Mann? Mein Freund? Ich horchte in mich, aber da war einfach nichts. Kein Funken, kein Erinnerungsblitz, einfach nur Leere. Ich las die Worte von Mary, als wären sie die Worte einer fremden Frau. War das wirklich ein Teil von mir? Doktor Green riss mich aus meinen Grübeleien.

"Guten Morgen, ich wollte kurz nach Ihnen schauen. Was machen Ihre Erinnerungslücken? Und wie geht es Ihnen mit Ihren Schmerzen?"

Er trat an mein Bett und leuchtete mir mit einer kleinen Lampe in meine Augen. Nachdem ich die grellen Sterne, die mir vor den Augen herumtanzten, weggeblinzelt hatte, blickte ich direkt in seine grünen Augen. Sein Gesicht war dem meinen ganz nah, aber ich sah, dass sein Interesse der Wunde auf meiner Stirn galt. Er löste vorsichtig das Pflaster und zupfte an dem Rand der Wunde.

"Das sieht sehr gut aus, es verheilt so, wie ich es vorausgesehen habe. Was machen Ihre Rippen? Sind die Schmerzen noch stark?"

"Es ist viel besser. Mir ist auch nicht mehr schwindelig."

"Sehr gut." Er nickte und machte Anstalten, sich zu verabschieden.

"Aber was ist mit meinem Kopf? Wann kann ich mich endlich wieder erinnern?", schob ich eilig nach.

Er kam wieder zurück und nahm meine Hand in seine warme, trockene Hand.

"Haben Sie Geduld."

Ein wirklich bezauberndes Lächeln erschien auf seinem Gesicht.

"Was machen Sie morgen Abend?"

Ich stotterte etwas perplex vor mich hin:

"Ich liege hier, in diesem Zimmer?"

Was meinte er nur mit dieser Frage?

"Ich hole Sie morgen um halb sechs ab, dann sehen wir uns den Sonnenuntergang am Strand an. Im Park spielt eine

Band und es wird Hula getanzt."

Damit drehte er sich um und verließ das Zimmer.

War das ein Scherz von ihm oder hatte er das ernst gemeint? Eine Schwester betrat den Raum und klebte mir ein neues Pflaster auf die Wunde. Sie half mir aufzustehen und ins Badezimmer zu gehen. Sie schloss die Tür und ließ mich alleine. Vor dem Spiegel konnte ich es nicht lassen, dieser so vertrauten und doch auch so unbekannten Person in die Augen zu schauen. Hallo, wer bist du? Das dunkle Blau war einem Grün mit gelben Rändern gewichen. Die vielen kleinen Wunden waren nicht mehr so auffällig rot und meine Augen sahen viel klarer aus. Ich stellte fest, dass ich mich doch vielleicht ein bisschen mochte. Die dunklen Locken umrahmten mein etwas blasses Gesicht auf eine ganz vorteilhafte Weise. Mein Mund war eher groß und meine Lippen waren voll und hatten eine schöne Form. Okay, meine Augen lagen in dunklen Höhlen und auch die grünliche Färbung verlieh mir einen etwas hilflosen Touch. Aber im Großen und Ganzen war ich nicht unzufrieden, mit dem, was ich sah.

Ich zog mir das Nachthemd über den Kopf und betrachtete meinen Körper. Unterhalb meiner Brüste war mein Körper übersät mit dunkelblauen Flecken. Mein Busen war eher klein und ich konnte unter den dunklen Hämatomen meine Rippen erkennen. Anscheinend war ich schlank, obwohl ich mich eher so fühlte, als sei ich das nicht immer gewesen. Ein komisches Gefühl. Ich wusch mich und putzte mir die Zähne. Als ich die Tür wieder öffnete, saß die Krankenschwester mit geschlossenen Augen auf meinem Bett. Sie schreckte hoch, als sie mich hörte und errötete.

"Entschuldigen Sie, ich hatte die ganze Nacht Dienst und ich bin einfach so müde."

Sie schenkte mir ein entwaffnendes Lächeln und half mir wieder ins Bett.

Montag

Aloha, Alex, so sagt man doch bei Euch?

Ich kann Dir nur antworten: Ja, ja, ja. Du hast so recht. Aber manchmal ist es einfach schwer, das auch zu tun.

Ich habe schon angefangen zu packen. Der offene Koffer beschwingt mich. Immer wenn ich an ihm vorbeigehe, muss ich grinsen. Er schreit mich an: Her mit den Sommerkleidern, her mit den Bikinis und T-Shirts, lass uns vereisen, alles hinter uns lassen.

Ich freue mich schon so. Mary

Ich fing an, Mary zu mögen. Sie klang so positiv und glücklich. Ich konnte ihre freudige Erregung fast spüren, aber es war ja schließlich auch mal meine eigene Empfindung gewesen. Ich schloss, etwas erschöpft über diese Erkenntnis, die Augen. Als ich sie wieder öffnete, stand Detective Korea vor mir.

"Ich habe Ihnen Ihre Kreditkarten mitgebracht."

Er drückte mir zwei Umschläge in die Hand und verließ den Raum. Ich sah ihm mit offenem Mund nach. Was war nur in diesen Mann gefahren? Warum behandelte er mich so kurz angebunden? Auf der einen Seite half er mir so viel, auf der anderen Seite beleidigte er mich oder ignorierte mich. Was war nur los mit ihm?

24

Donnerstag

Morgen! Manchmal stelle ich mir vor, dass wir uns grässlich finden, wenn wir uns treffen. Was machen wir dann? Kann das passieren? Ich freue mich auf Dich. Du bist der erste Freund, den ich als meinen Freund bezeichnen würde, obwohl ich ihn noch nie in meinem Leben gesehen habe. Der kleine Koffer hat inzwischen einen großen Bruder bekommen, den ich gestern gekauft habe. Zwei Monate sind eine lange Zeit. Bitte fühle Dich davon nicht gestresst, ich überlege immer noch, ob ich nicht eine weitere Reise an meinen Aufenthalt in Hawaii anschließen soll. Wenn ich doch schon mal so weit weg bin ... Ich hoffe, Du hattest einen guten Abschluss? Und was macht Dein Magen? Ist Dir immer noch so schlecht? Ich hoffe, es kommt nicht von meiner nahenden Anreise. Ist Dir schlecht, weil ich den Plan jetzt wahr mache?

Schwester Lailani betrat gut gelaunt den Raum.

"Wie geht es Ihnen heute, meine Liebe?"

"Schwester, können Sie mir einen Gefallen tun?"

"Wenn es in meiner Macht steht."

Sie strahlte mich an. Heute trug sie ihr Haar wieder etwas strenger nach hinten gekämmt. Unter ihrem Kittel blitzte eine bunte Bluse und sie hatte ihre wunderschönen dunklen Augen mit ein bisschen Make Up betont.

"Ich würde gerne noch mal Alex besuchen, könnten Sie mich bitte begleiten?"

"Ich muss noch meine Runde machen, aber in einer halben Stunde können wir los."

"Ich soll Ihnen Grüße von Keoki ausrichten."

Ihre Augen verrieten sie. Sie blitzten kurz auf und dann fragte sie ganz unschuldig: "Wer soll das sein?"

"Der nette Mann von gestern."

"Ach so ..."

"Der ist wirklich nett. Was meinen Sie?", testete ich.

"Ach, ja, ich komme dann in einer halben Stunde."

Ohne mir noch einmal in die Augen zu schauen, ging sie auf den Flur.

Freitag

Nur ganz kurz noch. Ich warte gerade auf das Taxi. Die nächsten Stunden habe ich ja kein Internet mehr. Mein Magen kribbelt wie wild, ich habe heute morgen nichts herunterbekommen, ich bin so aufgeregt wie ein kleines Mädchen, das ihre erste Verabredung hat. Geht es Dir auch so? Was macht der Magen? Bald, bald! Aloha, Mary

"So, hier bin ich, wir können."

Sie hatte ihre strenge Frisur etwas gelockert und stand mit einem Rollstuhl in der Tür.

"Muss das sein? Kann ich nicht laufen?"

"Nein, das ist Vorschrift, kommen Sie, setzen Sie sich."

Ich ließ mich in den Stuhl plumpsen, nachdem ich mir eine seidige dünne Strickjacke, aus der Tasche mit den Sachen von Dorothy, übergezogen hatte.

Schwester Lailani fuhr mich so schnell, als ob der Teufel hinter ihr her wäre, zu Station 5.

Vor Alex Zimmer trat sie vor den Rollstuhl und fragte mich: "Kommen Sie alleine klar? Ich habe noch etwas zu tun, ich hole Sie in einer Stunde wieder ab."

Ich nickte ihr grinsend zu und sie schaute mich gespielt erbost an.

"Was Sie schon wieder denken!"

Dann ging ein warmes Lächeln über ihr ganzes Gesicht und sie wendete sich in Richtung von Keokis Zimmer.

Ich klopfte kurz an der Tür und öffnete sie.

Der kleine Wal saß in seinem Bett und starrte auf den Fernseher an der Wand. Er hatte Kopfhörer auf und war so gebannt vom Programm, dass er mich nicht bemerkte. Alex lag in seinem Bett und hämmerte auf die Tastatur seines Laptops ein. Er blickte mürrisch auf, um gleich darauf in ein strahlendes Lächeln zu verfallen, als er mich registrierte.

"Hallo, hast du meine Post bekommen?"

Ich rollte näher und erhob mich dann aus dem Stuhl. Mit wackeligen Beinen stand ich vor seinem Bett.

"Komm, setz dich zu mir." Er deutete auf seine Bettkante.

Ich setzte mich dankbar und schaute ihm in die Augen. Widersprüchliche Gefühle rasten durch mein Hirn. Ist das nicht viel zu nah? Was fühlst du? Ich war überrascht, dass ich seine Nähe schön fand. Seltsamerweise fühlte es sich vertraut an, obwohl wir uns anscheinend noch nie begegnet waren, in meinem früheren Leben. So musste sich das anfühlen, wenn man einen Bruder hatte.

Völlig verwirrt von meinen Gefühlen, wusste ich nicht, was ich sagen sollte. Er nahm meine Hand und ich spürte, dass er ähnliche Dinge wie ich dachte.

"Hast du Angst vor mir?"

"Nein", ich schüttelte den Kopf, "ich finde unsere Situation so vertraut, aber ich weiß nicht, woher ich das kenne."

"Bist du froh, hier bei mir zu sein?"

"Wenn ich ehrlich sein soll, dann weiß ich es nicht. Es tut mir leid, aber in meinem Kopf ist es immer noch so leer."

"Möchtest du deinen Account sehen, also Marys Account auf Facebook?"

Ich nickte und war mir gar nicht so sicher, ob ich diesen Teil meines Lebens wirklich kennenlernen wollte.

Er tippte auf seinem Laptop herum und schob ihn mir dann zu.

Ich blickte auf eine Facebookseite mit meinem Foto und dem Namen Mary May. Das Foto zeigte offensichtlich mich vor einer blauen Wand. Ich lächelte in die Kamera, das Ganze war ein bisschen unscharf, was meinen Konturen einen etwas verwischten Touch gab. Es gab eine Rubrik mit Freunden. Mary hatte 178 Freunde, die mir alle nichts sagten. Teilweise sah ich Gesichter, manchmal auch nur Symbole oder Zeichentrickfiguren. Niemand kam mir bekannt vor, ich stoppte kurz bei dem Profil von Alex. Er hatte ein Foto, das seinem Aussehen sehr nah kam, eingestellt. Waren wir die einzig wirklichen Personen in dieser Welt?

Mary hatte in den letzten zwei Jahren nichts von sich preisgegeben. Mal ging es um das Wetter, dann wieder um Petitionen für den Tierschutz, es gab ein paar lustige Postings und ein paar nachdenkliche.

Das hatte ich in die Welt gesetzt? Ich fühlte, dass ich keinerlei Beziehung dazu hatte. Ich war irritiert, ich fand mich nicht wieder, obwohl dieses Profil ein Bild von mir hatte, konnte ich nichts von mir darin erkennen.

Alex schaute mich traurig an.

"Du erkennst nichts?"

"Es tut mir leid, nein."

Ich beobachtete ihn und sah seine Enttäuschung. Was sollte ich tun?

"Bist du enttäuscht?"

Er hatte immer noch seine Hand in meiner, er drückte sie vorsichtig.

"Wir können einfach noch mal von vorne anfangen. Da fallt mir etwas ein."

Er tippte kurz auf dem Computer und drehte ihn dann zu mir.

"Das hast du an meine Pinnwand geschrieben", sagte er und deutete auf den Bildschirm.

"Alex, wo bist Du? Melde Dich! Falls jemand weiß, wo Alex ist und ob es ihm gut geht, dann bitte eine pm an mich."

"Das hast du geschrieben. Erinnerst du dich daran?"

Ich schüttelte den Kopf und starrte auf die Zeilen. Nichts. Nicht der kleinste Erinnerungsblitz, so angestrengt ich auch nachdachte.

"Es tut mir leid."

Alex klappte den Rechner zu und legte ihn auf den Nachttisch.

"Okay, war wohl eine blöde Idee, wieso solltest du dich ausgerechnet daran erinnern, wo du doch dein ganzes Leben vergessen hast."

Ich spürte, dass er damit nicht glücklich war, aber ich konnte es nicht ändern. Da saß mir ein wirklich attraktiver Mann gegenüber und ich spürte nichts. Kein Kribbeln, keine erotische Anziehung, einfach nur ein warmes, beruhigendes Gefühl, einen angenehmen Menschen vor mir zu haben. Wir blickten uns traurig an.

"Ich habe mir das alles ganz anders vorgestellt. Ich wollte dich am Flughafen mit einem wirklich schönem Lei begrüßen, ich hatte einen Tisch im Duke's bestellt, ich hatte sogar ein Zimmer in einem tollen Hotel reserviert. Und dann kam dieser blöde Blinddarmdurchbruch."

Duke's? War da nicht was? Hatte Korea mir nicht vom Duke's erzählt?

"Entschuldige, ich habe dich noch gar nicht gefragt, wie es dir geht."

Ich versuchte unser Gespräch in unverfänglichere Gewässer zu bringen. Ich schämte mich zwar ein bisschen, aber ich sah mich im Moment nicht in der Lage, weiter über unsere Beziehung oder auch Nicht-Beziehung zu sprechen.

Er schaute mich etwas irritiert an.

"Ich hatte nach dem Blinddarmdurchbruch noch eine kleine Vergiftung, zu viel weiße Blutkörperchen, der Arzt meinte, dass mein Körper sich selbst vergiftet hat."

"Oh", sagte ich und war mir nicht sicher, ob ich das jetzt interessant fand, schämte mich aber auch sofort für diesen Gedanken.

In diesem Augenblick betrat Schwester Lailani das Zimmer. Ich war so froh, sie zu sehen, weil ich nicht mehr wusste, wie ich mich Alex gegenüber verhalten sollte.

"Luisa, Sie müssen jetzt wieder auf Station, außerdem

haben Sie ja auch noch einen Termin bei Doktor Green." Sie zwinkerte mir mir ihren dunklen Augen zu und ich erhob mich schnell, um mich in den Rollstuhl zu setzen.

Dankbar für die Unterbrechung unseres Gesprächs, verabschiedete ich mich von Alex und ließ mich von der Schwester davonschieben.

"Wie war Ihr Treffen mit Keoki?", fragte ich neugierig und um auch von meinem eigenen Gefühlsleben abzulenken.

"Er wird morgen entlassen und dann treffen wir uns in Waikiki auf einen Drink. Er ist ein interessanter Mann."

Sie strahlte über das ganze Gesicht und ich war mir sicher, dass sich da zwei Menschen gefunden hatten. Sie wurde wieder ernst und sagte: "Seien Sie vorsichtig mit Doktor Green, er ist ein Herzensbrecher."

25

Anja schreckte hoch und schaute sich verwirrt um. Strampelnd versuchte sie sich aus der Bettdecke zu entwirren, während das Telefonklingeln weiter durch die noch dunkle Wohnung schrillte. Nachdem sie sich aus der Umklammerung der Decke befreit hatte, rannte sie ins Wohnzimmer und riss mit einem atemlosen "Ja?", das Telefon von der Ladestation.

"Hier spricht Detective Korea, ich hatte Ihnen eine Nachricht hinterlassen. Ich brauche Ihre Hilfe."

Stimmt, diese Nachricht auf dem Anrufbeantworter, die hatte sie völlig verdrängt nach dem Chaos mit der Badewanne. Luisa. Was hatte das zu bedeuten? Oh Gott, war ihr etwas zugestoßen? Wollte ihr der Polizist jetzt beibringen, dass sie tot war?

"Hallo? Sind Sie noch dran? Sind Sie eine Freundin von Luisa Mayer?"

Sie räusperte sich und sagte: "Ja, äh, zwei mal ja, ich meine, ich bin noch da und ich war", sie stockte kurz und verbesserte "ich bin eine Freundin von Luisa."

Sie setzte sich langsam auf das Sofa und drückte den Hörer an ihr Ohr, in Erwartung der schrecklichen Nachrichten.

"Sie liegt im Krankenhaus und hat ihr Gedächtnis verloren. Vielleicht hilft es ihr, wenn Sie mit ihr sprechen."

"Sie ist also nicht tot?"

"Wie kommen Sie denn darauf?"

"Es tut mir leid, ich dachte ..." Ja, was hatte sie eigentlich gedacht? Luisa hatte sie um Hilfe gebeten und sie hatte nicht reagiert. Und jetzt kam schon wieder ein Hilferuf aus Hawaii.

Was war nur los? Auf einmal traf sie die schmerzende Erkenntnis: Sie vermisste ihre beste Freundin einfach schrecklich.

"Ich spreche sehr gerne mit ihr, wenn ihr das hilft."

"Gut, ich melde mich später, wenn ich bei Luisa bin."

Anja wollte noch so viel fragen, aber der Polizist hatte das Gespräch grußlos beendet. Mit einem Schlag wurde ihr übel. Sie rannte ins Bad und schaffte es gerade noch, den Klodeckel zu öffnen. Nach ein paar Minuten ließ der Würgereiz nach und sie setzte sich auf die kühlen Kacheln und lehnte sich erschöpft an die Wand. Sie schob sich mit ihren schweißnassen Händen die langen Haare aus dem Gesicht. Einige Strähnen hatten etwas abbekommen und sie rümpfte angeekelt die Nase. Warum war Stefan nicht bei ihr? Wenn sie sich den Magen verdorben hatte, oder auch wenn sie zu viel getrunken hatte, Stefan hatte ihr immer beigestanden, wenn sie über der Kloschüssel gehangen hatte. Er hatte ihr liebevoll über den Rücken gestrichen und ihr die langen Haare aus dem Gesicht gehalten. Ihr Blick schweifte zu dem riesigen Berg Handtücher, der immer noch neben der Badewanne lag. Ein Bad, das war eine gute Idee. Sie erhob sich, drehte den Wasserhahn auf und lief ins Wohnzimmer. Nachdem sie den Wasserkessel auf den Herd gesetzt hatte, fiel ihr wieder ein, dass sie leider keinen Kaffee mehr vertrug. Sie stellte den Herd wieder aus, trank einen Schluck Wasser aus dem Kühlschrank, schnappte sich das Telefon und kehrte wieder ins Bad zurück.

In der heißen Wanne gingen ihre Gedanken wieder zu Luisa. Eigentlich hatte sie ja recht, so ein Bad war viel schöner als eine Dusche. Warum hatte sie das nicht schon viel früher ausprobiert? Sie schloss die Augen und glitt mit dem Kopf unter Wasser. Prustend tauchte sie schon nach einigen Sekunden wieder auf. Unter Wasser würde sie das Telefon sicher nicht hören. Ob Luisa alles vergessen hatte? Was sollte sie ihr über ihre Freundschaft erzählen?

26

Doktor Green hatte versucht mich zu küssen. Ich lag jetzt wieder in meinem Bett im Krankenhaus und grübelte über den Abend nach. Eigentlich war es schön gewesen, er hatte mich mit seinem schicken kleinen Sportflitzer an den Strand gebracht. Dort hatte eine Gruppe bildschöner Frauen Hula getanzt und gesungen. Es war eine unglaubliche Atmosphäre gewesen, sehr viele Menschen hatten, mit Feuerzeugen bewaffnet, eine fast schon feierliche Stimmung erzeugt. Wir waren Hand in Hand durch den weichen Sand gelaufen, wobei ich mich die ganze Zeit gefragt hatte, ob ich das schon einmal mit einem anderen Mann getan hatte. Die Wellen hatten träge an den Strand angeschlagen und dann hatte er mich plötzlich in den Arm genommen und mich mit seinen grünen Augen angefunkelt. Er hatte seine Lippen auf meinen Mund gedrückt, aber es hatte sich für mich nicht richtig angefühlt. Kein warmer Schauer war durch meinen Körper geströmt, vielmehr hatte alles in mir danach geschrien, mich zu befreien. Ich hatte meinen Kopf abgewendet und mein Gesicht an seine breite Brust gedrückt. Inmitten einer großen Menschenmenge standen wir Arm in Arm und ich hatte mich sehr einsam gefühlt.

Ein Klopfen riss mich aus meinen Gedanken. Wer besuchte mich so spät noch? Neugierig schaute ich zur Tür und sah Korea das Zimmer betreten.

"Aloha, Luisa, ich hoffe ich habe Sie nicht geweckt."

"Nein, ich war noch wach."

"Ich war vorhin schon mal hier, aber da waren Sie nicht da."

Er schaute mich auffordernd an, aber aus irgendeinem merkwürdigen Grund wollte ich ihm nichts von meinem Ausflug mit Doktor Green erzählen.

"Ich war noch mal beim Arzt", sagte ich und war damit relativ nah an der Wahrheit geblieben.

"Wie geht es Ihnen?"

"Ich werde wahrscheinlich morgen entlassen."

"Und was macht Ihr Gedächtnis?"

Ich schüttelte den Kopf und blickte ihn an. Er hatte wieder seinen verknitterten Anzug an, aber die obligatorische Krawatte fehlte. Hatte er heute gearbeitet?

"Ich habe Kontakt zu einer Frau in Berlin aufgenommen. Sie haben sie angerufen, als Sie bei mir auf dem Revier waren. Sie will mit Ihnen reden und Ihnen helfen mit Ihren Erinnerungslücken."

Ich war völlig überrascht. Zum einen davon, dass sich Korea so um mich kümmerte, zum anderen über die Konfrontation mit einer mir fremden Frau. Ich wusste nicht, ob ich mich darüber freuen sollte, dass er eine Bekannte aus meiner Vergangenheit aufgestöbert und anscheinend auch schon Kontakt zu ihr aufgenommen hatte.

"Wie heisst sie?"

"Anja Kraft."

Da war nichts. Wieder keine Erinnerung, einfach nur ein Name, der nichts in mir klingeln ließ.

Er hielt mir sein Handy hin.

"Die Nummer ist schon eingetippt, sie erwartet Ihren Anruf."

Da ich es nicht nahm, drückte er es mir in die Hand und verließ das Zimmer.

Ich starrte auf das zerkratzte IPhone und wusste nicht, was ich tun sollte. Ich las die Ziffern, die auf dem Display standen. Es war eine Berliner Nummer und ich fragte mich, was mich erwarten würde, wenn ich das Wahlsymbol drücken würde. Wollte ich eigentlich erfahren, was ich zur Zeit erfolgreich verdrängte? Ich fühlte mich recht wohl in diesem Stadium des

Nichtwissens, in der abgeschotteten Welt des Krankenhauses.

Gerade als ich auf das grüne Symbol drücken wollte, wurde das Display schwarz. Ich holte das Telefon wieder aus dem Ruhezustand, aber die lange Nummer erschien nicht mehr auf dem Display. Was sollte ich machen? In Koreas Telefonlisten stöbern? Ich entschied mich, ihn zu bitten mir zu helfen.

"Detective Korea?", rief ich so laut, wie ich es für ein Krankenhaus noch passend hielt.

Er musste direkt hinter der Tür gewartet haben, so schnell wie er wieder vor mir stand.

"Alles in Ordnung? Das war aber ein kurzes Gespräch."

Kleinlaut gestand ich ihm, dass ich noch gar nicht telefoniert hatte und dass ich die Nummer nicht mehr finden konnte. Er klickte ein paar Mal auf das Display und hielt es mir hin. Nachdem ich es ihm diesmal sofort abnahm, wollte er wieder den Raum verlassen.

"Können Sie bei mir bleiben?"

Ich war genauso überrascht wie er über meine Frage, aber es erschien mir richtig, dass er anwesend war. Er nickte und stellte sich, mit dem Rücken zu mir, ans Fenster.

Ich wählte die Nummer und hielt den Atem an.

"Ja?", meldete sich eine weibliche Stimme.

"Hallo, mein Name ist Luisa Mayer, ich hätte gerne Anja Kraft gesprochen."

"Hallo, Luisa", sagte die sympathisch klingende Frauenstimme und ich überlegte verzweifelt, ob ich sie schon mal gehört hatte.

"Hallo? Bist du noch dran? Luisa, sag doch was."

"Ich weiß nicht, was ich sagen soll."

Wir schwiegen beide.

"Bist du meine Freundin?", platzte es aus mir heraus.

"Was für eine komische Frage. Wir waren mal Freundinnen, aber in den letzten Jahren hatten wir keinen Kontakt mehr. Weißt du das nicht mehr?"

Ich schüttelte den Kopf, bis mir einfiel, dass sie das ja

nicht sehen konnte.

"Nein, nichts, ich weiß gar nichts mehr, ich habe mein Gedächtnis verloren"

"Oh."

Wieder erstand eine lange Pause, in der ich dem Rauschen in der Leitung lauschte.

"Das mit deinen Eltern tut mir sehr leid, ich hätte mich schon viel früher bei dir melden sollen. Und überhaupt, ..."

"Was ist mit meinen Eltern passiert?", fragte ich vorsichtig.

"Ach, Mist, das weißt du ja dann auch nicht mehr, ich ... Es tut mir leid, ihr hattet einen Autounfall, ..."

Ich ließ das Handy sinken und schnappte nach Luft. Mein Hals fühlte sich wie zugeschnürt an, ich hatte das Gefühl, keine Luft mehr zu bekommen, gleichzeitig stürzten Bilder des Unfalls auf mich ein. Wie eine Lok rasten sie auf mich zu und explodierten in meinem Kopf. Ich sah die entsetzten Gesichter meiner Eltern, ich hörte ihre Schreie und meine eigenen Schreie.

"Luisa, beruhigen Sie sich, versuchen Sie zu atmen."

Korea stand über mich gebeugt und schaute mich besorgt an. Tannenzweige rasten auf mich zu und ich hob schützend meine Hände vor mein Gesicht. Plötzlich sah ich alles nur noch verschwommen und dann drehte sich alles und Schwärze blendete die schrecklichen Bilder aus.

27

Anja presste immer noch den Hörer an ihr Ohr und lauschte den Geräuschen. Gott sei Dank hatten die schrecklichen Schreie von Luisa aufgehört. Mehrere Menschen schienen sich um sie zu kümmern. Sie hörte Stimmen, gedämpft durch die Bettdecke, dann wurde das Rascheln lauter und jemand nahm das Telefon in die Hand.

"Anja, sind Sie noch dran?"

"Ja", antwortete sie unsicher.

"Worüber haben Sie mit Luisa geredet? Sie hat sich sehr aufgeregt und hat ein Beruhigungsmittel bekommen."

"Ich habe ihr von dem Autounfall erzählt."

"Was für ein Autounfall? Ihr Unfall hier auf Oahu?"

Anja war verwirrt, von welchem Unfall sprach der Mann?

"Nein, ich habe ihr von dem Autounfall mit ihren Eltern erzählt. Luisa hat am Steuer gesessen. Ihre Eltern sind gestorben."

"Ich melde mich morgen wieder bei Ihnen."

Aufgelegt.

Was war Luisa passiert? Warum wollte sie ausgerechnet mit ihr sprechen? Was für ein Chaos. Anja schlug die Hände vor ihr Gesicht. Sie vermisste Stefan, ihren Fels in der Brandung. Er hätte sicher einen Rat gehabt, was sie jetzt tun sollte.

Plötzlich fiel ihr Charlotte ein. Ihre Arbeit in der Buchhandlung hatte sie völlig vergessen.

"Charlotte, ich bin es, Anja. Ich muss mich schon wieder entschuldigen. Ich werde auch die nächsten Tage nicht kommen. Ich bin nicht krank, aber in meinem Leben läuft gerade alles schief. Ich brauche Zeit."

Charlotte reagierte sehr verständnisvoll und Anja war froh, dass sie sie nicht weiter anlügen musste. Am liebsten wäre sie jetzt wieder ins Bett gegangen, hätte sich die Decke über den Kopf gezogen und die nächsten Wochen im Winterschlaf verbracht.

Was war mit Luisa los, was war passiert? Sie musste unbedingt noch einmal dort anrufen. Lange starrte sie auf die letzte Nummer aus der Anrufliste, dann drückte sie sie energisch.

"Ja?"

"Hallo, mit wem spreche ich?"

"Korea."

"Ich würde gerne wissen, wie es ihr geht."

"Sie schläft, sie können jetzt nicht mit ihr sprechen."

"Ich verstehe das alles nicht, ich weiß nicht, was passiert ist. Es tut mir sehr leid, dass ich nicht das Richtige gesagt habe."

"Luisa hat auf Ihren Anruf sehr schlecht reagiert."

Anja kämpfte gegen ihre Tränen. Was für ein beschissener Tag. Warum musste denn heute alles schiefgehen?

"Entschuldigen Sie bitte", sagte sie, bevor er sie grob unter- brach. "Ich kann jetzt nicht weiter mit Ihnen telefonieren. Es war eine idiotische Idee, Sie um Hilfe zu bitten. Rufen Sie bitte nicht mehr an."

Aufgelegt, schon wieder hatte dieser Typ das Gespräch einfach beendet. Warum war er so wütend auf sie? Sie steckte den Kopf zwischen ihre Knie und versuchte nachzudenken.

Luisa war auf Hawaii und brauchte ihre Hilfe. Stefan war weg und sie war sich so sicher wie nie, dass sie ihn brauchte.

Anja betrachtete das Telefon in ihrer Hand. Mel. Schnell suchte sie die Nummer aus ihrem Adressbuch. Mel ging nach dem ersten Klingeln dran.

"Ja?"

"Hallo, ich bin es, Anja, ich ..."

"Ist Stefan vorbeigekommen? Habt ihr euch ausgesprochen?"

"Nein, wie kommst du darauf?"

"Ich habe die halbe Nacht auf ihn eingequatscht und heute morgen war er nicht beim Frühstück."

"Nein, hier ist er nicht, aber danke, dass du das gemacht hast. Hast du ihm von meiner Schwangerschaft erzählt?"

"Für wie blöd hältst du mich? Das ist schon deine Sache."

"Vielleicht ist er zu Hause? Wir wohnen nämlich nicht zusammen."

Mel kicherte und sagte: "Das wird sich ja bald ändern."

"Ich danke dir jedenfalls, dass du versucht hast, mir zu helfen. Ich traue mich nur nicht, ihn jetzt anzurufen, obwohl ich ihn wirklich gut gebrauchen könnte und da hatte ich gedacht, dass du vielleicht ..."

"Er wird sich schon bei dir melden. He, ich habe dich in den höchsten Tönen gelobt, glaub mir, ich bin gut mit Worten."

Anja lächelte, das hatte Stefan auch immer gesagt, wenn er mitten in der Nacht an seinem Laptop saß und an seinem Blog schrieb. Sie liebte seine Reiseberichte, die ihr immer so plastisch erschienen und sie in fremde Welten entführten.

"Mel an Anja, bist du noch da?"

"Ja, entschuldige, ich werde einfach abwarten, auch wenn mir das schwer fällt. Er hat gesagt, dass er Zeit braucht und das muss ich wohl oder übel akzeptieren."

"Huh, wie vernünftig. Ich muss jetzt mein Phone ausschalten, die starren mich alle schon ganz böse an. Ich halte jetzt einen Vortrag, drück mir die Daumen, ich bin ein kleines bisschen aufgeregt."

"Ich drücke ganz fest", sagte Anja und bemerkte dann erst, dass Mel das Gespräch beendet hatte.

Sie überlegte, wie lange sie dieses Abwarten durchhalten sollte. Am liebsten wäre sie sofort zu ihm gelaufen.

Stefan hatte eine kleine Wohnung, nur zehn Minuten von ihr entfernt. Sie hatte einen Schlüssel, hatte ihn bisher aber noch nie benutzt. Die meiste Zeit verbrachten sie in ihrer

Wohnung, nur zum Arbeiten verschwand er ab und an in seine finstere Hinterhauswohnung im Erdgeschoss. Im Sommer saßen sie manchmal in dem winzigen Garten, der zu der Wohnung gehörte.

Sie blickte auf das Telefon, das sie immer noch in der Hand hielt. Nein, sie würde ihn nicht anrufen.

28

Es war alles wieder da. Mein ganzes beschissenes Leben.

Ich hatte die Nacht mit Hilfe der Beruhigungsmittel durchgeschlafen und als ich heute morgen aufwachte, war alles wieder da.

Der Unfall, das letzte Jahr, das ich nur mit Hilfe von Alkohol überstanden hatte, meine zunehmende Vereinsamung und Verwahrlosung. Mein Leben im Internet und sogar mein Password bei Facebook hatte ich plötzlich wieder parat. Ich spürte, dass ich mein Leben gehasst hatte. Dass meine Erinnerungen wieder auftauchten, machte mir mehr Angst, als ich zugeben wollte. Ich mochte mein früheres Ich nicht, ich fand mich selbst abstoßend, weil ich mich so hatte gehenlassen. Auch das Gefühl der Sinnlosigkeit tauchte wieder auf, trat aber ein bisschen in den Hintergrund, nach einem unerwarteten Besuch.

Dorothy hatte heute morgen mein Zimmer betreten und mich überhaupt nicht zu Wort kommen lassen. Sie hatte von Korea erfahren, dass ich heute entlassen werden sollte, und sie bot mir an, besser befahl mir, wieder bei ihr zu wohnen, bis sich alles für mich geregelt hatte. Wobei mir nicht ganz klar war, was sich noch für mich regeln sollte.

Doktor Green zwinkerte mir bei seiner abschließenden Visite zu, beglückwünschte mich zu meiner Genesung und verwies mich an Doktor Minervini. Ansonsten sendete er mir keinerlei zweideutige Zeichen. Wahrscheinlich hatte er nach unserem verunglückten Kuss meine zunehmende Distanziertheit bemerkt. Vielleicht wollte er aber auch vor seinen Kollegen nicht den Arzt, der seine Patientinnen verführt, geben.

Doktor Minervini war ebenfalls begeistert, dass meine Erinnerungen wiedergekehrt waren. Er riet mir, mich mit dem Trauma des Todes meiner Eltern auseinanderzusetzen. Er empfahl mir eine Kollegin, bei der ich mich in einer Woche vorstellen sollte. Er erklärte mir, solange ich das nicht aufgearbeitet hätte, könne jederzeit wieder ein Gedächtnisverlust kommen. Auslöser war der Unfall mit dem Taxi gewesen, es würden jedoch auch kleinere Ereignisse reichen, um einen erneuerten Gedächtnisverlust herbei- zuführen.

Schwester Lailani betrat mein Zimmer, als ich meine wenigen Sachen in die bunte Tasche von Dorothy packte. Ich hatte mich wieder für das Blümchenkleid entschieden, wenn jetzt auch mit dem Wissen, dass das eigentlich gar nicht mein Geschmack war.

"Luisa, ich würde mich freuen, Sie einmal außerhalb des Krankenhauses zu sehen. In der nächsten Woche gibt es in meiner Familie eine große Feier. Ich möchte Sie gerne dazu einladen. Die Adresse und das Datum habe ich Ihnen aufgeschrieben, dann können Sie es auch nicht vergessen."

Ein freches Grinsen lag auf ihrem Gesicht, als sie mir einen handgeschriebenen Zettel reichte. Dann drückte sie mich zum Abschied an ihren großen weichen Busen.

"Keoki kommt auch", flüsterte sie mir in mein Ohr und als ich mich aus der Umarmung löste, sah ich, dass sie errötet war wie ein junges Mädchen.

Und dann stand ich mit der bunten Tasche am Ausgang des Krankenhauses und fühlte mich sehr alleine. Ein Hupen riss mich aus meinen Gedanken. Ein schnittiger, alter, schwarzer Sportwagen bremste vor mir und Detective Korea stieg aus.

"Ich bringe Sie zu Dorothy, steigen Sie ein."

Ich ließ mich auf einen etwas abgewetzten Ledersitz fallen und wusste nicht, was ich sagen sollte.

"Schönes Auto", war das Einzige, was mir einfiel.

Er musterte mich durch seine undurchdringliche Sonnenbrille und ein Lächeln umspielte seinen Mund.

"Das ist mein ganz persönliches Geldgrab."

Ich schwieg und so fuhren wir stumm durch das quirlige Honolulu. Hochhäuser und historische Gebäude wechselten sich ab, viele große alte Bäume zogen an uns vorbei. Wir fuhren eine Zeitlang am Meer entlang. Der Pazifik glitzerte türkisblau und Wellen krachten weiß schäumend an den Strand. Dann fuhren wir über eine Brücke und ich meinte, mich zu erinnern, dass ich das schon einmal gesehen hatte, mit Dr. Green, als wir nach Waikiki gefahren waren, und auch an meinem ersten Abend auf Hawaii, als Korea mich zu Dorothy chauffiert hatte. Es war wirklich alles wieder da.

"Ist das Waikiki?"

"Ja, wir sind gleich da."

Er hielt vor einem Hochhaus, an das ich mich jetzt auch wieder erinnerte.

"Soll ich noch mit hochkommen, oder finden Sie es alleine?"

"Ich weiß nicht mehr genau, wenn Sie noch die Zeit haben, dann würde ich mich freuen, wenn Sie mir helfen würden", log ich.

"In Ordnung."

Er stellte den Wagen an der gleichen Stelle wie beim letzten Mal ab und begrüßte wieder den Mann an der Tür mit ein paar netten Worten.

Im Fahrstuhl schwiegen wir weiter. Mir lag auf der Zunge, ihn zu fragen, warum er mir so half, warum er dieses Telefongespräch mit Anja organisiert hatte. Aber ich blieb stumm.

Dorothy riss die Tür auf und überschüttete mich mit ihrer Freundlichkeit und dann verabschiedete Korea sich, er müsste zur Arbeit. Er schaut mich nicht mehr an, sondern küsste Dorothy auf die Wange, murmelte einen Gruß in meine Richtung und dann war er weg.

"Morgen fahren wir nach Mokuleia, ich habe eine Aufgabe für dich." Dorothy lächelte mich geheimnisvoll an und drückte mich an sich.

Ich empfand die Umarmung als so mütterlich und schön, dass ich an meine Eltern denken musste. Tränen stiegen auf, ohne dass ich dagegen etwas tun konnte. Ich weinte, drückte mein Gesicht in ihr Haar und fühlte mich so verloren. Sie waren nicht mehr da, ich hörte wieder die Schreie bei dem Unfall, ich sah Mamas entsetztes Gesicht vor mir, ich hörte Papa stöhnen.

Ich konnte nicht aufhören zu weinen und versuchte unter Schluchzen Dorothy davon zu erzählen, aber es kamen nur unzusammenhängende Worte aus meinem Mund. Dorothy wiegte mich und strich mir über den Rücken.

"Es tut mir so leid, ich kann es dir nicht erklären. Meine Eltern sind in meinem Auto gestorben, es war so schrecklich."

Dorothy sagte gar nichts darauf, sondern hielt mich einfach weiter fest.

"Warum bist du so freundlich zu mir?" Ich versuchte mir die Tränen wegzuwischen und schaute sie an.

"Aloha, Luisa, ich versuche einfach dir ein bisschen von unserem berühmten Aloha-Spirit wiederzugeben. Außerdem", sie lächelte mir breit zu, "findet Beni dich interessant."

"Ich finde ihn auch sehr nett, aber ich weiß im Moment überhaupt nicht, was ich denken soll."

Sie schob mich in den Raum, den ich schon kannte, und deckte das Bett auf.

"Leg dich hin und versuche zu schlafen. Deine Ärzte haben gesagt, dass Schlaf hilft."

Ich schaute sie irritiert an. Es war drei Uhr nachmittags und ich mochte jetzt nicht schlafen.

"Ich möchte ein bisschen spazieren gehen."

Sie schaute mich überrascht an, aber dann lächelte sie.

"Ich gebe dir einen Schlüssel, vielleicht ist das auch die viel bessere Idee, als zu schlafen. Du bist schließlich in Waikiki."

Und dann stand ich wieder im Fahrstuhl, einen Schlüssel in der Hand und meine neuen Kreditkarten in der bunten Tasche. Ich hatte die Kleidungsstücke in den Schrank gepackt und nutzte nun die große bunte Tasche als Handtasche.

Ich überquerte eine geschäftige Straße und betrat eine kleine Marktlandschaft. Viele asiatische Händlerinnen boten alles vom Kitsch bis zu wirklich brauchbaren Sachen. Ich erstand ein großes Portemonnaie, in das ich meine drei Kreditkarten einsortierte. An einer kleinen Ansammlung von Ständen, die die unterschiedlichsten Mahlzeiten anboten, aß ich ein koreanisches Gericht, bestehend aus aromatischem Fleisch, Gemüse und Reis.

Auf der anderen Seite der Mall überquerte ich die Straße und stand am Meer.

Hier ungefähr hatte ich auch gestern Abend mit Dr. Green gestanden. Menschenmassen bevölkerten den Strand. Die Wellen brachen sich in einiger Entfernung, denn der Strand war durch ein künstliches Riff geschützt. Kinder tollten im Wasser und in der Ferne sah ich Surfer, die sich an niedrigen Wellen versuchten.

Ich hatte an einem Geldautomat in der Mall ein paar Dollar gezogen und so konnte ich mir auch ein Eis gönnen. Das berühmte Shaved Ice ist einfach gefrorenes Wasser mit Sirup überkippt. Aber ich genoss es trotz der klebrigen Süße und setzte mich auf die Umrandung der Strandpromenade.

Ich war in Hawaii, ich saß am Strand von Waikiki und aß ein Eis. Wie hatte es dieses frustrierte, deprimierte Ich nach Hawaii geschafft? Ich war einfach geflohen, ohne ein Ziel, ohne eine Aussicht.

Nach Berlin konnte ich nicht zurück, ich wusste, dass ich meine Wohnung für die nächsten Monate untervermietet hatte. An unseren ehemaligen Dealer. Ich hatte ihn eines Abends an der Tankstelle getroffen, als ich mir mal wieder etwas zu trinken kaufen musste, mitten in der Nacht.

Ich wollte nicht über mein altes Leben nachdenken, es erschien mir so arm und traurig. Die Frau, die ich die letzten beiden Jahre gewesen war, wollte ich nicht weiter sein.

Auch über Alex, den Mann, wegen dem ich jetzt hier war, wollte ich nicht nachdenken. Seltsame Fragen schossen durch meinen Kopf: War er nicht der Prinz, den ich mir erhofft hatte? Was hatte er von mir erwartet? Bedeutete mir diese Freundschaft überhaupt noch etwas? Ich hatte heute morgen sogar vergessen, mich zu verabschieden.

Ich schlenderte die Straße entlang. Am Ende der Promenade sah ich einen Starbucks. Ich holte mir einen Eiskaffee und ging wieder zurück.

Vor dem Apple Store hielt ich an. Ich brauchte wieder einen Computer, ein Telefon.

Eine Stunde später trat ich mit einer großen Tüte aus dem Laden. Ich war wieder zurück in der Online-Welt. Ich hatte mir mir meiner Kreditkarte einen schicken, flachen Computer und ein Telefon gekauft. Während ich zu Dorothy zurücklief, fragte ich mich die ganze Zeit, ob ich mir nicht einfach ein Hotelzimmer nehmen sollte. Aber ich fühlte mich bei dieser Frau auch so geborgen, und ich wollte mich einlassen auf die Zufälle meines Lebens.

29

Ich saß neben Dorothy im Auto und blickte auf die an mir vorbeiziehende Landschaft. Wir waren aus Honolulu herausgefahren und befanden uns jetzt auf einem Highway ins Landesinnere. Nachdem wir, auf einer langen Brücke ein tiefes Tal durchquert hatten, erklommen wir jetzt einen kleinen Berg. Ich konnte nur Wald und Grün sehen, erstaunlicherweise waren alle menschlichen Siedlungen aus unserem Blickfeld verschwunden. So ganz anders als in der Großstadt sah es hier aus. Wohnte da jemand in diesen Wäldern? Eher nicht, es sah sehr unberührt aus.

Urplötzlich endete der Highway und ich las Hinweisschilder zu mehreren Armee-Stützpunkten und Häuser tauchten am Straßenrand auf. Wieder ging es in ein tiefes Tal und dann änderte sich erneut die Vegetation. Aus dem Tal heraus fuhren wir durch Felder, auf Nachfrage erklärte mir Dorothy, dass es sich bei den seltsam puschelig aussehenden Pflanzen um Ananas handelte. Schließlich erreichten wir eine Hügelkuppe, von der aus ich die andere Seite der Insel sehen konnte. Dorothy hielt auf dem breiten Grasstreifen neben dem Feld an und stieg aus.

"Da unten kannst du Haleiwa und Mokuleia sehen."

Sie deutete auf zwei kleine Ansiedlungen. Ich sah das tiefblaue Meer und den weißen Sandsaum, der sich an der Küste entlang schlängelte. Kleine Häuser reihten sich aneinander wie Perlen an einer Schnur, entlang des breiten Sandstrandes.

"Haleiwa, das weißt du bestimmt, das ist unsere Surferstadt."

Es sagte mir nichts, ich hatte mich anscheinend nicht gut über Oahu informiert.

"Der berühmte North Shore, sagt dir das nichts?"

Sie schaute mich etwas verwundert an und stieg wieder ein.

"Ich schäme mich, dass ich so wenig über deine Heimat weiß", sagte ich, während ich mich wieder zu ihr in den Wagen setzte.

"Hier ist es."

Wir hielten vor einem großen, nichtssagenden Holzzaun. Dorothy öffnete eine Tür im Zaun, die ich gar nicht wahrgenommen hatte. Ich betrat einen Pflanzentunnel. Es war dunkel und feucht und es raschelte unheimlich links und rechts des kleinen gepflasterten Wegs. Nach einer Biegung konnte ich Licht am Ende des Tunnels sehen. Wir betraten eine Lichtung. Eine kleine Wiese, auf der drei wirklich große Hühner herumpickten. Links auf der Lichtung, angelehnt an den Dschungel, durch den wir gerade gelaufen waren, befand sich ein kleines Holzhaus. Vor uns sah ich ein anderes, größeres Haus. Umrahmt war es von einer Veranda und über dem Dach des Hauses rauschten drei Palmen im Wind.

"Wie schön."

Ich fühlte mich auf merkwürdige Weise von diesem Ort angezogen. Als ob ich nach Hause gekommen wäre.

"In dem kleine Haus hat Hitomi gewohnt. Vielleicht hast du das ja gelesen, in meinem Buch. Ich habe mir gedacht, hier hat sie ein neues Leben angefangen, vielleicht hilft es auch dir."

War es mir deswegen so bekannt?

"Es ist ein wirklich schöner Ort."

"Das kleine Haus ist deine Sache. Das ist die Aufgabe, die ich für dich habe. Ich möchte es vermieten, an Urlauber, und du sollst es herrichten. Was meinst du?"

Sie schaute mich prüfend an und ich wurde von einer Welle des Glücks überrollt. Ja, genau das wollte ich machen.

Ich nahm sie in den Arm und drückte sie.

"Danke, ich kann mir im Moment nichts Besseres vorstellen."

Wir liefen um das große Haus und hinter dem Haus sah ich das Meer. Über eine riesige Wiese und durch ein kleines Gartentor betraten wir eine Bucht mit weißem Sand und glitzerndem Meer. Ich konnte mein Glück nicht fassen.

"Was ist das?" Ich deutete aufs Meer, wo ich kleine Köpfe sah, die neugierig aus dem Wasser schauten.

"Das sind unsere Schildkröten", erklärte mir Dorothy.

Ich sank in den heißen, weißen Sand und fing an zu weinen. Dorothy ließ sich neben mir nieder und schaute mich überrascht an.

"Hallo, warum weinst du? Ist das alles zu viel für dich?"

"Nein, ich frage mich nur, womit ich das verdient habe", schluchzte ich.

Sie fing an zu lachen und nach einer Zeit stieg ich in ihr Lachen ein.

Wir betraten das große Haus. Es war schlicht eingerichtet, dominiert von einer großen, offenen Küche und einem Wohnraum mit Blick auf den Pazifik. Dorothy zeigte mir ein Schlafzimmer mit einem einfachen Futonbett.

"Hier haben meine Eltern geschlafen."

Mir war bis jetzt nicht bewusst gewesen, dass sie in diesem Haus aufgewachsen war.

"Es gibt ein paar japanische Annehmlichkeiten. Das Bad ist wie ein kleiner Onsen eingerichtet."

Ich schaute sie etwas verständnislos an.

"Es gibt einen Bereich zum Abduschen und die Wanne ist etwas größer, als du es kennst. Komm, lass uns in das andere Haus gehen."

Wir betraten das alte Haus über eine morsche Treppe. Ein muffiger Geruch schlug uns entgegen, als Dorothy die windschiefe Tür öffnete. Das ganze Haus war in Zwielicht getaucht, weil die Scheiben blind und schmutzig waren.

"Ich glaube, wenn man es etwas zurechtmacht, dann kann ich es gut vermieten."

Ich schaute mich um und konnte es nicht fassen. Hier sollte ich die nächsten Tage bleiben? Es war das Paradies.

"Dorothy, warum denkst du, dass ich das kann?"

"Ich glaube einfach, dass du die Richtige bist. Als du mir erzählt hast, was dich nach Hawaii verschlagen hat, musste ich sofort an Hitomi denken. Eure Geschichten, obwohl sie in zwei gänzlich unterschiedlichen Zeiten spielen, ähneln sich ein bisschen. Außerdem brauchst du einfach was zu tun!"

Wahre Worte. Ich sah darin die Möglichkeit, meinen Problemen eine Zeitlang davonzulaufen. Dankbar schaute ich mich erneut in dem dunklen Häuschen um. Einige Möbelstücke standen verdeckt unter Tüchern wie reglose Gespenster im Raum und schienen mich anzustarren. Ich spürte, dass eine Angst in mir hochkroch, wie ich sie als kleines Kind erlebt hatte, wenn ich in den Keller geschickt wurde, um etwas zu holen.

"Und, was sagst du?"

"Ja, das ist eine großartige Idee, wann kann ich anfangen?", sagte ich und versuchte mir meine Unsicherheit nicht anmerken zu lassen.

"Wir fahren jetzt zurück nach Honolulu und kaufen Materialien ein. Ein Freund von mir arbeitet zur Zeit in Los Angeles, du kannst sein Auto haben. Damit kannst du dann morgen hierher fahren und anfangen."

Ich war sprachlos. Sie hatte schon alles für mich durchgeplant.

Auf dem Rückweg kamen wir kurz vor Honolulu in einen Stau. Wie eine riesige Blechschlange zog sich der mehrspurige Highway über die vor uns liegenden Hügel. Dicke Regentropfen platzten erst vereinzelt und dann in einem schnellen Staccato auf der Autoscheibe.

"Was ist eigentlich mit deinem Facebook-Freund?", fragte Dorothy in den Lärm des Regens.

Alex, ja, was war eigentlich mit Alex?

"Keine Ahnung, ich weiß es nicht. Ich habe mich noch nicht mal verabschiedet."

"Willst du ihn wiedersehen?"

"Ja, ich weiß nur nicht, ob er mich wirklich so anzieht, wie ich das mal dachte."

Wir krochen ein paar Meter weiter über den nassen Asphalt.

"Aber da ist was?"

"Ich weiß es einfach nicht. Ich mag mein früheres Ich nicht und dieses Ich hat sich mit Alex befreundet. Ich bin ganz verwirrt, ich weiß einfach gar nichts mehr. Ich bin so froh über das, was du mir heute vorgeschlagen hast. Ich will einfach ein paar Tage allein sein und etwas arbeiten. Ich freue mich schon so auf Hitomis Häuschen."

"Das wird dir gut tun."

Dorothy schaute mich an und strahlte.

"Das ist ein ganz besonderer Ort, er hat mir oft geholfen."

Ich hatte noch nie über Dorothys Leben nachgedacht. Hatte sie auch ihre Momente, in denen sie an sich zweifelte? War sie dann nach Mokuleia gefahren? Wieso wohnte sie in Honolulu, in einer so großen Wohnung? Hatte sie eine Beziehung oder eine Familie und wenn ja, wo waren diese Menschen?

30

Es war noch früh, die Sonne lugte gerade über die Bergkette neben dem Diamond Head. Ich packte meine spärlichen Sachen zusammen. Ich hatte vier Unterhosen, zwei BHs, einen hatte ich an, den anderen faltete ich zusammen und steckte ihn in die bunte Tasche. Ein paar T-Shirts, eine schwarze Leinenhose, mehrere weiße Nachthemden, eine weite Jeans fanden auch den Weg in die Tasche.

"Schau mal, für deinen Computer."

Dorothy hielt mir eine kleine braune Tasche hin.

"Da ist er ein bisschen gepolstert und du hast noch Platz für dein Telefon und deine anderen persönlichen Sachen."

"Dotty, ich habe keine persönlichen Sachen."

"Sei froh, das ist doch schön, nicht immer diesen ganzen Kram, den man nie braucht, mit sich herumzuschleppen."

Sie hatte recht, eigentlich war es ein befreiendes Gefühl. Ich betrachtete mein neues Leben und ich blickte glücklich auf die bunte Tasche von Martha und die neue Tasche von Dorothy. Warum hatte ich eigentlich so viel Kram hierher geschleppt? Was für ein Unsinn hatte in meinen großen Reisetaschen gesteckt, die ich mitgenommen hatte, um sie mir dann gleich klauen zu lassen. Vielleicht war das ja ein Wink des Schicksals gewesen. Ohne diesen Überfall hätte ich Dorothy niemals kennengelernt.

Ich war aufgeregt. Gestern hatten wir in einem Baumarkt viele Materialien eingekauft, danach hatten wir das Auto von George abgeholt. Es entpuppte sich als ein riesiger Pick Up, vor dem ich großen Respekt hatte. Ich hatte mich etwas schwergetan, ihn durch Honolulu zu lenken, immer dem kleinen Auto von Dorothy zu folgen, aber an dem Cottage hatte ich ja genug Platz.

Ich schnappte mir meine beiden Taschen und wir stiegen zusammen in den Aufzug.

"Ich bin aufgeregt."

"Nimm es als eine Zeit, um dich selbst wiederzufinden. Hast du mein Buch dabei?"

"Ja, natürlich habe ich es mitgenommen. Es ist eine wirklich spannende Geschichte, ich hätte Hitomi gerne kennengelernt."

"Ich kann mich leider kaum an sie erinnern. Du kannst jetzt ihr kleines Paradies mit neuem Leben erfüllen."

Die Aufzugtüren öffneten sich mit dem inzwischen vertrautem Pling und wir gingen durch das für die frühe Zeit schon erstaunlich belebte Foyer.

Ich hatte den großen Wagen gestern, genauso unkonventionell wie Korea, direkt vor dem Eingang, im Halteverbot geparkt. Der Portier begrüßte uns und hielt uns mit einem strahlenden Lächeln die Tür auf. Ich drückte Dorothy an mich und kletterte in die Fahrerkabine. Ich hatte das absurde Gefühl, in einem LKW zu sitzen, was natürlich völlig übertrieben war, aber der Raum in dem Pick Up war wirklich groß.

"Ruf an, wenn du angekommen bist, und bitte melde dich, wenn du Probleme hast, oder auch, wenn du einfach nur reden willst."

Ich fühlte mich ein bisschen so, wie ich mich bei meinen Eltern gefühlt hatte, wenn ich auf eine längere Reise ging, und ich musste mich zusammenreißen, um nicht zu weinen.

"Ich weiß nicht, was ich sagen soll. Danke, Dotty."

Ich blickte in ihre mandelförmigen, braunen Augen und fühlte mich durchschaut. Ich ließ den Motor an und blinzelte die Tränen weg, die in mir schon wieder aufstiegen. He, was war los mit mir? Früher war ich nicht so nah am Wasser gebaut, zumindest meinte ich das zu erinnern.

Mit einem tiefen tuckernden Ton fuhr ich langsam und

vorsichtig mit meinem neuen Ungetüm auf die Straße. Wieder am Kanal entlang, wie mit Korea, in meiner ersten Nacht. Auch jetzt paddelten ein paar Ruderer, trotz der schon morgendlichen Hitze, über den Kanal und Jogger liefen ihre Runden.

Nachdem ich die Auffahrt zum Highway gefunden hatte, die komischerweise direkt in einer Wohnsiedlung lag, freute ich mich an meinem neuen Gefährt. Der große Blaue blubberte in tiefen Tönen vor sich hin, wie ich es nur aus amerikanischen Spielfilmen kannte. Jedes Mal, wenn ich auf das Gaspedal trat, hatte ich das Gefühl, er fräße mehrere Liter Benzin.

Ich hielt an der selben Stelle, an der Dorothy am Vortag gehalten hatte, und stieg aus. Über dem Meer hingen tiefe Wolken, die sich bis zu den Bergen schoben. Die steilen, dunkelgrünen Klippen reichten fast bis an den weißen Strand, den man von hier oben gut erkennen konnte.

Tage? Wochen? Wie lang würde das alles hier meine neue Heimat sein? Ich stieg wieder ein und fuhr mit klopfendem Herzen die letzten Meilen, bis ich den grünen Holzzaun wiederfand. Ich stellte den Pick Up in den viel zu kleinen Holzunterstand, zumindest für mein Auto, jedes normale Auto hätte wahrscheinlich sehr gut hineingepasst.

Mit zitternden Fingern steckte ich den Schlüssel in das Schloss des Tors und öffnete langsam die Tür. Feuchte, leicht moderige Luft schlug mir entgegen. Ich griff mir meine beiden Taschen und hetzte durch den Pflanzentunnel auf die Lichtung. Schon wieder ergriff mich diese komische Angst und ich fühlte mich wie das kleine Mädchen, das die Kellertreppe hochrannte.

Ich plumpste auf die Wiese und griff in etwas schleimig Glitschiges. Hühnerscheiße. Na, das ging ja gut los, die Hühner und ich würden sicher ein Dreamteam werden. Ein dickes braunes Monsterhuhn kam aus den Büschen und überquerte die Wiese, ohne mich zu beachten. Es verschwand unter der Veranda des kleinen Cottages.

Nachdem ich mir die Hand am Gras abgewischt hatte,

stieg ich die Stufen zum großen Haus hoch und öffnete die Tür. Ich durchquerte die Wohnküche und das angrenzende Wohnzimmer und öffnete die Türen zur Terrasse, die aufs Meer zeigte. Von Dorothy hatte ich gelernt, dass man diese Terrassen auf Hawaii Lanai nannte. Die Wolken waren fast vollständig verschwunden und der Himmel strahlte wieder in einem tiefen Blau.

Am liebsten hätte ich mich in einen der beiden alten, verschlissenen Korbstühle gesetzt und nichts weiter getan, als aufs Meer zu schauen.

Ich lief wieder zurück zum Pick Up und fing an, ihn auszuladen.

"Brauchen Sie Hilfe?"

Ein noch größerer Wagen hatte direkt vor meinem gehalten. Ein braungebrannter Mann mit kurzen grauen Haaren beugte sich durch sein Beifahrerfenster und lächelte mich freundlich an.

"Das ist sehr nett, aber ich glaube ich komme klar. So viel ist es ja nicht."

Ich schaute auf den Haufen Baumaterialien und überlegte, ob ich nicht etwas untertrieb. Der Mann dachte anscheinend ähnlich, denn er parkte seinen Pick Up, stieg aus und kam auf mich zu. Er trug eine bunte Shorts und ein graues, etwas zerrissenes T-Shirt. In seinem braungebrannten Gesicht sprangen Lachfalten um seine Augen. Ich schätzte ihn auf Anfang sechzig, fit und mit sportlicher Figur. Vielleicht war er ja Surfer?

"Hallo, ich bin Jeff und ich helfe Ihnen ein bisschen. Ich wohne eine Meile die Straße rauf, ich bin mit Dotty befreundet."

Hatte mir Dorothy also einen neuen Beschützer geschickt.

Wir trugen zusammen die Materialien in den Hof und ich fühlte mich wohl mit diesem Mann. Als wir fertig waren, tranken wir zusammen ein Bier, das ich im Kühlschrank gefunden hatte und schauten aufs Meer und sprachen wenig.

"Reitest du?"

Was für eine lustige Frage.

"Ich bin mal als Kind geritten, ist lange her, warum fragst du?"

"Ich habe einen Stall mit Polo-Pferden, vielleicht hast du ja mal Lust, ein bisschen zu reiten, ich muss jetzt nach Hause, meine Frau wartet sicher schon. Aloha, Luisa, melde dich, wenn wir dir helfen können."

Und dann war ich alleine.

Ich hörte das Rauschen der Brandung, die Palmen machten zarte Geräusche im Wind und die Hühner raschelten im Dickicht des kleinen Urwalds.

Ich bezog mir das Bett und lag lange da und konnte nicht einschlafen. So viele Gedanken gingen mir durch den Kopf. Immer wieder sah ich den schrecklichen Unfall mit meinen Eltern vor mir, die Beerdigung, mein nicht existentes Leben danach.

Ich hatte nur noch dagesessen und gewartet, dass die Tage endlich vergangen waren. Ich hatte getrunken, weil ich mich fortsaufen wollte von allem, um mich zu betäuben, um nichts mehr zu spüren, ausser der Leere im Kopf. Ich hatte den ganzen Tag auf Facebook verbracht, mit einem Profil, das nicht wirklich ich war, dass eigentlich nichts mit mir zu tun hatte, weil es mich eigentlich gar nicht mehr gab. Ich hatte stundenlang gespielt, hirnlose Spiele, die die Zeit totgeschlagen hatten, und ich hatte nur darauf gewartet, dass ... Ja, worauf hatte ich eigentlich gewartet? Ich wusste es nicht.

31

Anja hing schon wieder über der Kloschüssel und fragte sich, warum sie das alles durchmachen musste. Warum war es bei ihr so schwierig, schwanger zu sein? Als sie an Stefan dachte, musste sie unwillkürlich grinsen. Wenn er sich mal den Magen verdorben hatte, dann war das immer ein großes Drama. Stefan konnte sich nicht einfach übergeben, er quälte sich und Anja war sich sicher, dass er sich vor sich selbst so ekelte, dass es nicht funktionierte.

Sie erbrach sich erneut und sank dann mal wieder auf die weißen Fliesen. Sie verbrachte in den letzten Tagen entschieden zu viel Zeit in ihrem Badezimmer.

Stefan hatte sich immer noch nicht gemeldet und Anja hatte es geschafft, jeden Impuls, zum Telefon zu greifen, erfolgreich zu unterdrücken.

Eine Stunde später stand sie vor der Tür von Stefans Wohnung und klingelte. Sie spielte mit dem Schlüssel in ihrer Jackentasche, aber sie wollte ihm nicht zuvorkommen. Sie starrte auf die rotgestrichene Holztür und überlegte, was sie jetzt machen sollte. Er war nicht da, er würde nicht die Tür aufreißen und sie in seine Arme schließen, er war einfach nicht zu Hause. Nachdem sie noch einmal geklingelt hatte, steckte sie schließlich den Schlüssel in das alte, bronzefarbene Schloss und öffnete die Tür.

Ein leicht muffiger Geruch schlug ihr entgegen. Sie schob die Post zur Seite, die sich hinter der Tür angesammelt hatte. Stefan besaß eine der Wohnungen in Berlin, in denen die Post noch in jede Wohnung geliefert wurde. Jede Wohnungstür hatte einen Schlitz mit einer Klappe. Anja hatte schon immer die Postboten bedauert, die für solche Häuser zuständig waren. Sie hatte sich vorgestellt, wie schrecklich es sein musste, ohne Fahrstuhl durch die hohen Treppenhäuser zu laufen und auch im vierten Stock jeden Tag die Post zuzustellen.

Stefans Haufen an Post sagte ihr, dass er schon seit Tagen nicht in seiner Wohnung gewesen war. Wo war er nur? Immer wenn sie versucht hatte, ihn per Telefon zu erreichen, dann war nur seine Mailbox angesprungen. War ihm etwas passiert? Lag er vielleicht, wie Luisa, in einem Krankenhaus und hatte sein Gedächtnis verloren?

Sie blieb in dem winzigen Flur stehen und beschloss, dass sie nicht weiter vordringen wollte. Ihr kam es plötzlich ungeheuerlich vor, dass sie ihm so nachspionierte. Schnell drehte sie sich um und verließ die Wohnung. Auf der Straße versuchte sie ihn per Handy zu erreichen, aber mal wieder hörte sie nur die Ansage seiner Mailbox. Saß er etwa in einem buddistischen Kloster oder versuchte er gerade sich in einem indischen Aschram wiederzufinden? Vielleicht machte er auch eine Trekking Tour nach Matchu Pitchu? Anja kannte Stefans Auszeiten, sein Beruf brachte das mit sich, aber heute war sie richtig wütend auf seine Nichterreichbarkeit. Wo zur Hölle war er?

32

Ich stand auf einer wackeligen Leiter und versuchte die Luke, die in die Holzdecke eingelassen war, zu öffnen. Sie war durch ein Schloss gesichert und ich ruckelte vergeblich daran. Komisch, alles stand offen in den beiden Häusern, nur diese Luke war durch ein Schloss gesichert. Meine Neugier war geweckt. Ich hatte den ganzen Vormittag das Cottage ausgeräumt und alles in den muffigen, dunklen Schuppen neben dem Eingangstor getragen. Die größeren Möbelstücke, meine Gespenster, hatte ich zu einem großen Gespenst in einer Ecke des Raums vereint. Und dann hatte ich das Viereck in der Decke entdeckt. Unter einer dicken Farbschicht verborgen, konnte ich ein kleines Schloss erkennen.

Ich stieg von der Leiter und durchstöberte die unaufgeräumte Werkstatt, die sich unter dem neuen Haus befand. Ich fand einen Hammer, einen Schraubenzieher und eine dicke Zange.

Mit den Werkzeugen bewaffnet, kletterte ich wieder auf die Leiter. Zu Anfang versuchte ich vorsichtig mit dem Schraubenzieher das Schloss zu knacken, aber ich hatte keinen Erfolg. Ich ließ die Werkzeuge zu Boden fallen, stieg von der Leiter, ging ins Haus und machte mir einen Kaffee. Ich hatte heute morgen im Supermarkt alles, was ich für die nächsten Tage brauchen würde, gekauft. Jetzt räumte ich die Vorräte in die Schränke, vorhin hatte ich alle nicht verderblichen Sachen einfach stehen gelassen, weil ich so wild darauf war, endlich etwas Sinnvolles zu tun. Ich trank einen Schluck, von dem etwas ungewohnt schmeckenden Kaffee und überlegte, was ich jetzt tun sollte. Eigentlich könnte ich jetzt mit dem Säubern und Abschleifen aller Flächen beginnen, aber ich war so neugierig. Was war da auf dem Dachboden?

Wieder auf der Leiter versuchte ich es mit roher Gewalt. Ich schlug mit dem großen Hammer auf die Befestigungen des Riegels, und das hatte dann auch endlich Erfolg. Das morsche Holz gab nach und das Vorhängeschloss fiel zusammen mit dem Riegel zu Boden. Ich versuchte die Luke nach oben zu drücken, aber sie rührte sich nicht. Ich stemmte mich mit meinem Rücken dagegen und versuchte sie mit meiner Körperkraft zu bewegen. Ich schnaufte und keuchte und drückte erneut. Der Schweiß lief mir zwischen meinen Brüsten herab und dann tat sich endlich etwas.

Mit einem Schlag schnellte die Luke zurück und gab den Blick frei auf ein dunkles Loch. Abgestandene Luft schlug mir entgegen. Es roch, wie es früher auf unserem Dachboden gerochen hatte. Dieser vertraute Geruch trieb mir die Tränen in die Augen. Ich erinnerte mich daran, wie ich als Kind immer auf dem Trockenboden gespielt hatte, während meine Mutter die duftende Wäsche aufhängte. Später hatten meine Eltern genau dieses Dachgeschoss gekauft und eine eigene Wohnung für mich ausgebaut.

Ich wischte mir die Tränen und den Schweiß mit meinem T-Shirt Ärmel ab und kletterte zögernd in die Dunkelheit. Durch das marode Dach drangen Sonnenstrahlen und tauchten den ganzen Boden in ein verzaubertes Licht. Der Raum war flach und ich konnte mich nur in gebückter Haltung vorwärts bewegen. Ich vermutete hinter den Umrissen unter Tüchern weitere Möbel. Direkt vor mir stand eine große Kiste. Sie war aus Holz und bemalt mit blauen Mosaiken. Sie war mit Staub überzogen und mir war bewusst, dass sie sicher in den letzten Jahren nicht bewegt worden war. Ich robbte auf meinen Knien näher und hielt den Atem an.

Ein kleines Schloss sicherte die Truhe und ich brachte es nicht übers Herz, es so zu zerstören, wie ich das Schloss der Dachluke zerstört hatte. Das war Hitomis Reisekiste, ich hatte davon gelesen, in Dorothys Buch. Darin waren einmal ihr

Hochzeitskimono und die wenigen Sachen gewesen, die ihre Tante ihr damals mitgegeben hatte. Ich saß im Halbdunklen und grübelte, was ich jetzt tun sollte. Wollte Dorothy das alles sehen? Warum hatte bis jetzt niemand diesen Dachboden geöffnet?

Ich verschob meine Fragen auf morgen, denn ich musste mich jetzt langsam fertig machen. Heute war der Tag, an dem mich Lailani eingeladen hatte, und ich hatte vor, die Einladung wahrzunehmen.

Ich lief ins große Haus, füllte die Wanne und wusch mich, bevor ich sie betrat, mit der Brause, die in die Wand eingelassen war. Ich fühlte mich dabei sehr japanisch und musste über mich selbst lachen.

Ich zog die schwarze Hose an, weil sie mir am elegantesten erschien. Dazu wählte ich ein buntes T-Shirt. Als ich mich im Spiegel anschaute, hatte ich wieder das Gefühl, dass das eigentlich gar nicht mein Stil war. Ein Gong unterbrach meine Gedanken über mein neues Stilempfinden.

Ich eilte barfuß durch den Pflanzentunnel und entriegelte die Holztür.

"Aloha, Luisa!"

Alex lächelte mich erwartungsvoll an. Das war das erste Mal, dass ich ihn nicht im Krankenhausnachthemd sah. Er trug ein dunkelblaues Leinenhemd und eine helle Hose, was ihm ausnehmend gut stand. Seine Ähnlichkeit mit Hugh Grant trat jetzt noch deutlicher hervor. Wie zur Hölle hatte er mich hier gefunden?

"Oh, hallo, Alex, mit dir hätte ich jetzt gar nicht gerechnet. Bist du schon aus dem Krankenhaus entlassen worden?"

Verschämt registrierte ich, dass ich bisher fast keinen Gedanken an ihn verschwendet und nur an mich selbst gedacht hatte.

"Komm rein", sagte ich und gab den Eingang frei.

Er betrat den Tunnel und schaute sich erstaunt um.

"Wow, ein Tunnel aus Pflanzen, fast ein bisschen unheimlich."

Ich musste lächeln, das waren exakt die gleichen Gedanken, wie ich sie gehabt hatte, als ich das erste Mal durch das Holztor getreten war.

"Ich habe leider nicht so viel Zeit, ich bin nämlich eingeladen."

"Aha, triffst du einen anderen Mann?", versuchte er zu scherzen, schaute mich aber mit ernster Miene an.

"Nein, die Krankenschwester, die sich so nett um mich gekümmert hat, hat mich zu einer großen Familienfeier eingeladen. Vielleicht möchtest du ja mitkommen?"

Kaum hatte ich die Einladung ausgesprochen, da hätte ich mich dafür ohrfeigen können. Ich wollte nicht zusammen mit Alex bei Lailani auftauchen.

"Gerne, aber nur wenn du das auch wirklich willst. Ich will mich nicht aufdrängen."

Wir standen inzwischen vor dem großen Haus. Um ihm nicht direkt antworten zu müssen, bat ich ihn hinein und wir setzten uns auf die Korbstühle auf der Terrasse.

"Möchtest du was trinken? Ich habe mir vorhin eine Karaffe mit Zitronenlimonade gemacht."

Er nickte und ich floh ins Haus. Ich überlegte, ob ich ihn wieder ausladen sollte, mir fiel allerdings keine plausible Ausrede ein. Außerdem war es doch eine schöne Möglichkeit, meine zweites Ich namens Mary etwas besser kennenzulernen, redete ich mir ein.

Was für ein Schwachsinn, ich wusste alles über Mary, sie war meine Erfindung und ich wollte mich eigentlich gar nicht an diesen beschissenen Abschnitt meines Lebens erinnern.

Ich kehrte mit zwei großen Gläsern meiner selbst gemachten Limonade zurück auf die Terrasse.

"Schön, dass du mitkommen willst", sagte ich etwas lahm.

Er nahm, mit seiner schmalen Hand das Glas, das ich ihm reichte und prostete mir zu.

"Das klingt zwar nicht besonders enthusiastisch, aber ich freue mich, dich begleiten zu dürfen."

Wir tranken schweigend und schauten aufs Meer.

"Mir hat noch nie jemand Limonade selbst gemacht."

"Das ist auch mein erster Versuch. Als ich den Zitronenbaum im Garten sah, wollte ich es einfach mal ausprobieren. Ich habe auch ein paar Pfefferminzblätter dazugetan."

Ich unterbrach mein Geplapper und holte Luft.

"Alex, können wir noch mal von vorne anfangen? Ich kann mich ja an alles wieder erinnern, aber ich habe ein Problem damit. Ich kann diese Mary, die ich zu sein vorgab, nicht ausstehen. Das war eine schreckliche Zeit in meinem Leben und ich hätte sie am liebsten für immer vergessen. Und all das, was in dieser Zeit geschah, verbinde ich mit schlechten Gefühlen. Deshalb war ich auch so komisch zu dir. Es hat nichts mit dir zu tun, sondern nur mit mir und meinem verquerem Ich."

"Hallo, ich bin Alexander Morgan und ich freue mich, dich kennenzulernen."

Er schaute mich aufmunternd an und hielt mir seine Hand hin. Ich fing an zu lachen und nahm erleichtert seine kühle Hand in meine verschwitzte.

"Hallo, Alex, und danke für dein Verständnis."

Plötzlich fiel es mir viel leichter, unbefangen mit ihm zu plaudern. Ich holte uns den Rest der Limonade aus dem Kühlschrank und wir unterhielten uns über Gott und die Welt. Alex erzählte Anekdoten aus seinem Maklerleben und ich verriet ihm ein bisschen aus meinem Leben vor dem Autounfall.

"Sag mal, müssen wir nicht bald mal los?"

Alex sah auf seine Uhr.

"Ja, natürlich, wie spät ist es, das Fest bei Lailani hatte ich fast vergessen."

Ich sprang auf und trug die Gläser und die Karaffe in die Küche.

"Es ist halb Vier", sagte er und folgte mir ins Innere.

Ich kramte den Zettel aus meiner braunen Tasche und hielt ihn Alex hin.

"Kennst du das? Ist das weit entfernt?"

Er las die Adresse und schüttelte den Kopf.

"Das ist nicht so weit, wenn am North Shore nicht so viel los ist, könnten wir es in einer halben Stunde schaffen. Sollen wir mein Auto nehmen?"

Ich nickte, während ich in meine neuen pinkfarbenen Flipflops schlüpfte, die ich mir heute morgen im Supermarkt gekauft hatte.

Sein Auto entpuppte sich als ein rotes Mustang Cabriolet. Bevor ich dazu kam, etwas über Männer und Autos zu sagen, erklärte er sich.

"Das ist nicht mein Auto, es gehört meiner Mutter. Wir wohnen zusammen, seit mein Vater sie verlassen hat."

"Aha."

Er wohnte bei seiner Mutter! Ich wusste nicht, wie ich das deuten sollte. Wie ein verzogenes Muttersöhnchen war er mir bis jetzt nicht vorgekommen, aber was wusste ich schon von ihm?

Wir fuhren fast die ganze Strecke an der Küste entlang. Breite Sandstrände, felsige Buchten und schmale Sandstreifen wechselten sich ab. Alex konnte jeden einzelnen Strand mit Namen benennen und erklärte mir die jeweilige Besonderheit. Die hatten fast alle damit zu tun, wie und wo sich die Wellen brachen und wie stark die einzelnen Strömungen den Surfern das Leben schwer machten. Die berühmten Wellen von Oahu, jetzt konnte ich sie mit eigenen Augen sehen. Davon hatte Dorothy gesprochen, als wir zusammen das erste Mal über die Nordküste geschaut hatten.

Alex hielt und wir stiegen aus, während er mir erklärte, dass hier die weltbesten Surfer im Wasser waren.

Ich schaute auf den glitzernden Ozean, in dem sich die größten Wellen, die ich bisher gesehen hatte, brachen. Das Wasser formte türkisfarbene Röhren, durch die Menschen auf ihren Brettern schossen. Das Meer war so klar, dass ich auch Fische und Schildkröten in den Wasserwänden sehen konnte. Wenn die Wellen sich in weißem Schaum brachen, trieb der

Wind die Gischt wie einen Schleier vor sich her. Ich war beeindruckt von den Surfern, es sah so leicht und spielerisch aus, aber nichts in der Welt würde mich in dieses wilde Meer bringen.

"Beeindruckend, oder?"

"Kannst du auch surfen?"

"Ja, schließlich bin ich hier geboren, da lernt man das schon als Baby. Aber diese Wellen", er deutete aufs Meer, "da traue ich mich auch nicht rein. Das ist nur was für Cracks oder Lebensmüde. Wollen wir weiter?"

Ich nickte und nur sehr ungern folgte ich ihm zum Auto. Ich wäre am liebsten den ganzen Tag hier geblieben, konnte meinen Blick kaum von dem grandiosen Naturschauspiel losreißen.

33

Ich blickte auf einen Hügel aus Blättern, aus dem es dampfte. Namen umschwirrten mich. Lailani hatte mich gefühlt ihrer ganzen Verwandtschaft samt aller Vorfahren vorgestellt. Alex reichte mir eine kleine Plastikflasche mit Wasser.

"Du siehst etwas überfordert aus."

"Ja, so große Verwandtschaft bin ich nicht gewohnt. Und irgendwie klingen die ganzen Namen für mich auch ein bisschen gleich."

"Das hawaiianische Alphabet hat nur dreizehn Buchstaben, da hören sich viele Namen sehr ähnlich an."

Lailani gesellte sich zu uns.

"Hast du schon Hunger? Ich denke, das Essen ist in einer Stunde fertig."

Ich schaute sie irritiert an.

"Sehe ich so hungrig aus?"

"Nein, aber du starrst schon die ganze Zeit auf den Ofen."

"Das ist ein Ofen?", fragte ich und zeigte auf den großen dampfenden Haufen.

"Ja, die Männer haben den heute morgen präpariert. In ein großes Erdloch werden heiße Steine und glühende Kohle gesteckt und darüber wird dann das Essen platziert, es wird mit Blättern abgedeckt und kocht dann Stunden vor sich hin. Das Ergebnis ist köstlich!"

"Sind all diese Menschen deine Familie?"

Ich schaute mich im Garten des zweistockigen Holzhauses um. An die fünfzig Personen standen und unterhielten sich, saßen in Eintracht auf dem Rasen oder spielten mit den vielen anwesenden Kindern.

"Nein, es ist viel Familie, aber es sind auch Freunde und Nachbarn hier. Wir feiern heute die Taufe meines kleinen Neffen. Mein Bruder hat sich eine große Feier gewünscht."

"Dein Bruder ist Keanu, der große ..." ‚Der Dicke' konnte ich mir gerade noch verkneifen.

"Ja, der große dicke Mann, der die ganze Zeit lacht, das ist mein Bruder." Lailani lächelte mich stolz an.

"Er ist ein großartiger Unternehmer", mischte sich Alex ein.

"Er hat viel von dem gebaut, was ich später vermietet habe."

Warum kannten sich immer alle Menschen? So klein war Oahu doch gar nicht.

Lailani grinste mich an und flüsterte mir ins Ohr: "Ich lass euch jetzt mal wieder allein. Du scheinst ja deinen Mr. Darcy gefunden zu haben."

Alex legte vorsichtig seinen Arm um mich und ich fühlte mich gut und unbehaglich zugleich.

Die Sonne ging über den Bergen hinter dem Haus unter und hinterließ einen roten Schimmer auf dem Meer. Der Garten grenzte an einen kleinen Strandabschnitt und man konnte direkt auf das Meer blicken, was hier merkwürdigerweise viel ruhiger war, als ich es zuvor am North Shore erlebt hatte.

"Luisa?"

Ich drehte mich um und Korea stand vor mir. An seiner Seite hatte er eine wunderschöne Frau. Die asiatische Barbie.

"Was machen Sie denn hier, Detective Korea?"

"Beni, bitte, Luisa", er lächelte mich an. "Ich bin mit Keanu befreundet."

"Ich bin so froh, dass es dir wieder besser geht. Beni hat mir alles erzählt."

Überrumpelt versank ich in einer Umarmung der Barbie. Sie roch gut, blumig und frisch. Ihre langen Haare kitzelten mich und legten sich wie ein Schleier über meine Schulter. Endlich ließ sie mich wieder los und strahlte mich an.

"Und deine Erinnerungen sind alle wieder da? Du kannst dich doch noch an mich erinnern? Es war echt lustig, als du uns auf dem Heimweg vorgesungen hast."

Ich nickte und beschloss, ihr nichts von meinem alkoholisch bedingten Filmriss zu erzählen. Es war so schon peinlich genug. Korea stand grinsend neben Barbie und auch Alex schaute mich interessiert an.

"Du singst?"

"Nur wenn ich betrunken bin."

"Soll ich dir etwas holen, vielleicht hast du dann Lust auf ein Lied."

"Sehr witzig." Ich nahm Alex am Arm und zog ihn hinter mir her.

"He, was ist los mit dir?"

Wir blieben stehen und ich starrte ihn wütend an.

"Das ist nicht lustig und ich will auch nicht darüber reden."

Barbie näherte sich und schaute mich freundlich an.

"Sorry, Luisa, ich wollte dich nicht in Verlegenheit bringen."

"Schon gut", sagte ich und winkte ab.

"Sag mal, wollen wir uns nicht mal treffen? Ich könnte dich ja mal besuchen."

"Das ist eine gute Idee." Alex strahlte sie an.

"Luisa renoviert gerade ein Haus, direkt am Meer, ein traumhafter Ort."

"Du kannst renovieren?"

Ich funkelte Alex böse an. Warum erzählte er das einfach weiter? Ich wollte keinen Besuch, ich wollte meine Einsamkeit. Und schon gar nicht wollte ich, dass Barbie in mein neues Idyll platzte.

"Äh, ja, ich helfe Dorothy, ein Cottage zu renovieren. Ich weiß noch nicht, ob ich dazu gemacht bin, aber ich versuche es."

Korea näherte sich und hielt mir ein Glas entgegen.

"Mai Tai, den magst du doch so gerne."

Er grinste mich frech an und das erste Mal erschien mir sein Gesichtsausdruck weicher und offener. Das Ganze dauerte aber nur ein paar Sekunden und dann war da wieder das nichtssagende Gesicht des Detective Korea.

Alex legte seinen Arm um mich und ich wusste nicht, was ich machen sollte. Ich befreite mich aus der Umarmung und ging auf Korea zu. Ich nahm ihm das Glas ab und sah es als eine Art Waffenstillstand.

"Danke, ich werde es langsamer trinken."

Wir lächelten uns an. Alex trat wieder neben mich und legte wieder seinen Arm um mich. Ich war mir nicht sicher, aber ich empfand es als ein bisschen zu besitzergreifend.

Korea schickte mir noch einen undurchsichtigen Blick und dann drehte er sich um und ging mit Barbie am Arm zum Gastgeber.

"Alles in Ordnung?"

"Ja, ja." Ich trank einen großen Schluck von dem köstlich schmeckenden Cocktail. Ich nahm mir vor, wie ich es Beni versprochen hatte, nicht zu viel zu trinken. Die Zeit nach dem Tod meiner Eltern schoss mir wieder durch den Kopf. Ich hatte jeden Abend Unmengen an Alkohol in mich hineingeschüttet, um mich zu betäuben.

"Wollen wir wieder zum Luau-Ofen? Er wird jetzt gleich geöffnet."

Ich nickte nahm noch einen kleinen Schluck und ging mit Alex zurück zu dem Blätterhaufen. Einige Männer standen in einer Wolke aus Dampf und entfernten die großen Blätter von dem kleinen Hügel. Dann zogen sie eine große Folie von der Feuerstelle. Es duftete herrlich.

Nachdem das Essen aus dem dampfenden Ofen geborgen war, wurde uns zartes Fleisch und leckeres Gemüse serviert. Ausserdem gab es hier auch die Paste, die ich schon in der Markthalle gesehen hatte.

"Das ist Poi, probier es mal." Lailani stand neben mir und reichte mir einen Teller mit der lila Masse.

"Was ist das? Ich kann mir gar nicht vorstellen, dass das

gut schmeckt."

Sie fing an zu lachen.

"Poi ist das Lebenselixier der Hawaianer. Es kann ganz langweilig schmecken, aber das habe ich selbst gemacht und es sollte dir schmecken."

Ich probierte vorsichtig eine kleine Portion und erstaunlicherweise schmeckte es wirklich gut. Möhrenkartoffelmus kam mir in den Sinn. Ich probierte eine weitere Gabel und stellte fest, dass ich viele Kräuter schmeckte, die ich aber nicht benennen konnte.

"Und was ist das jetzt?"

"Es ist ein bisschen wie Kartoffelbrei, es wird aus Taro gemacht, genauer gesagt aus den Wurzeln der Taro-Pflanze. Die Blätter hast du vorhin auf der Feuerstelle gesehen."

"Das Fleisch ist der Knaller."

Ich hatte von dem Stück auf meinem Teller probiert. Es war zart, durchsetzt mit mir unbekannten Gewürzen und sehr saftig.

"Schön, dass du es magst. Wo ist denn dein Freund?"

Ich blickte irritiert um mich. Meinte sie Alex?

"Er steht da vorne", sagte ich und deute auf Alex, der sich gerade angeregt mit Barbie unterhielt.

Lailani grinste mich an.

"Ich meinte eigentlich Detective Korea."

"Der ist ja nicht mein Freund."

Als ich es gesagt hatte, kam es mir falsch vor. Er hatte mir so viel geholfen, und ich behauptete, er wäre nicht mein Freund?

"Lailani, dein Poi ist wie immer vorzüglich, fast so gut wie das deiner Mutter."

Keanu kam und legte seine großen Hände um Lailani.

"Und, Luisa, gefällt es dir?"

"Ja, vielen Dank, dass ich heute hier sein darf."

"Wenn Lailani eine Freundin mitbringen will, dann ist sie automatisch die Freundin der ganzen Familie, wir sagen: unsere Ohana."

Er lachte laut und ansteckend und im nächsten Moment rannte er pfeilschnell an mir vorbei und zog ein Kleinkind vom Rand des Erdlochs.

"Wie oft hab ich dir schon gesagt, dass du Abstand halten sollst. Das ist gefährlich, es ist glühend heiß."

Der kleine Junge schaute ihn mit großen Augen an und fing herzzerreißend an zu schluchzen. Keanu wiegte ihn in seinen Armen wie eine kleine Puppe und kam wieder zu uns zurück.

"Er ist so verrückt, aber dafür liebe ich ihn. Luisa, darf ich dir meinen Jüngsten vorstellen, das ist Kekoa."

Er stellte ihn wieder auf die Beine und der Kleine wischte sich schüchtern die Tränen aus den Augen. Ich hockte mich vor ihn und streckte ihm meine Hand entgegen.

"Hallo, Kekoa, was für ein schöner Name."

Er fing an zu lächeln und nahm meine Hand mit seiner kleinen braunen Hand und schüttelte sie.

"Das heißt, dass ich tapfer bin", sagte er mit einer hohen Kinderstimme.

"Und das wolltest du gleich mal ausprobieren, indem du zu nah an den Ofen gegangen bist?"

"Ich wollte doch nur schauen, ob nicht etwas vergessen worden ist."

Er blickte Hilfe suchend seinen Vater an.

Nun hockte sich auch Keanu zu uns.

"Aber ich habe dir doch versprochen, dass ich noch mal nachschaue." Er wendete sich an mich.

"Bei unserem letzten Luau haben wir ein komplettes Tablett mit einem Truthahn im Ofen vergessen. Ich schätze, er wollte helfen, dass uns das nicht wieder passiert."

Er zog den Kleinen hoch und wirbelte ihn um sich.

"Du verrückter Kerl, komm, wir suchen jetzt deine Mutter. Bis später, ihr beiden."

Ich stand auch wieder auf und sah dem großen Mann nach, der seinen Sohn durch die Gegend wirbelte, was bei dem ein lautes Quieken auslöste.

"Du hast einen tollen Bruder."

Auch Lailani hatte den beiden hinterher gesehen.

"Ja, so ist meine ganze Familie. Ich habe noch zwei andere Brüder und eine Schwester. Schau, da hinten sind meine Eltern." Sie zeigte auf ein Paar, das etwas abseits, Hand in Hand auf einer Bank saß und aufs Meer schaute.

"Komm, wir gehen zu ihnen und ich stell dich vor."

Sie nahm mich an der Hand und zog mich an den Rand der Wiese.

Die Bank stand unter einem riesigen Baum, dessen Wurzeln sich um seinen Stamm schlangen.

"Das ist meine Freundin Luisa", stellte mich Lailani vor.

"Aloha, komm setz dich zu uns."

Das Paar rückte auseinander und ich setzte mich in die Mitte.

"Du bist die Frau, die vergessen hat, wer sie ist?"

Hilfesuchend schaute ich um mich, aber Lailani hatte sich wieder den anderen Gästen zugewendet.

34

"Wow, Hawaii!"

Mel schaute Anja begeistert an und stellte krachend ihre Teetasse auf den Tisch.

"Wann fliegt ihr?"

Anja rührte in ihrem Tee und überlegte, wie sie Mel erklären sollte, dass sie alleine nach Hawaii fliegen würde.

"Ich habe mit Stefan seit unserem Zusammentreffen an der Ostsee nicht mehr gesprochen."

"Das heisst, er weiss immer noch nicht, dass du schwanger bist? Und du fliegst einfach so nach Hawaii? Das verstehe ich jetzt nicht."

Mel schüttelte ihren Kopf und ihre roten Locken wippten auf und ab. Empört starrte sie Anja an.

"Das ist alles ein bisschen komplizierter. Stefan geht einfach nicht an sein Telefon und in seiner Wohnung ist er auch nicht", versuchte sich Anja zu verteidigen, "und dass ich nach Hawaii fliege, das hat mit einer Freundin zu tun."

Sie erzählte von Luisas erstem Hilferuf auf ihrem Anrufbeantworter, von dem unfreundlichen Polizisten und sie beschrieb das verstörende Telefonat, das sie mit Luisa geführt hatte.

"Seit diesem Gespräch habe ich das Gefühl, ich muss zu ihr", schloss Anja ihren Bericht.

"Was macht deine Freundin eigentlich dort? Wenn sie im Urlaub ist, dann warte doch einfach, bis sie wieder hier ist. Du musst doch nicht um die halbe Welt fliegen, es sei denn, du willst auch Urlaub machen."

"Ich habe keine Ahnung, was sie dort macht. Aber nach

Berlin kommt sie in nächster Zeit sicher nicht zurück. Sie hat ihre Wohnung für ein ganzes Jahr untervermietet."

Mel stützte ihre Ellenbogen auf den Tisch und musterte sie prüfend.

"Sag mal, ist Luisa deine Freundin oder nur eine entfernte Bekannte?"

Gute Frage. Anja dachte an die Zeit, bevor Matthias auf der Bildfläche aufgetaucht war. Sie waren nicht nur einfach Freundinnen gewesen, Luisa war ihre beste Freundin gewesen. Nachdem Luisa mit Matthias zusammen gekommen war, hatte sie ihren Halt verloren. Es war passiert, ohne dass sie sich dessen überhaupt bewusst geworden war. Sie waren weiter zusammen ausgegangen, hatten Zeit miteinander verbracht, aber es hatte sich in ihrer Freundschaft etwas geändert. Und das wiederum hatte Anja versucht zu ändern, indem sie die Freundschaft zwischen Luisa und Matthias zerstört hatte.

"Luisa war immer wie eine Schwester für mich, die ich nie hatte. Ihre Eltern haben mich behandelt, als wäre ich ihr verloren gegangenes Kind. Das war meine Familie und ich war einfach eifersüchtig, als sich Matthias, ihr Lover, da hineingedrängt hat."

Mel blickte sie fragend an.

"Ich wollte die beiden auseinanderbringen, aber dann ist alles schiefgegangen", sagte Anja und schluckte gegen ihre aufsteigenden Tränen an.

"Du kannst dir nicht vorstellen, wie sehr ich mich dafür hasse."

Mel stand auf und setzte sich auf den Stuhl neben Anja. Sie legte sanft den Arm um ihre zuckenden Schultern.

"Du musst mir das nicht erklären."

"Doch, das tut gut", schniefte Anja. Sie versuchte Mel anzulächeln. "Ich habe das bisher noch nie jemanden erzählt."

Sie schwiegen eine Weile, dann zog Anja ein Taschentuch aus ihrer Hosentasche und putzte sich geräuschvoll die Nase.

"Matthias hat mich gezwungen, das Kind abzutreiben. Und ich war so blöd, ihm zu gehorchen. Ich habe mich damals total zurückgezogen und Luisa klargemacht, dass ich nichts mehr mit ihr zu tun haben wollte. Ich war so dämlich."

Anja schlug die Hände vor ihr Gesicht und schluchzte leise auf.

"Und du hast Angst gehabt, dass Stefan auch so reagiert?"

Sie nickte ohne Mel anzuschauen.

"Auch blöd, oder?"

Anja löste sich aus Mels Umarmung und stand auf.

"Kinder waren nie ein Thema bei uns, okay, eigentlich bei mir. Ich habe versucht das Thema zu umgehen", sagte sie und tigerte durch das Wohnzimmer.

"Du kannst nur herausfinden, wie Stefan das findet, indem du mit ihm sprichst."

"Ja, dazu müsste er aber mal wieder auftauchen." Anja hatte ihren Rundgang beendet und plumpste auf ihren Stuhl.

"Und diese Luisa braucht jetzt deine Hilfe?"

"Ja, du hättest hören sollen, wie sie geschrien hat. Sie hat so verzweifelt geklungen. Ich war schon nicht bei ihr, als ihre Eltern gestorben sind. Ich muss da einfach hin."

"Hast du schon alles gebucht?"

"Mein Flug geht am Samstag."

Mel überlegte eine Moment und sah Anja dann fragend an.

"Soll ich mal nachforschen, wo Stefan sich versteckt hält? Vielleicht hat er ja einen Auftrag, ich könnte mal bei unseren Kollegen nachfragen."

Anja schüttelte den Kopf.

"Nein, ich will mich jetzt erst mal um meine Freundin kümmern. Hey, ich habe doch noch Monate Zeit, ihm beizubringen, dass er Vater wird", versuchte sie zu scherzen.

Mel ging nicht darauf ein sondern hakte nach: "Wie geht es dir denn jetzt, mit deiner Schwangerschaft?"

"Ich hatte noch gar nicht richtig Zeit, darüber nachzudenken. Ich freue mich, aber ich habe auch Angst, besonders wenn ich daran denke, dass ich es vielleicht alleine schaffen muss."

"Wollen wir ein bisschen spazieren gehen?"

Anja schaute Mel verblüfft an. Sah sie nicht, dass es draußen kalt und grau war?

"Guck nicht so, das wird uns gut tun."

Mel zog die sich halbherzig wehrende Anja in den Flur.

"Zieh dich warm an, dann ist es auch nicht so schlimm", befahl sie ihr.

Nachdem Mel sie durch den nächsten Park am Ufer der Spree entlang gezerrt hatte, lieferte sie sie wieder vor ihrer Haustür ab. Die Neukölner Straße sah heute, im grauen Licht, so viel trostloser aus als sonst. Jetzt, im November, waren die vielen Bänke und anderen Sitzmöglichkeiten vor den kleinen Nachbarschaftsläden verschwunden und die ganze Straße strahlte etwas Abweisendes aus, das Anja frösteln ließ.

Mel versprach ihr, sie am Samstag zum Flughafen zu bringen, dann flüchtete sie schlotternd vor der feuchten Kälte in den Hausflur. Während sie die Treppen zu ihrer Wohnung hoch stieg ging plötzlich ein Lächeln über ihr Gesicht. Hawaii, sie würde Luisa wiedersehen. Ausserdem war es sicher auch viel wärmer und sonniger als im grauen November in Berlin.

35

"Dotty, ich habe etwas auf dem Dachboden gefunden. Warst du da schon mal?"

"Ich wusste überhaupt nicht, dass es da einen Dachboden gibt."

Dorothy hatte mich heute früh mit einem spontanen Besuch überrascht. Wir sassen auf der Lanai und hatten eine Tasse Kaffee vor uns stehen.

"Er ist nur ganz niedrig, aber da steht eine Truhe. Ich glaube, die ist noch von Hitomi."

"Ich wusste nicht, dass da noch etwas von ihr ist, ich bin gespannt."

Sie schaute mich auffordernd an.

"Ich will das sehen, komm."

Sie erhob sich von dem karrenden Korbstuhl und ich folgte ihr zum Cottage. Das merkwürdig dicke Gras der Wiese war noch mit Tau bedeckt, denn die Sonne hatte es noch nicht über die Berge geschafft. Mit anderen Worten, Dorothy hatte mich aus dem Bett geklingelt, da ich um sieben Uhr morgens noch keinen Besuch erwartet hatte. Wir betraten zusammen das Innere des Häuschens und wurden von einem Geruch nach frischem Holz empfangen.

Es wehte ein leichter Wind durch den Raum, da Jeff und ich die Fenster ausgebaut hatten, um die morschen Rahmen wieder auf Vordermann zu bringen.

"Wow, das ist ja großartig. Das muss ja nur noch gestrichen werden. War es viel Arbeit?"

Ich nickte und folgte ihrem Blick. Ganz so positiv wie Dorothy sah ich es nicht, es war noch viel zu tun. Ich nahm die schwere Leiter, die an der Wand lehnte und stellte sie unter die Dachluke. Ich stieg hoch und öffnete die Luke und betrat den niedrigen Boden. Dorothy folgte mir. Wir krochen zusammen zu der Truhe und Dorothy sah sich erstaunt um.

"Ich war noch nie hier oben, erstaunlich. Was für eine schöne Truhe."

Sie berührte die staubige Truhe mit ihren Händen, strich ehrfürchtig darüber.

"Hast du sie geöffnet?"

Ich schüttelte den Kopf.

"Wollen wir sie zusammen runterbringen?"

"Ja, aber wie machen wir das?"

Wir blickten uns an und fingen auf Grund der Situation an zu lachen. Wir hatten beide Dreck im Gesicht und hockten auf dem niedrigen Boden im Staub. Gemeinsam schoben wir die Kiste bis zur Luke.

"Das schaffen wir nicht, Dotty. Sollen wir Jeff fragen?"

"Gute Idee, ich rufe ihn an."

Dorothy zückte ihr Handy und wählte eine Nummer.

"Hallo, Jeff, kannst du mir kurz helfen? Ich sitze mit Luisa auf dem Dachboden des kleinen Cottages und wir wollen etwas nach unten bringen. Kannst du zu uns kommen?"

Sie lauschte kurz und beendete dann das Gespräch.

"Er ist in fünf Minuten da."

Sie fummelte an dem Schloss herum und versuchte es von der Truhe zu lösen.

"Wollen wir es aufbrechen? Ich glaube, den Schlüssel werden wir nicht mehr finden."

"Ich hole Werkzeug."

Ich stieg die Holzleiter herunter und lief zu meinem improvisierten Werkzeuglager. Ich hatte mir in der Küche des Cottages alle meine Werkzeuge zurechtgelegt, die ich für die Renovierung brauchte. Ich nahm einen Hammer und eine Zange und einen kleinen Schraubenzieher und stieg wieder zu Dorothy auf den Boden.

"Vielleicht können wir das Schloss ja mit dem Schraubenzieher knacken", rief ich, während ich wieder hochkletterte.

Dorothy fuhr erschrocken zusammen, sie hatte sich neben die Truhe auf den Boden gesetzt, ihre Hände lagen auf dem gewölbten, staubigen Deckel der Truhe.

"Ich habe mir gerade versucht vorzustellen, wie diese Truhe zusammen mit Hitomi über das Meer gereist ist."

"Das hast du doch sehr schön beschrieben."

"Es ist nur so unfassbar, dass jetzt ein Gegenstand auftaucht, den ich mir eigentlich ausgedacht habe."

Wir versuchten gemeinsam mit den Werkzeugen, die ich mitgebracht hatte, die Kiste zu öffnen, aber das Schloss hielt all unseren Versuchen stand.

Der Gong kündigte Jeff an.

Gemeinsam schafften wir es, die große, schwere Truhe über die steile Holzleiter vom Dachboden zu hieven.

"Die ist wirklich sehr schön. Ich muss mich jetzt leider wieder verabschieden, die Pferde warten. Luisa, wann kommst du zum Reiten?"

Ich musste lachen, denn in den vergangen Tagen hatte mich Jeff immer zum Reiten eingeladen, aber bisher war es noch nicht dazu gekommen.

"Vielleicht morgen? Grüße deine Frau, unbekannterweise, und sehe ich dich morgen?"

"Natürlich. Dorothy, mit Luisa hast du die Richtige für das Haus gefunden."

Er winkte, schenkte uns sein einnehmendes Lächeln und verschwand.

Mit grober Gewalt knackten wir zusammen das Schloss. Anfänglich hatten wir es vorsichtig versucht, aber das Schloss wollte einfach nicht nachgeben. Ich war in die Küche des großen Hauses gelaufen und hatte alle Schlüssel mitgebracht, die ich in der Küchenschublade fand, aber keiner passte.

Endlich fiel das gesamte Schloss klappernd zu Boden.

"Du."

"Nein, du."

"Du, Dorothy, es ist deine Familie."

Langsam öffnete sie den Holzdeckel. Er quietschte und ich hatte den Eindruck, die Truhe hatte keine Lust, ihr Geheimnis preiszugeben.

Neugierig beugten wir uns über die Öffnung und blickten auf eine Lage verblichenes Papier. Vorsichtig holte Dorothy das in Seidenpapier eingeschlagene Rechteck heraus und legte es auf den Boden. Sie löste das dünne Band und schlug das knisternde Seidenpapier auf. Schimmernde, cremefarbene Seide kam zum Vorschein. Ich konnte nicht anders, ich musste den Stoff einfach berühren. Winzige Blüten waren auf den Stoff aufgestickt. Kleine Tiere, die ich beim näheren Hinsehen als Enten erkannte, spielten, tauchten oder flogen paarweise über einen See. Keines der Miniaturbildern glich dem anderen.

"Enten sind ein Symbol der ehelichen Treue und die Kirschblüten verheißen Glück. Das ist der Hochzeitskimono von Hitomis Mutter, das einzige Kleidungsstück von ihr, das sie auf ihre Reise mitnehmen konnte. Mir ist davon nur erzählt worden, ich dachte es wäre irgendwann verschollen."

Dorothy erhob sich, faltete den Kimono auseinander und hielt ihn vor sich hin.

"Ich kann es nicht glauben, er ist so, wie ich ihn mir immer vorgestellt habe."

So wie Dorothy jetzt vor mir stand, verwandelte sie sich vor meinen Augen in die tapfere Frau, die in diesem Haus gelebt hatte. Ich sah sie, wie sie in dem Hochzeitskimono mit ihrem Mann zum Photographen gegangen war.

"Komm, wir schauen, was die Truhe sonst noch verbirgt", sagte sie und riss mich aus meinen Gedanken. Sie legte den Kimono vorsichtig auf das ausgebreitete Seidenpapier und wir beugten uns erneuert über die Truhe.

Dorothy zog einen weiteres Kleidungsstück hervor.

"Aikos Kimono", sagten wir im Chor und mussten lachen. Wir bewunderten die farbenprächtigen Aufdrucke und den blauschimmernden dünnen Stoff. Diesen Kimono hatte Hitomi von ihrer Freundin Aiko geschenkt bekommen. Sie hatten sich auf der Überfahrt kennengelernt und da Hitomi nur einen sehr warmen Reisekimono besaß, hatte Aiko ihr dieses Kleidungsstück geschenkt. Das hatte Dorothy alles in ihrem Buch beschrieben.

Wir fanden noch einige Sachen, bei denen sie mir erklären musste, wozu man sie brauchte.

"Das ist eine Kimonoschleife", sagte sie und hielt ein breites, mit Goldfäden durchzogenes Stück Stoff in die Höhe.

"Die anderen Sachen sind Unterkleider für den Kimono, es ist hochkompliziert, so ein Stück richtig zu tragen."

Auf dem Boden der Truhe kam ein altes Buch zum Vorschein. Ich nahm es und blätterte darin. Ich verstand kein Wort, nur japanischen Schriftzeichen.

"Verstehst du das?"

Ich hielt Dorothy das Buch hin und sie strich über die aufgeschlagene Seite.

"Wie ich dir schon gesagt habe, mein Japanisch ist nicht so gut. Und japanische Schriftzeichen waren für mich schon immer ein Rätsel. Vielleicht ein Haushaltsbuch?"

Sie ließ das Buch sinken und schaute mich an.

"Warum war ich nie auf diesem Dachboden?"

Sie lächelte mich fragend an, aber ich wußte darauf nichts zu sagen.

"Vielleicht sollte es einfach so sein, dass du diese Schätze entdeckst. Vielleicht ist das die Verbindung, die ich zwischen dir und Hitomi gesehen habe. Das ist doch kein Zufall, dass wir uns kennengelernt haben."

Als ich auch darauf nicht antwortete, zwinkerte sie mir zu.

"Glaubst du an so einen Blödsinn?"

Wir lachten, aber ich fragte mich, ob in dem, was sie gesagt hatte, nicht doch ein Körnchen Wahrheit steckte. Glaubte ich an so einen Blödsinn? War ich nur zufällig in Hawaii?

36

"Da bin ich."

Mel stand vor der Wohnungstür und strahlte Anja an.

"Komm rein, ich bin noch nicht fertig", sagte Anja, drehte sich um und rannte zurück in die Wohnung.

Mel zog ihre grüne Strickmütze vom Kopf und schüttelte ihre Locken.

"Ich kann es nicht fassen, dass es jetzt schon im November schneit. Ich habe heute morgen Eis kratzen müssen."

Sie betrat die Wohnung auf Strümpfen, nachdem sie sich ihrer dicken Stiefel entledigt hatte. Neugierig suchte sie nach Anja, aber sie sah nur einen geöffneten Koffer und überall verstreute Klamotten. Sie zog stirnrunzelnd einen Rollkragenpulli aus dem Gepäckstück.

"Willst du den wirklich mitnehmen?", fragte sie, als Anja wieder das Wohnzimmer betrat. Sie wedelte mit dem Pulli vor Anjas Gesicht.

"Du fliegst nach Hawaii, da ist es warm."

Anja riss Mel das Kleidungsstück aus der Hand und warf es zu den anderen Sachen auf das Sofa. Entschlossen klappte sie den Koffer zu und begann ihre Handtasche zu packen.

"Pass, Geld, Kreditkarten, ich habe alles", murmelte sie leise vor sich hin.

"Gut, soll ich den Koffer schon mal zum Auto bringen?"

Anja schaute dankbar auf.

"Ja, ich komme gleich nach, ich glaube, ich muss noch mal aufs Klo."

Anja schaute Mel nach, wie sie mit ihrem Gepäck im Hausflur verschwand. Abrupt drehte sie sich um und rannte ins Bad. Sie hatte den ganzen Morgen über der Kloschüssel verbracht und sie wartete immer noch darauf, dass ihre Übelkeit endlich nachließ. Wie sollte sie in dieser Verfassung die vielen Flüge überstehen? Sie atmete tief durch, bevor sie sich den Mund ausspülte. Ihre Zahnbürste steckte in ihrem Koffer und nach kurzem Zögern griff sie sich Stefans Bürste, die verwaist auf der Ablage unter dem Spiegel lag.

"Entschuldige bitte", sagte sie, als sie sich in den Mini Cooper setzte, der in zweiter Reihe vor der Haustür stand, "mir ist wieder übel geworden. Ich hoffe, dass es im Flugzeug besser wird."

"Na ja, da hast du ja eine Tüte für so was", bemerkte Mel trocken und startete den Motor.

Entgeistert schaute Anja auf den Schnee, der auf den Autodächern und den Gehwegen lag.

"Hast du alles?"

"Ja, Geld, Pass, Karten, alles dabei." Anja klopfte mit der Hand auf ihre Tasche. "Meinen Kindle habe ich auch mitgenommen, mit allem, was ich über Hawaii finden konnte. Wenn ich das alles lese, dann komme ich als Expertin auf Oahu an."

"Du hast ja genug Zeit", sagte Mel, in Anspielung auf die fast vierundzwanzigstündige Flugdauer und grinste sie an.

In Tegel hielt Mel direkt vor dem Gate und zusammen hievten sie den Koffer aus dem Mini.

"Soll ich noch mit reinkommen?"

"Quatsch", Anja deutete auf einen Angestellten des Flughafens, der sich Autonummern notierte, "hier kannst du doch nicht stehen bleiben. Ich schaffe das schon alleine."

Mel umarmte sie und schob sie dann ein bisschen von sich weg.

"Wenn irgendetwas ist, dann melde dich bei mir. Gute Reise. Wie sagt man so schön auf Hawaii: Aloha."

Im Flugzeug nach London stellte Anja fest, dass sie ihr Handy zu Hause vergessen hatte. Na toll, das fing ja gut an. Sie hatte auf einem Mittelsitz Platz genommen, eine kleine alte Dame saß zu ihrer Rechten und den Gangplatz belegte ein fülliger Mann, der sobald er sich gesetzt und angeschnallt hatte, seine Augen geschlossen hatte und nun leise schnarchend schlief. Wie komme ich zum Klo, wenn mir wieder übel wird, fragte sich Anja besorgt und blickte dann ängstlich aus dem Fenster. Sie rasten über die Startbahn und die kleinen Gebäude des Flughafens zogen vorbei. Endlich hob sich die Nase des Fliegers und Anja spürte dieses kurze seltsame Gefühl in ihrem Bauch, genau in dem Augenblick als sie abhoben.

Und dann war mit einem Schlag die Übelkeit wieder da. Entsetzt sah sie sich um, aber die Anschnallzeichen leuchteten und die Stewardessen sassen noch auf ihren Plätzen. Sie beugte sich, so weit der Gurt das zuließ nach vorne und steckte den Kopf zwischen ihre Beine.

"Kindchen, wir stürzen nicht ab, keine Sorge."

Die alte Dame hatte sich zu ihr gebeugt und streichelte ihr sanft über den Rücken.

"Ich habe keine Angst, mir ist schlecht", presste sie hervor und versuchte sich wieder auf das Atmen zu konzentrieren.

Ihre Nachbarin nestelte in der Tasche des Vordersitzes und wedelte dann mit einer Papiertüte vor ihren Knien. Wortlos schnappte sich Anja die Tüte und hielt sie sich an den Mund. Sie atmete hinein und bemerkte erleichtert, dass die Übelkeit etwas abnahm.

Fast den ganzen Flug nach London verbrachte Anja in gekrümmter Haltung, mit dem Kopf zwischen ihren Beinen, aus Angst, dass der Brechreiz wieder stärker werden würde, sobald sie den Kopf hob.

In Heathrow verließ sie als eine der letzten Passagiere mit zitternden Knien den Flieger. Wie sollte sie das nur weiter schaffen? Ihre sehnsüchtigen Gedanken an Stefan schob sie schnell beiseite. Nein, da musste sie alleine durch. Schließlich ging es um Luisa und Anja war diejenige gewesen, die ihre Freundschaft zerstört hatte.

Der große Flughafen forderte ihre ganze Aufmerksamkeit und sie brauchte all ihre Konzentration, um das Abfluggate ihres nächsten Flugzeugs zu finden. Als sie endlich am richtigen Gate stand, stellte sie erstaunt fest, dass sie ihre Übelkeit einfach vergessen hatte.

Auch die Maschine nach Chicago war bis auf den letzten Platz ausgebucht. Was wollten alle diese Menschen in Chicago? Anja hatte einen Platz am Gang ergattert, obwohl sie nicht mehr ständig das Gefühl verspürte, auf die Toilette rennen zu müssen. Ihre Nachbarn in ihrer Mittelreihe waren trinkfreudige Männer, die anscheinend von einer Konferenz in London wieder nach Hause flogen. Das große Problem bestand für Anja darin, dass die anderen Teilnehmer der Konferenz jenseits des Gangs saßen. Anja wurde schlicht übergangen und die Männer riefen sich über sie hinweg Trinksprüche zu, noch bevor der Flieger gestartet war. Von hinten trat mit einer gewissen Regelmäßigkeit ein kleines, laut kreischendes Mädchen gegen die Rückenlehne ihres Sitzes.

Und es wurde nicht besser. Leider erwachten die Lebensgeister der Männer mit jedem Drink ein bisschen mehr und auch das Kind hinter ihr schien nicht schlafen zu wollen.

Mehrfach versuchte sie in ihrem Kindle zu lesen, aber sie musste schon nach kurzer Zeit aufgeben, da sie sich einfach nicht konzentrieren konnte. Also schloss sie ihre Augen und hoffte, dass dieser schreckliche Flug endlich vorbei wäre.

In Chicago zog dann noch einen Schneesturm über den Flughafen und als sie, nach Stunden des Wartens, endlich in die Maschine nach Honolulu steigen durfte, sank sie auf ihren Sitz, schloss ihre Augen und war auf der Stelle eingeschlafen.

37

Ich kroch auf dem Fussboden herum und schmirgelte mit einer kleinen Maschine die Farbe eines Jahrhunderts weg. Alles tat mir weh, ich hatte Muskelkater wie nie zuvor in meinem Leben.

Die letzten Tage hatten Jeff und ich geschuftet wie die Wahnsinnigen. Wir hatten das ganze Cottage außen und innen abgeschliffen, marode Dachplatten ausgetauscht, neue Dichtungen angebracht und wir hatten einen Platz für die sanitären Anlagen vorbereitet, denn die gab es in dem Häuschen bisher nicht. In Dorothys Buch hatte ich gelesen, dass es hinter dem Haus ein kleines Badehaus gegeben hatte, aber ich hatte mich noch nicht getraut, in dem undurchdringlichen Dschungel danach zu suchen.

Ich setzte mich auf meine ebenfalls schmerzenden Pobacken und starrte vor mich hin. Zum wiederholten Mal fragte ich mich, was zur Hölle ich hier eigentlich machte.

Ich schüttelte meine verkrampften Beine aus und verfluchte den gestrigen Ausritt mit Jeff. Nein, nicht den Ausritt, mehr den Muskelkater, den ich jetzt hatte.

Jeff hatte mich nach der Arbeit eingeladen, mit ihm und seiner Frau zu Abend zu essen. Ich war ihm auf dem Farrington Highway in meinem Auto gefolgt. Jeffs Ranch lag etwas zurückversetzt auf der meerabgewandten Seite des Highways. Mauka, nannten das die Hawaiianer. Dorothys Haus befand sich dagegen Makai, auf der dem Meer zugewandten Seite.

Da Elli, Jeffs entzückende Frau, noch nicht mit dem Essen fertig war, hatte Jeff mich zu einem kleinen Ausritt eingeladen.

Das war zwar wunderschön gewesen, aber da ich seit mindestens zehn Jahren nicht mehr auf einem Pferd gesessen hatte, brannten meine Oberschenkel und mein Hintern sehr schmerzhaft.

Der Gong riss mich aus meinen Gedanken. Jeff konnte es nicht sein, er hatte heute auf der Ranch zu tun. Neugierig watschelte ich zur Tür und öffnete.

"Aloha, Luisa, du warst auf dem Fest so plötzlich verschwunden und da dachte ich, ich besuche dich einfach mal. Ich habe alles für ein kleines Picknick mitgebracht."

Barbie klimperte mit ihren wunderschönen Augen und hielt einen großen Korb in die Höhe.

"Hallo Jennifer, äh, wie hast du mich gefunden?"

"Beni hat mir erzählt, dass du Dorothy hilfst, ein Cottage wieder auf Vordermann zu bringen. Ich habe sie angerufen und sie hat mir den Weg beschrieben, schöne Grüße, und ich soll dich an Euer Treffen erinnern."

"Aha, danke."

"Darf ich reinkommen?"

"Äh, natürlich", ich trat zur Seite und gab den Weg in den Pflanzentunnel frei.

"Wow, das ist ja toll."

Jennifer berührte die Pflanzen, strich mit ihrer Hand über einzelne fleischige Blätter und schaute sich begeistert um.

"Ich fühle mich so geborgen, was für ein magischer Ort."

Wir betraten die Lichtung und Jennifer stellte den Korb auf das Gras.

"Das ist doch der perfekte Platz für unser Picknick."

Sie holte ein weißes Tuch aus dem Korb und breitete es auf dem Rasen aus.

"Das ist ein altes Betttuch, ich hoffe, das ist okay für dich?"

Sie sah mich erwartungsvoll an, setzte sich auf das Tuch und fing an den Inhalt des Korbs auszubreiten.

"Ich hole mal etwas zu trinken. Magst du einen Kaffee?"

Sie nickte und ich war froh, dass ich mich ins Haus verziehen konnte. Was sollte ich davon halten? Sie brachte mir eine solch überwältigende Freundlichkeit entgegen, dass es schon unheimlich war. Außerdem musste ich zugeben, dass ich einfach neidisch auf sie war. Sie sah so verdammt gut aus und war die Freundin von Korea. Halt, Stop, was dachte ich denn da? Während ich im Kaffeepulver rumstocherte, traf mich die Erkenntnis: Ich war eifersüchtig. Es versetzte mir einen Stich, wenn ich an Jennifer und Korea dachte. Bis jetzt hatte ich mir das nicht eingestehen wollen, aber ich fand den schweigsamen Detective sehr attraktiv. Gegen so eine Konkurrenz konnte ich natürlich nichts ausrichten.

Ich kehrte mit zwei Gläsern und einer Flasche Wasser zu Barbie zurück.

"Der Kaffee ist gleich fertig, ich habe nur leider keine Milch mehr."

"Ich trinke ihn am liebsten schwarz", sagte sie und deutete auf die mitgebrachten Speisen.

"Ich hoffe, du magst davon irgendwas."

Jennifer musste ein Feinkostgeschäft überfallen und ausgeraubt haben.

"Das sind Pupus, oder?"

Jennifer nickte erfreut und blickte mich erstaunt an.

Ich erinnerte mich an meinen ersten Abend bei Dorothy, da hatte ich ähnliche Köstlichkeiten gesehen. Ich setzte mich neben sie auf das Tuch und bewunderte die verschiedenen Speisen.

"Ich glaube, wir brauchen noch Teller und Besteck, ich hole das mal schnell."

Erleichtert darüber, ihrer Nähe zu entfliehen, eilte ich zurück ins Haus. Nicht nur, dass Jennifer einfach gut aussah, sie roch auch noch gut. Außerdem fand ich sie eigentlich sehr nett, wenn da nur nicht die Sache mit Korea wäre. Ich schnappte mir ein Tablett und belud es mit Tassen, Tellern, Besteck und dem Kaffee, der inzwischen durchgelaufen war. Ich legte noch eine Papierrolle dazu und beschloss, keinen Gedanken mehr an Korea zu verschwenden und mein Picknick mit Jennifer zu genießen.

Ich schob mir gerade eingelegte Thunfischstücke in den Mund, als schon wieder der Gong ging.

Ich entschuldigte mich bei Jennifer und versuchte trotz Muskelkater so elegant wie möglich in den Tunnel zu verschwinden.

"Aloha, Luisa!"

Doktor Green stand vor der Tür und strahlte mich an. Er hatte ein buntes Hawaiihemd und eine dunkelblaue Shorts an. Seine nackten Füße steckten in Flipflops und auf dem Kopf trug er eine Kappe mit einem breiten Schirm.

Er nahm mich wie selbstverständlich in den Arm und küsste mich auf beide Wangen.

"Woher wusstest du, wo du mich findest?"

"Ich habe Schwester Lailani gefragt und die hat mich an Mrs. Castle verwiesen. Die hat mir dann den Weg beschrieben. Schöne Grüße soll ich ausrichten und ich soll dich an euer Treffen erinnern."

Vielen Dank, Dorothy! Was sollte ich jetzt nur machen?

"Ich wollte eigentlich mit dir zum North Shore fahren. Hast du Lust?"

Er zeigte auf sein glänzendes rotes Cabriolet das quer vor der Garage geparkt war.

"Ich habe Besuch, wir machen ein Picknick."

"Aha."

Anstatt sich zu verabschieden, blieb er weiter vor der Tür stehen und schaute mich abwartend an.

"Möchtest du reinkommen?"

Was blieb mir auch anderes übrig, als ihn hereinzubitten. Ich drehte mich um und lief zurück zu Jennifer.

Mit lauten Ah- und Oh-Lauten folgte er mir. Auch er schien fasziniert von dem Tunnel aus Pflanzen. Noch mehr hellte sich seine Miene allerdings auf, als er Jennifer sah. Er stellte sich ihr vor und ließ sich ungefragt auf der Decke neben ihr nieder. Ich wollte mich auch gerade wieder setzen, als erneut der Gong ertönte.

Wer kam jetzt noch? Tagelang hatte ich niemanden außer

Jeff zu Gesicht bekommen und nun schien sich meine kleine Oase in einen Taubenschlag zu verwandeln.

"Wem gehört diese Angeberkarre?"

Alex stand vor der Tür und deutete wütend auf Doktor Greens Wagen.

"Hallo, Alex, schön dich zu sehen, du fährst doch auch so einen."

"Das da ist ein Camaro, und ich fahre einen Jeep, das Cabriolet gehört meiner Mutter."

Er zeigte auf einen kleinen rostigen Jeep, der das rote Angeberauto zugeparkt hatte.

"Warum antwortest du mir nie? Ich habe dir jede Menge Nachrichten auf Facebook geschickt, du hast keine beantwortet."

"Ich war hier noch gar nicht online." Ich sah den noch unausgepackten Computer vor mir, der neben meinem Bett noch immer in seiner Tüte ruhte. Ich wollte ihm nicht erzählen, dass ich viel zu viel Angst hatte, wieder in meinen alten Trott zurückzufallen. Den ganzen Tag vor dem Computer sitzen und die Zeit totschlagen, das wollte ich hinter mir lassen. Außerdem hatte mich die Arbeit mit Jeff auch so in Anspruch genommen, dass ich jeden Tag glücklich um neun Uhr ins Bett fiel.

"Was willst du hier?"

"Ich wollte dich eigentlich zu einer Wanderung zum Kaena Point einladen."

"Das geht leider nicht, ich habe Besuch."

Wie schon Doktor Green blieb auch Alex stoisch vor der Tür stehen.

"Komm rein."

Ich drehte mich einfach um und ließ ihn stehen.

Im Garten wurde er fröhlich von Jennifer und angestrengt von Tom begrüßt. Die beiden Männer maßen sich mit Blicken, als ob sie sich gleich duellieren wollten. Mich beschlich ein komisches Gefühl. War es Stolz oder Ärger? Nein, klammheimlich fühlte ich mich sehr geschmeichelt. Es hatte sich ziemlich lange kein Mann mehr für mich interessiert und ich merkte, dass ich das sehr vermisst hatte.

Allerdings ließ Toms Aufmerksamkeit mir gegenüber schnell nach und er flirtete ziemlich unverblümt Jennifer an. Sollte er ruhig machen, vielleicht fand sie ihn ja amüsanter als Beni Korea, wie ich insgeheim hoffte.

Alex holte weitere Gläser, Besteck und Teller aus der Küche und dann saßen wir einträchtig zusammen, plauderten und schlemmten von den Köstlichkeiten, die Jennifer mitgebracht hatte.

"Wer kommt mit schwimmen?"

Tom war aufgesprungen und zog sich seine Shorts aus. Darunter trug er eine weitere Shorts und dann zeigte er uns seinen durchtrainierten Body, als er sich sein Hemd abstreifte.

"Hast du Boards hier?"

"Ich weiß nicht, schau mal im Schuppen unter dem Haus nach. Der Schlüssel hängt neben dem Eingang."

Ich war verwirrt. Nach Surfboards oder anderen Strandutensilien hatte ich mich bisher nicht umgeschaut. Ich wusste inzwischen, wo welches Werkzeug lag, aber mit einem Board ins Wasser zu gehen, auf die Idee war ich noch nicht gekommen.

"Kommst du mit?"

Auch Jennifer hatte ihre Sachen ausgezogen und stand jetzt in einem knallroten Bikini vor mir. Wie bei Baywatch, schoss es mir durch den Kopf, fehlte nur noch das Board, aber das suchte Tom ja bereits. Triumphierend kam er aus dem Keller und hielt zwei Surfboards in die Höhe.

"Alles da, so wie sich das für einen richtigen hawaiianischen Hausstand gehört."

"Ich bleibe hier, ich muss mich mal ein bisschen alleine mit Alex unterhalten."

Ich hatte so leise gesprochen, dass Alex es nicht mitbekam. Jennifer nickte wissend und lief Tom hinterher zum Strand.

Alex kam wieder aus dem Haus, er hatte im Kühlschrank eine Flasche Weißwein gefunden. Er setzte sich zu mir auf das

Tuch und reichte mir ein beschlagenes Glas.

"Ich habe auch keine Lust schwimmen zu gehen. Es ist so herrlich, einfach nichts zu machen."

Er ließ sich auf den Rücken fallen und schloss die Augen.

Ich bekam ein schlechtes Gewissen. Ich wusste nichts über diesen Mann, war einfach hergekommen, hatte mich ihm aufdrängen wollen und hatte, wenn ich ehrlich war, kaum einen Gedanken an ihn verschwendet, seit ich auf Hawaii war.

"War deine Woche anstrengend?"

"Ja, sehr, ich hatte jeden Tag Besichtigungstermine, meist früh morgens, weil die verrückten Ausländer alle Jetlag haben. Außerdem wird die Konkurrenz immer mörderischer."

Er hatte seine Augen die ganze Zeit geschlossen gehalten, jetzt öffnete er sie und sah mich lange an.

"Interessiert dich das wirklich, oder machst du nur Small Talk?"

Ich fühlte mich ertappt und wusste im ersten Moment nicht, was ich antworten sollte. Es hatte mich bisher nicht interessiert, aber jetzt wollte ich mehr von ihm wissen.

"Nein, mir ist nur mal wieder bewusst geworden, wie wenig wir voneinander wissen. Es kommt mir heute völlig wahnsinnig vor, dass ich einfach so ins Blaue zu dir geflogen bin. Warum hast du mich eingeladen, dich zu besuchen?"

"Ich hatte mich ein bisschen in dich verliebt."

"Ist das jetzt auch noch so?", fragte ich leise.

"Nein", er schüttelte den Kopf, "jetzt kommst du mir mehr wie meine Schwester vor."

Er lächelte mich so süß an, dass ich ihn fast in den Arm genommen hätte.

"Und das soll ich dir glauben?"

"Naja, ich versuche jedenfalls mich damit abzufinden und ich glaube, bei dir ist das so, oder?", fuhr er fort und musterte mich eindringlich. "Was ist da zwischen dir und Korea?"

Darüber wollte ich sicher nicht mit ihm reden.

"Aber das war doch total verrückt, dass ich einfach hierher gekommen bin."

Er setzte sich auf und grinste mich an.

"Aber genau das fand ich so toll an dir, deine Verrücktheit."

Wir schwiegen und hingen unseren Gedanken nach. Vom Strand wehte der Wind die Stimmen und das Lachen von Tom und Jennifer zu uns. Es hörte sich nach viel Spaß an.

Ich öffnete den Mund, um etwas zu sagen, als der Gong mich stoppte.

"Du wirst mir das vielleicht nicht glauben, aber so viele Besucher wie heute hatte ich in der ganzen Zeit hier noch nicht."

Ich lief wieder durch den Tunnel und öffnete neugierig die Tür.

Korea. Ich musste an mich halten, um nicht laut loszulachen. Er trug einen nagelneuen Blaumann mit Bügelfalten und hielt einen großen Werkzeugkasten in der Hand.

"Hallo Detec..., äh, Beni, was machst du hier?"

"Aloha, Luisa, Dorothy hat mich gebeten, mal nach dir zu schauen und dir vielleicht ein bisschen zu helfen. Sie schickt liebe Grüße und ich soll dich an euer Treffen erinnern."

"Aha."

Mehr fiel mir nicht ein. Was hatte Dorothy sich nur dabei gedacht? Saß sie jetzt in ihrem Penthouse und lachte sich kaputt? Hatte sie einen Plan, den ich nicht verstand?

"Darf ich reinkommen, oder ist es gerade schlecht? Hast du Besuch?"

Er deutete auf die Autoansammlung vor der Garage.

"Nein, ja, komm rein, entschuldige."

Ich ließ ihn an mir vorbei und verdrehte innerlich die Augen. Ich klang ja nicht gerade interessant und eloquent.

Er ging kommentarlos durch den Tunnel und blieb abrupt am Rand der Wiese stehen. Als ich das Bild sah, das sich uns bot, musste ich laut lachen.

Mitten auf dem Tuch stand Alex und versuchte vergeblich, die riesigen Hühner zu verscheuchen, die sich über die Reste unseres Picknicks hermachten. Sie attackierten ihn ungerührt und Alex war anzumerken, dass er einen Heidenrespekt vor den Riesenviechern hatte.

"Sehr witzig, kannst du mir bitte helfen? Das tut echt weh."

Auch Korea fing leise an zu glucksen.

"Hallo, Alex", sagte er und versuchte dabei sein Lachen zu unterdrücken.

"Ich weiß nicht, wie ich dir helfen kann. Auf mich hören die Hühner überhaupt nicht. Außerdem habe ich Angst vor ihnen."

Ich fing wieder an zu lachen und konnte überhaupt nicht mehr an mich halten. Tränen liefen mir über die Wange und ich spürte, dass diese ganze absurde Situation sich in meinem Lachanfall entlud.

Korea warf mir einen verwirrten Blick zu, dann ging er energisch auf die Hühner zu. Er griff sie sich einfach und warf sie in die Luft. Die dicken, flugunfähigen Vögel gackerten empört und versuchten ihren Aufprall durch heftiges Flügelschlagen zu verhindern.

Dieses Bild verstärkte meinen Lachanfall noch mehr.

"Danke, du hast mir das Leben gerettet."

Alex streckte Korea die Hand hin und grinste ihn schief an.

"Beni, was machst du denn hier? Und wieso bist du so komisch verkleidet?"

Jennifer kam über die Wiese gelaufen, drückte Korea zwei Küsse auf die Wangen und wendete sich dann, ohne ihn noch weiter zu beachten, mir zu.

"Der Strand ist ja ein Traum, was für ein Glück du hast, ich bin richtig neidisch. Hast du schon die vielen Schildkröten gesehen? Und die Wellen weiter draußen sind optimal für mich. Tom hat natürlich gemeckert, Mädelswellen, aber er kann einfach nicht genug bekommen. Hast du irgendwo Handtücher und funktioniert die Dusche im Garten?"

"Du musst den Hebel unten am Rohr umlegen, dann kannst du einfach den Hahn aufdrehen."

Ich eilte ins Haus und sah mich etwas verwirrt in der Küche um. Was wollte ich hier? Ach ja, die Handtücher. Ich lief ins Bad und nahm wahllos ein paar Handtücher aus dem schönen alten Schrank. Die vielen Menschen brachten mich komplett aus dem Konzept. Dabei fand ich es eigentlich schön, dass ich so viel Besuch hatte, seit Jahren hatte ich nicht mehr so viele Menschen bei mir zu Hause zu Gast. Ich musste grinsen. Jetzt betrachtete ich dieses Haus schon als mein Zuhause, aber es war so. Dieser Flecken Erde war mir sehr ans Herz gewachsen.

"Musst du die Handtücher erst nähen?"

Jennifer stand nass glänzend im Türrahmen. Ich warf ihr den Stapel Handtücher zu.

"Entschuldige, ich ..."

Ich wusste nicht mehr weiter, wie sollte ich erklären, dass ich mich nur wieder um mich selbst gedreht hatte.

"Ist schon okay, ich habe doch nur Spaß gemacht. Es ist wirklich schön hier und Tom ist ein sehr interessanter Mann. Außerdem kann er super gut surfen."

Sie blinzelte mir durch den Vorhang ihrer Haare zu und trocknete sich weiter ab.

Ich war verwirrt. Sollte ich sie fragen? Ich war mir nicht sicher, aber ehe ich noch weiter darüber grübeln konnte, hatte ich auch schon den Mund geöffnet.

"Ich dachte, du bist mit Beni zusammen?", platzte es aus mit heraus.

Sie ließ das Handtuch sinken und schaute mich überrascht an.

"Wie kommst du darauf? Beni ist ein Freund, aber mehr auch nicht. Wir kennen uns schon seit der Grundschule, er war immer so etwas wie mein großer Bruder. Bist du blind? Er interessiert sich für dich."

38

Bumm.

Anja schreckte auf und wusste nicht, wo sie sich befand. Komische Geräusche um sie herum und eine ungewohnte Umgebung. Sie rieb sich die Augen und sah in das lächelnde Gesicht einer asiatischen Schönheit.

"Hallo, Sie haben den ganzen Flug über geschlafen, Sie Glückliche, wir sind gerade gelandet."

Anja blickte sich irritiert um. Menschen standen auf und machten sich an den Gepäckfächern zu schaffen.

Sie war also da. Hawaii.

Der Flughafen war viel kleiner, als sie vermutet hatte.

Sie lief langsam, während sie versuchte ihre steifen Glieder zu dehnen, durch einen überdachten Gang Richtung Gepäckband. Zu ihrer Linken konnte sie auf das dunkle Vorfeld sehen, zu ihrer Rechten sah sie eine Straße, auf der Busse fuhren, und dahinter glitzerten die Hochhäuser einer Großstadt.

Nach Chicago fühlte sich der Flughafen von Honolulu wie ein Miniaturflughafen an. Kurz tauchte das Bild einer Spielzeugeisenbahn vor ihr auf. Ihr Vater bastelte in jeder freien Minute daran, im Keller ihres Elternhauses. Was würden sie wohl sagen, wenn sie wüssten, dass sie auf Hawaii war? Aber sie wussten ja noch nicht einmal, dass sie schwanger war, einfach weil sie gar nichts mehr über sie wussten.

Nach ihrer Abtreibung war sie bei ihren Eltern untergekrochen. Nachdem sie starke Blutungen bekommen hatte, war sie ihnen eine Erklärung schuldig gewesen. Sie hatte sich, wider besseren Wissens für die Wahrheit entschieden und war damit, bei ihren sehr gläubigen Eltern, auf totales Unverständnis getroffen. Seit dieser Zeit hatten sie sich nicht mehr gesehen, zu Weihnachten und zum Geburtstag gab es kurze Telefonate, die ihr jedes Mal das Herz brachen.

Am Gepäckband nahm Anja nach kurzer Zeit ihren Koffer in Empfang und rollerte ihn dann auf seinen klackenden Rädern nach draußen. Eine warme Brise umfing sie und sie schaute sich nach der Busstation um. Ein Schild wies ihr den Weg und sie sah schon von Weitem die Haltestelle von "The Bus".

Sie kaufte am Automaten eine Karte und als der Bus hielt, fragte sie den Busfahrer nach dem Honolulu Police Department. Sie hatte spontan entschieden, sich gleich auf die Suche nach dem Polizisten zu machen, seine Telefonnummer befand sich ja leider in ihrem Handy in Berlin auf dem Esstisch.

Ein großer, gut gelaunter Fahrer in einem blaugemusterten Hawaiihemd gab ihr Auskunft, wo sie aussteigen musste.

Sie fuhren durch eine Hafengegend mit kleineren zweigeschossigen Häusern. Am Anfang führte eine weitere Fahrbahn über ihre Straße, so dass Anja den Eindruck hatte, sie führen durch einen Tunnel. Nach ein paar Haltestellen gab ihr der Fahrer ein Zeichen.

"Hier müssen Sie raus. Sehen Sie das Hochhaus da vorne, da wollen Sie hin."

Er deutete auf ein großes Haus mit verspiegelten Scheiben, neben der Straße, auf der sie sich befanden.

Anja bedankte sich und stieg aus dem Bus.

Irritiert blieb sie einen Augenblick stehen und sah dem abfahrenden Bus hinterher. Sie wendete sich ab, denn er zog eine dicke, schwarze, stinkende Wolke hinter sich her. Es war schon dunkel, auch wenn die Stadt leuchtete wie ein Weihnachtsbaum. Erstaunt registrierte Anja, wie warm es noch war. Im Bus hatten arktische Temperaturen geherrscht, fabriziert von einer laut röhrenden Klimaanlage.

Ein weißer Pick Up hielt vor ihr.

"Hallo M'am, können wir Ihnen helfen? Wollen Sie mit uns in die City oder nach Waikiki?"

Zwei junge Männer grinsten sie von der Ladefläche an.

Anja winkte ab und überquerte die Straße an der nächsten Kreuzung, an der sich dankenswerterweise ein Fußgängerüberweg befand.

Große Fahnen flatterten im Wind vor dem Portal des Hochhauses. Sie betrat den beeindruckenden Eingang und ging auf eine Art Rezeption zu.

"Hallo, ich würde gerne mit Detective Korea sprechen."

"Tut mir leid, der ist leider nicht im Haus."

Eine uniformierte Polizistin sah von ihrem Monitor auf und schüttelte bedauernd den Kopf.

Anja stellte ihren Koffer ab und überlegte, was sie jetzt machen sollte. Dann also doch zuerst ins Hotel. Sie schüttelte über sich selbst den Kopf, wieso war sie nur so dumm gewesen, zu glauben, dass der Polizist schon hier sein würde.

"Kann ich bitte mal Ihre Toilette benutzen?"

"Eigentlich ist das nicht üblich, aber ich denke, ich kann eine Ausnahme machen. Ihr Gepäck müssen sie allerdings mitnehmen. Sehen Sie die Tür dort hinten, neben den Fahrstühlen?" Sie wies auf eine weiße, unscheinbare Tür ohne Beschriftung.

Anja griff sich ihren Koffer und lief durch das Foyer. Willkommen in Amerika, hier wird sicherheitshalber jeder erst einmal als Attentäter betrachtet. Als ob sie in ihrer Gepäck Sprengstoff mit sich herumtrug. Wenigstens war die Polizistin so freundlich gewesen, ihr den Gang zum Klo zu erlauben.

Sie setzte sich auf die erstaunlich saubere Kloschüssel und legte den Kopf in ihre Hände. Es war eine Schnapsidee gewesen, einfach nach Hawaii zu fliegen.

Sie wusch sich die Hände und das Gesicht und betrachtete sich im Spiegel. Sie verstand die Befürchtungen der Polizistin jetzt ein bisschen besser. Sie sah aus wie eine durchgeknallte Irre. Die blonden Haare standen ihr wirr um den Kopf, auf ihrer rechten Wange war der Abdruck des Kissens zu sehen, auf das sie sich in den letzten Stunden gekuschelt hatte und ihre Augen sahen seltsam rot aus, das musste die Klimaanlage an Bord ausgelöst haben.

Die Tür öffnete sich und unterbrach ihre Überlegungen.

"Ist alles in Ordnung mit Ihnen?"

"Ja. Entschuldigen Sie bitte mein Aussehen, ich bin vom Flughafen direkt hierher gekommen."

"Haben Sie denn schon ein Hotelzimmer?"

"Ja." Anja zog einen Zettel aus der Tasche und hielt ihn der Polizistin hin.

"Ah, das Island Colony in Waikiki. Eine Freundin von mir, arbeitet dort an der Rezeption. Soll ich Sie mitnehmen, meine Schicht ist zu Ende, ich muss auch in die Richtung."

Anja schaute die Frau überrascht an. Das war ja mal eine freundliche Polizistin. Es schienen nicht alle Polizisten in Honolulu so unfreundlich zu sein wie dieser Korea.

Die Frau schnappte sich Anjas Koffer ohne eine Antwort abzuwarten und hielt ihr die Tür auf.

"Gute Nacht, JJ, ich wünsche dir eine ruhige Zeit", sagte sie und nickte ihrem Nachfolger hinter dem Tresen zu, während Anja ihr durch das leere Foyer folgte.

"Das ist wirklich sehr freundlich von Ihnen", sagte Anja, als sie auf dem großen Parkplatz standen, wo die Polizistin anscheinend ihr Auto suchte. Sie hielt ihren Schlüssel wie eine Taschenlampe auf die Autos um sie herum gerichtet. Ein blauer Kleinwagen blinkte und gab ein piepsendes Geräusch von sich.

"Komm, das gehört hier mit zum Service, ich heiße übrigens Claire."

"Anja", sagte Anja und stieg, nachdem Claire ihr Gepäck im Kofferraum verstaut hatte, in den blauen Wagen ein. Sie schob ein paar leere Packungen mit dem Aufdruck einer Fastfood Kette, die sich nicht kannte, in den Fußraum und setzte sich auf das aufgeplatzte Polster.

"Tut mir leid, aber mein Auto ist keine Schönheit."

"Nein", Anja blickte sich um, "es erinnert mich ein bisschen an meins."

Sie überlegte kurz, wo sie ihr Auto abgestellt hatte, schob diesen absurden Gedanken aber schnell beiseite.

Claire lenkte den Wagen mit quietschenden Reifen vom Parkplatz und fädelte sich auf die vierspurige Straße ein, auf der auch die Bushaltestelle lag.

Anja war überrascht, wie viele Fahrzeuge noch unterwegs waren. Sie suchte auf den leuchtenden Armaturen nach einer Uhrzeit. 11.05 pm informierte sie die Anzeige.

"Warum sind noch so viele Leute unterwegs?"

"Es ist Samstagabend und heute ist ein Fest in Chinatown."

Sie verfielen wieder in Schweigen und Anja betrachtete die Szenerie, die an ihr vorbeizog.

Auf ihrer rechten Seite konnte sie Hafenanlagen und einen kleinen alten Turm erkennen. Gegenüber diesem Relikt aus einer anderen Zeit lag ein gigantisches Kreuzfahrtschiff, das den Turm um ein Mehrfaches überragte.

Auf ihrer linken Seite funkelten die Lichter einiger Hochhäuser.

Nach einer Weile fuhren sie über eine Brücke und näherten sich einer noch viel größeren Ansammlung von Wolkenkratzern.

"Das ist jetzt Waikiki", unterbrach Claire die Stille.

"Darf ich dich was fragen?"

"Klar." Anja nickte.

"Was willst du von Beni Korea? Kennst du ihn?"

"Nein, das ist alles ein bisschen kompliziert. Eine Freundin von mir, eigentlich meine beste Freundin, ist hier auf Hawaii, und ich wollte ihn fragen, wo sie ist."

"Warum rufst du sie nicht einfach an?"

"Ich habe ihre Nummer nicht und außerdem habe ich mein Handy zu Hause liegen lassen."

Anja spürte, dass Claire sie kurz von der Seite musterte. Es klang aber auch zu dämlich, was sie da von sich gab. Beste

Freundin und weiß noch nicht mal ihre Telefonnummer.

"Sie hatte einen Unfall und hat ihr Gedächtnis verloren."

Schon während sie das sagte, spürte sie, dass das jetzt nur noch verworrener klang.

Inzwischen waren sie in den Hochhausdschungel eingetaucht und hielten an einer belebten Straße. Claire hatte den Blinker gesetzt und blickte sie wieder an.

"Scheint ja komplizierter zu sein, als ich dachte. Dort vorne ist das Hotel. Wir checken dich jetzt ein und dann können wir ja noch etwas trinken gehen, und du erzählst mir die ganze Geschichte, okay?"

Sie fuhren auf die halbrunde Auffahrt eines Hochhauses. Auf dem überdachten Foyer leuchtete in Neon der Schriftzug des Hotels. Claire hielt mit ihrem Auto direkt vor der gläsernen Eingangstür, ohne das Halteverbotsschild zu beachten, unter dem sie parkte.

Sie stieg aus, grüßte den Portier, schnappte sich Anjas Koffer und betrat das Hotel. Anja beeilte sich, ihr zu folgen, und zusammen traten sie an die Rezeption. Wahrscheinlich konnte Claire in ihrer Uniform überall parken, mutmaßte sie.

"Aloha, Suze, ich bringe Dir einen späten Gast. Das ist Anja."

"Anja Kraft, hier ist meine Reservierung."

Sie zog wieder den kleinen Zettel aus ihrer Hosentasche und legte ihn auf den Tresen.

Die kleine, runde Frau strahlte sie an und hielt ihr einen Anmeldebogen hin.

"Das musst du ausfüllen, ich brauche deinen Pass und eine Kreditkarte. Ich habe noch ein schönes Apartment im 39ten Stock."

"Ich hoffe es ist nicht zu teuer. Ich brauche eigentlich nur einen Raum zum Schlafen."

Anja nahm den Bogen an sich und kramte ihren Pass aus der Handtasche hervor. Sie füllte schnell alles aus und reichte das Papier samt Kreditkarte und Pass über den Tresen.

"Aloha, Anja Kraft. Meine Name ist Suze, Willkommen im Island Colony. Um in dein Zimmer zu kommen, musst du einen der beiden linken Fahrstühle nehmen." Sie deutete auf die vier Fahrstühle am Ende des Foyers. "Bei uns gibt es kein Frühstück, da wir nur Apartments vermieten. Und hier, deinen Pass und deine Karte kannst du wiederhaben. Machst du hier Urlaub?"

Sie musterte Anja neugierig. Die wusste schon wieder nicht, was sie darauf antworten sollte. Claire erlöste sie, indem sie sie zu einer der Sesselgruppen schob, die locker verteilt in der Lobby standen.

"Wir wollten doch noch schnell etwas trinken. Ich danke dir sehr, Suze, wann wollen wir uns mal wieder sehen?"

"Wartet, du hast doch noch gar keine Zimmerkarte."

Suze war um den Tresen geeilt und drückte Anja ein kleines Kuvert in die Hand.

"3909 ist dein Zimmer und wenn noch irgendwas ist, ich habe noch bis sechs Uhr morgens Dienst."

Sie wand sich an Claire und sagte: "Wie sieht es bei dir nächste Woche aus? Ich wollte Mittwoch ins Kino, wie wäre es, wenn du mitkämst?"

"Gute Idee, ich kann dich abholen."

Anja plumpste in einen der Sessel und nahm das weitere Geplauder der beiden nicht mehr wahr. Sie merkte plötzlich, wie erschöpft sie war und wie sehr sie sich nach Alleinsein und einem Bett sehnte.

"Ich bin ein totaler Idiot. Du möchtest jetzt sicher am liebsten sofort ins Bett und nicht noch irgendwo hin. Entschuldige bitte, ich hatte überhaupt nicht überrissen, dass du ja heute erst hierher geflogen bist."

Claire half ihr aus dem tiefen Sessel heraus und begleitete sie zum Fahrstuhl.

"Soll ich noch mit nach oben kommen, oder geht es?"

Anja fing an zu kichern.

"Polizeischutz bis zum Fahrstuhl reicht. Ich weiß gar nicht, wie ich dir danken soll."

"Lass uns doch morgen zusammen frühstücken. Ich bin um 10 Uhr hier in der Lobby und dann gehen wir zum Strand, da gibt es ein paar schöne Plätze für ein Frühstück."

"Gut, noch mal danke."

Anja streckte Claire die Hand hin und die nahm sie nach kurzem Zögern und schüttelte sie. Das Pling des Fahrstuhls erklang und Anja betrat die Kabine.

39

Anja erwachte im Morgengrauen. Sie öffnete die Augen und wusste sofort, wo sie war. Sie richtete sich auf und blickte aus dem großen Fenster, das sich auf einen Balkon mit einer Glasbalustrade öffnete.

Hinter dem Häusermeer, das sich vor ihr auftat, bemerkte sie einen Berg mit einem merkwürdigen Umriss.

Sie setze ihre nackten Füße auf die kühlen Fliesen, öffnete die Schiebetür und trat nach draußen.

Entfernte Geräusche einer langsam erwachenden Großstadt mischten sich mit dem Surren der Klimaanlagen der umliegenden Zimmer. Warum hatten anscheinend alle Menschen, außer ihr, die Klimaanlage angestellt, fragte sich Anja verwundert. Es war angenehm kühl und es wehte ein leichter Wind, der sich wie ein Streicheln auf ihren nackten Armen und Beinen anfühlte.

Eine Rauchschwade wehte von rechts zu ihr herüber und dann lehnte sich jemand um die Betonwand, die ihren Balkon von dem nächsten trennte.

"Na, auch schon wach? Ich hoffe es stört Sie nicht, wenn ich hier auf dem Balkon rauche."

"Nein, nein, warum sollte es? Guten Morgen."

"Sind Sie neu hier?"

Der alte Mann zog erneut an seiner Zigarette und stieß den Rauch in Richtung Berg aus. Er hatte ein graues, etwas fleckiges T-Shirt an, was er unten herum trug, konnte sie nicht sehen, weil es durch die Trennwand verdeckt war.

"Ich bin John, ich wohne seit fünf Jahren hier."

Anja blickte ihn verwundert an.

"Ich heiße Anja, warum wohnen Sie schon so lange hier, ich denke das ist ein Hotel?"

"Ha, du bist neu. Es gibt hier viele Menschen, die fest hier wohnen. Der 7. bis 20. Stock ist nur Hotel, aber hier oben ist es gemischt. Auf unserem Flur gibt es, glaube ich, nur zwei Hotelapartments. Willst du einen Kaffee?"

"Nein, danke, davon wird mir schlecht."

Anja merkte, dass das sehr unhöflich geklungen haben musste, aber John schien das nicht zu stören.

"Komm rüber, ich habe auch Saft und du siehst so aus, als ob du dringend ein Frühstück bräuchtest."

Warum eigentlich nicht. Anja blickte an sich herunter. Sie trug ein altes T-Shirt und eine Unterhose von Stefan. John fing an zu grinsen und zeigte auf sich selbst.

"Hey, das ist nicht der Besuch bei der Queen, schau mich an. Komm einfach rüber und leiste dem alten John ein bisschen Gesellschaft. Ich liebe es, wenn mir Geschichten aus anderen Ländern erzählt werden."

"Okay, John, ich brauche fünf Minuten, dann klopfe ich."

Anja ging in ihr kleines Apartment und fing an, in ihrer Tasche zu wühlen. Abrupt stoppte sie sich und ging ins Badezimmer. Sie betrachtete sich in dem Ganzkörperspiegel und fing an zu kichern. Da versuchte sie sich also gerade schön zu machen für John, circa 65, Glatze – wie war sie nur in diese Situation gelangt? Sie setzte sich auf die Toilette und wartete auf den morgendlichen Anfall von Übelkeit, aber nichts kam. Sie spülte und erhob sich und betrachtete sich erneut im Spiegel. Sie hob das T-Shirt und strich sich über den noch flachen Bauch. Sie war schwanger.

John öffnete ihr lächelnd die Tür. Er trug eine rotkarierte Schürze über einer Jogginghose.

"Komm rein, es gibt Eier und Speck!"

Anja folgte John und dem verführerischen Geruch in das Apartment.

John hatte zwei Räume, zumindest gab es noch ein Tür, die es in ihrem Zimmer nicht gab. Seine Küche war viel größer als ihre – in ihrem Zimmer gab es nur einen kleinen Zwei-Platten- Herd – aber John stand vor einem amtlichen Gasherd und schwang gutgelaunt zwei Pfannen.

"Fühl dich wie zu Hause."

Anja betrat das Wohnzimmer und wurde, wie schon in ihrem Zimmer, von dem grandiosen Ausblick gefangen genommen. Inzwischen war der merkwürdige Berg in ein zauberhaftes rosa Morgenlicht getaucht.

"Was ist das für ein Berg?"

John schaute sie an, als ob sie nicht mehr alle Tassen im Schrank hätte.

"Meinst du das im Ernst?"

"Ja."

John fing an zu lachen und entblößte seine krummen Zähne. Anja wusste nicht, was sie machen sollte, mitlachen oder im Boden versinken. Sie entschied sich für mitlachen.

"Sorry, John, ich weiß eigentlich gar nichts über Hawaii, ich bin nur durch einen Zufall hier."

"Das ist der Diamond Head, ein erloschener Vulkan. Willst du wirklich keinen Kaffee, ich hab sehr leckeren Kona-Kaffee, der ist ganz anders, als das, was du an Kaffee kennst."

"Okay, ich versuche es."

Anja setzte sich an den Tisch und betrachtete die Umgebung. Die Wände waren bedeckt mit gerahmten Fotos, die Einrichtung war viel individueller als in ihrem Apartment. Ein altes rotes Sofa stand vor dem großartigem Ausblick und der Esstisch, an dem sie sass, war sehr alt, mit vielen Macken, die von seinem langen Leben erzählten. Stefan hatte den Tisch in Anjas Wohnung einmal befragt, was er denn so alles in seinem Leben erlebt hätte. Sie hatte ihn ganz am Anfang ihrer Beziehung auf einer Auktion ersteigert, einen alten Kirschholztisch mit zahlreichen Spuren aus der Vergangenheit.

"Das ist der berühmte Kona-Kaffee."

John riss Anja aus ihren Gedanken, indem er eine rote dampfende Tasse vor sie stellte.

"Danke", sagte Anja und roch vorsichtig an dem Getränk.

Sie wartete ob sich die Übelkeit wieder einstellte, aber es passierte nichts, ausser, dass ihr Mangen ein lautes Grummeln von sich gab.

John fing an zu lachen.

"Ja, ich komme ja schon. Du scheinst wirklich sehr hungrig zu sein."

Er stellte zwei voll beladene Teller mit Rührei, Speck und gebutterten Toasts auf den Tisch und setzte sich ihr gegenüber.

"Woher kommst du?"

John schaute sie neugierig an.

"Deutschland?"

"Ja, merkt man das so sehr an meinem Englisch?"

"Ja, es hörte sich so europäisch an. Was machst du hier? Du siehst so gar nicht nach Urlaub aus."

"Ich suche meine Freundin."

Nachdem Anja es ausgesprochen hatte, wurde ihr plötzlich so richtig klar, wie sehr sie Luisa vermisste.

"Das muss aber eine tolle Freundschaft sein."

John aß weiter sein Frühstück und schaute Anja erwartungsvoll an.

"Ja, es ist alles ziemlich kompliziert."

"Jetzt iss erstmal und danach erzählst du mir die ganze Geschichte."

Er reichte ihr Besteck und eine Papierserviette und fing bedächtig an, sein Rührei zu essen.

Anja trat aus dem Fahrstuhl und schaute sich um. Keine Claire.

Jemand tippte ihr von hinten auf die Schulter. Vor ihr stand eine strahlend lächelnde Frau in einem knatterbunten Kleid.

"Aloha, Anja, du bist ja superpünktlich. Hast du gut geschlafen?

Anja war verwirrt, da stand plötzlich eine so erotische hübsche Frau vor ihr, die ganz anders wirkte als die zugeknöpften Polizistin von gestern.

"Hallo, Claire."

Sie nahmen sich vorsichtig in den Arm und begrüßten sich.

"Ich habe eigentlich schon gefrühstückt", gab Anja zu.

"Aha, warst du schon unterwegs?"

"Nein, mein Nachbar hat mich eingeladen."

Claire schaute sie etwas irritiert an.

"John ist ein älterer Mann, der schon ganz lange hier wohnt."

"Wollen wir trotzdem zum Strand gehen? Ich bin, ehrlich gesagt, sehr hungrig, und außerdem brauche ich dringend einen Kaffee."

Im gleißenden Sonnenlicht schlenderten sie die Straße herunter Richtung Meer. Anja hatte den Pazifik schon von ihrem Balkon aus durch die Hochhäuser funkeln gesehen.

Die Luft fühlte sich hier unten, in den engen Straßenschluchten, viel dicker an, als oben in ihrem Adlerhorst. Sie blickte über ihre Schulter zum Hotel zurück. Es überragte alle anderen Häuser und auf dem Dach konnte sie eine Penthousewohnung erkennen. Wer mochte dort wohl wohnen?

"Hast du gut schlafen können?"

"Ja, das Zimmer ist wirklich schön."

"Wir müssen hier entlang."

Sie hatten das Ende der Straße erreicht und Claire deutete nach links.

"Gleich kannst du das Meer sehen."

Sie überquerten die zweispurige Einbahnstraße und dann endeten die Hotels und Anja sah den schmalen Sandstreifen des Strandes, durch eine Armee an aufgestellten Surfboards hindurch.

"Kannst du surfen?"

"Natürlich, ich glaube jeder, der auf Hawaii aufgewachsen ist, kann es zumindest ein bisschen. In die hohen Wellen am North Shore traue ich mich aber nur ab und zu."

Sie blieben unter einem riesigen alten Baum stehen, dessen armdicke Wurzeln ihn wie Dreadlocks umrankten.

Neben dem Baum stand eine Statue. Ein Mann in Shorts hatte seine Arme ausgebreitet und in seinem Rücken stand ein Surfboard. Über den Armen hingen zahlreiche Blumenkränze.

"Das ist der Duke", sagte Claire.

Anja blickte fasziniert auf den dunkelblau glitzernden Ozean. Das Meer sah so viel gewaltiger aus als die Ostsee. Ihre Gedanken schweiften zu ihrem letzten Besuch am Meer. Er erschien ihr Jahre weit entfernt, obwohl sie Stefan erst vor wenigen Tagen an der Ostsee besucht hatte.

"Was bedeutet das?"

Schon wieder ärgerte sie sich, dass sie die Zeit im Flugzeug nicht genutzt hatte, um sich über Hawaii zu informieren.

"Er hat das Wellenreiten erfunden, außerdem ist er als Schwimmer berühmt geworden. Er ist unser Held."

Anja lächelte, denn Claire hatte so stolz geklungen und schaute jetzt auch wieder mit großen Augen auf die Statue.

Sie blickte wieder auf den Strand und das Meer. Es war schon erstaunlich voll für den Vormittag. Einige Surfer tanzten mit ihren Brettern auf dem weißen Saum der sich brechenden Wellen, Sonnenanbeter richteten ihre Handtücher zur Sonne aus und Kinder spielten am ruhigen Ufer der Lagune. Anja betrachtete irritiert diese für sie so ungewohnte Szenerie. Es hatte geschneit, als sie aus Berlin abgeflogen war.

"Komm, lass uns weitergehen, es ist nicht mehr weit. Gleich da vorne, über dem ABC-Shop, gibt es ein schönes Café mit Blick aufs Meer."

"Was ist ein ABC-Shop?"

"Da bekommst du alles, Sonnencreme, Badesachen, Lebensmittel, einfach alles."

Claire zuckte mit den Schultern, nahm Anjas Arm und zog sie mit sich.

Nachdem Claire ein ausführliches Frühstück in sich hinein geschaufelt hatte, erzählte Anja ihr die ganze Geschichte.

"Oh Mann, ich weiß gar nicht, was ich sagen soll. Das tut mir so leid für dich."

Claire strich Anja über ihre Hand und schnappte sich dann ihr Telefon, das sie auf den Tisch gelegt hatte.

"Ich versuche mal herauszufinden, wann Korea wieder Dienst hat."

Nach einem längeren Telefonat, aus dem Anja nicht ganz schlau geworden war, legte Claire auf und schaute sie bedauernd an.

"Das war wohl nichts. Er hat sich für die nächsten vier Tage frei genommen."

"Kannst du seine Handynummer herausbekommen oder seine Adresse?"

Claire schlug sich mit der Hand vor die Stirn.

"Ich bin eine tolle Polizistin, oder?"

Sie griff wieder zu ihrem Handy und führte mehrere Telefonate.

Anja hielt ihr Gesicht in die Sonne und schloss die Augen. Es fühlte sich alles so unwirklich an.

Claire wedelte mit einem Zettel vor ihrem Gesicht.

"So, Telefonnummer und Adresse."

Sie reichte ihr das Stück Papier und schaute auf ihre Uhr.

"Ich muss jetzt leider los, ich habe gleich Dienst."

Claire gab der Bedienung ein Zeichen, dass sie zahlen wollte. Als diese mit der Rechnung zurück an den Tisch kam, schnappte sich Anja den Beleg.

"Nein, Claire, ich zahle, das ist das Mindeste, was ich tun kann."

Claire notierte auf einem weiteren Zettel aus ihrem Notizbuch etwas und reicht ihn Anja.

"Hier ist meine Telefonnummer, darunter auch die dienstliche. Du kannst mich jederzeit anrufen. Montag und Dienstag habe ich frei, vielleicht können wir uns dann ja mal sehen."

Vor dem Café verabschiedeten sie sich und Claire eilte die Straße entlang.

Anja fühlte sich etwas verloren in den Massen von Touristen, die alle in Richtung Strand pilgerten. Sie schloss sich dem Strom an und überquerte die Straße an einem der vielen Fußgängerüberwege. Zwischen dem hellgelben Sand und der Promenade setzte sie sich auf einen kleinen Grünstreifen in den Schatten einer Palme. Das Gras fühlte sich sehr fest an, ganz anders als das Gras in Berlin. Sie beobachtete die Surfer am Horizont und überlegte, ob es noch eine andere Möglichkeit gab, Luisa aufzuspüren. Ihr graute jetzt schon vor einem weiteren Telefonat mit dem unfreundlichen Polizisten.

40

Ich erwachte mit hämmernden Kopfschmerzen. Irritiert starrte ich in die Dunkelheit. Ich erhob mich langsam und versuchte mich zu orientieren. War das mein Schlafzimmer? Stecknadelkopfgroße Lichtpunkte strahlten durch das Fenster und ich erkannte beim näheren Hinsehen, dass die Fensterläden geschlossen waren. Wer hatte das gemacht? Ich setzte meine Füße auf den Holzboden und stieß an einen Plastikgegenstand. Ein Eimer? Das Hämmern in meinem Kopf verstärkte sich und ich ließ mich wieder zurück ins Bett fallen. Was war nur passiert? Mühsam versuchte ich meine Erinnerungsfetzen zu sortieren, die ungeordnet durch meinen Kopf schwirrten. Aber irgendwie bekam ich nichts richtig zu fassen. Das Einzige, was mir einfiel, waren die vielen Gäste, die ich gestern empfangen hatte. Gestern? Ich erhob mich und wankte zum Fenster. Dabei stieß ich wieder an den Eimer, der mit einem Krachen an die Wand flog. Gott sei Dank war er leer, wie ich erleichtert feststellte. Inzwischen hatten sich meine Augen an das Dämmerlicht gewöhnt und ich konnte die wenigen, inzwischen vertrauten Möbelstücke meines Schlafzimmers erkennen.

Ich öffnete das Moskitonetz und stieß die Fensterläden auf. Ich blinzelte durch die Lichtblitze in die Helligkeit, konnte aber nichts erkennen. Schnell kniff ich meine Augen zu und stöhnte auf. Die Kopf- schmerzen waren schier unerträglich und ich torkelte blind wieder zurück zum Bett. Ich setzte mich auf die Kante und steckte meinen Kopf zwischen meine Beine.

Plötzlich traf mich die Erkenntnis, dass ich genau diese Situation schon sehr oft erlebt hatte. Jeder verdammte Morgen im letzten Jahr in Berlin hatte so begonnen.

Ich erhob mich vorsichtig und versuchte die Kopfschmerzen und die aufsteigende Übelkeit zu ignorieren.

In der Küche keuchte die Kaffeemaschine vor sich hin. Der Geruch des frischen Kaffees verstärkte meine Übelkeit und ich ging schnell auf die Terrasse, um hoffentlich frischen Wind vom Meer einzuatmen.

Die Hitze und die Helligkeit trafen mich wie ein Schlag und ich wich entsetzt zurück. Aus dem Augenwinkel hatte ich etwas Rotes, direkt neben dem Tor zum Strand bemerkt, aber mein Magen rebellierte und ich rannte, so schnell ich konnte, auf die Toilette.

Im Spiegel schaute mich ein Gespenst an. Ich sah einfach furchtbar aus. Nachdem ich mir das Gesicht gewaschen hatte, betrat ich erneut die Terrasse, um das rote Ding zu erkunden.

Es war ein kleines Zelt, eines von diesen Iglus, die ich eher auf einer Bergexpedition vermutet hätte als auf einer Wiese unter einer Palme. Korea kletterte aus dem Ding und grinste mich schief an.

"Guten Morgen. Wie geht es dir?"

Oh nein. Am liebsten wäre ich in der Erde versunken. Was war passiert? Ich konnte mich an nichts erinnern. Warum musste ich mich immer betrinken, wenn dieser Kerl anwesend war?

"Ich habe Kaffee gekocht, soll ich dir eine Tasse bringen?"

Ich nickte leicht, unfähig etwas zu sagen. Ich spürte wie mir das Blut ins Gesicht schoss und mir ganz heiß vor Scham wurde.

Er ging an mir vorbei, ohne mich anzusehen, und stand fast sofort wieder mit zwei dampfenden Tassen vor mir. Er reichte mir eine der Tassen, trat an das Geländer der Lanai und schaute auf das glitzernde Wasser.

"Das war ein lustiger Abend."

"Ah ja?"

Ich trank einen Schluck Kaffee und räusperte mich.

"Ich kann mich leider nicht erinnern."

"Oh, soll ich dir ein bisschen erzählen? Vielleicht kommen deine Erinnerungen ja wieder", sagte er, ohne den Blick vom Horizont zu nehmen.

Ich schüttelte den Kopf.

"Nein, lieber nicht. Habe ich wieder gesungen?"

"Diesmal nicht."

Er wendete sich mir zu und schaute mich mit einem Gesichtsausdruck an, den ich nicht zu deuten wusste und der mich nervös machte.

"Ich geh mal ins Bad", sagte ich und floh ins Innere des Hauses.

Unter der Dusche versuchte ich nachzudenken.

Ich rieb das Shampoo in meine Haare und prompt rann mir die Seife in die Augen. Das war wirklich nicht mein Tag. Endlich hatte ich einen Grund gefunden zu weinen und ließ meinen Tränen freien Lauf. Ich hockte mich auf die schwarzen Kacheln der Dusche und das Wasser rauschte wie ein Platzregen über mich. Am liebsten würde ich mich einfach wieder in meinem Bett verkriechen und den heutigen Tag einfach auslassen. Koreas Aussehen hatte mich daran erinnert, was er hier heute eigentlich machen wollte. Er hatte seinen Blaumann an, der inzwischen ein bisschen verknittert war und nicht mehr ganz so neu aussah. Renovieren. Dorothy hatte ihn zu mir geschickt, um mir zu helfen. Dorothy? Oh nein, ich war heute mit ihr verabredet. Wie spät war es? Ich hatte jegliches Zeitgefühl verloren. War es noch morgens?

Ich drehte den Duschhahn aus und rubbelte mich mit einem Handtuch ab. Weiterhin war mir übel und auch die Kopfschmerzen hämmerten noch immer in meinem Kopf.

Im Schlafzimmer zog ich mir meine schwarze Hose und eine bunte Bluse von Martha an. Ich hatte noch immer keine neuen Sachen gekauft, außer einer Jeansshorts, einigen T-Shirts und ein paar Flipflops aus dem Supermarkt. Ich kämmte mir hastig meine nassen Haare, nachdem ich, durch einen Blick auf den Digitalwecker, festgestellt hatte, dass es schon Nachmittag war und atmete tief durch. Insgeheim hoffte ich, dass Korea einfach verschwunden wäre.

Das war er natürlich nicht. Als ich zurück in den Wohnraum kam, hörte ich hämmernde Geräusche aus der Richtung des kleinen Häuschens.

Ich lief barfuß über die Wiese, vorbei an dem großen Tuch, das von unserer gestrigen Orgie zeugte. Ich sah mehrere leere Rotweinflaschen, einen umgekippten Sektkühler und die Plastikgefäße, in denen Jennifer das leckere Essen mitgebracht hatte. Oh Gott, Jennifer, Tom und Alex. Wann waren sie gegangen? Ich hatte keine Ahnung.

Ich fand Korea im Haus auf dem Boden kriechend. Er fummelte an einer der Steckdosen und machte irgend etwas damit, was ich nicht verstand und was mir auch ziemlich egal war. Ich musste von ihm einfach erfahren, was gestern passiert war.

"Woher kam der Rotwein?", versuchte ich mein Glück.

Er schreckte hoch, weil er mich anscheinend nicht bemerkt hatte und schaute mich verwundert an.

"Willst du heute nicht arbeiten?"

"Ich habe um sechs eine Verabredung mit Dorothy."

"Stimmt, das hatte ich vergessen. Kannst du denn schon wieder Auto fahren?"

Mir lag eine wütende Erwiderung auf der Zunge, aber ich riss mich zusammen. War er unverschämt oder sorgte er sich? Ich hatte keine Ahnung und so ging ich einfach darüber hinweg.

"Die Rotweinflaschen", versuchte ich es noch einmal und deutete etwas hilflos nach draußen, "wer hat die mitgebracht?"

"Du weißt wirklich nichts mehr", stellte er fest und näherte sich. Er blickte mir in die Augen und lächelte leicht.

"Du brauchst dir keine Sorgen zu machen. Es war alles gar nicht so schlimm."

Ich schwieg und hoffte, dass er mir mehr erzählen würde.

"Alex hatte noch eine Kiste Rotwein, ein Geschenk von einem Kunden, im Auto. Jennifer und du, ihr habt dann drauf bestanden, ihn mit Eiswürfeln zu trinken. Alex ist schier verzweifelt, da es anscheinend sehr guter Rotwein war. Tom und ich haben uns die drei Bier, die wir noch im Kühlschrank gefunden haben, geteilt. Die drei sind dann irgendwann aufgebrochen und wir haben dann noch nett zusammengesessen."

Stimmt, das klang alles nicht so furchtbar. Alex blitzte kurz vor mir auf, der mich mit einem Kopfschütteln ansah, dann Jennifer, die mir mit verschwörerischer Miene zuzwinkerte.

"Hast du mich ins Bett gebracht?", fragte ich zaghaft.

"Nein, du bist einfach aufgestanden und gegangen. Als du nicht wiederkommen bist, habe ich dich gesucht. Du lagst im Bett und hast tief und fest geschlafen. Ich habe dann nur noch die Fensterläden geschlossen und dir einen Eimer hingestellt. Man weiß ja nie."

Er grinste mich schief an und berührte mich an der Schulter. Die feinen Härchen an meinen Armen stellten sich auf und ich strich mir irritiert über meine nackte Haut. Er riss seine Hand abrupt weg und schaute auf seine Uhr.

"Du musst los, wenn du nicht zu spät kommen willst. Jetzt ist viel los auf dem Highway. Es war ein wirklich schöner Abend, Luisa, du musst dir keine Sorgen machen."

Etwas erleichtert kehrte ich ins Haupthaus zurück, um meine Sachen zusammenzusuchen. Korea hatte mir gesagt, dass er noch weiter an den Stromleitungen arbeiten wollte. Er würde auch diese Nacht in seinem Zelt verbringen und ich fragte mich, ob ich das gut fand. Es war ein seltsames Gefühl, das Haus zu verlassen und zu wissen, dass, wenn ich wieder kommen würde, jemand auf mich warten würde.

41

"Vielen Dank, Mr. Li."

Anja verließ winkend den kleinen Laden und fand sich auf der belebten Hauptstraße wieder. Sie hatte die ganz letzte Stunde mit Mr. Li verbracht, seines Zeichens Verkäufer für Prepaid Telefone. Mr Li hatte ihr mit viel Geduld die Unterschiede der unzähligen Modelle erklärt, die er in seinem kleinen Laden aus allen Winkeln hervorgezogen hatte. Am Anfang hatte Anja Schwierigkeiten gehabt, dem seltsamen Englisch des alten Mannes zu folgen, aber irgendwann hatte es Klick gemacht und plötzlich hatten sich ihr die schwer verständlichen Laute erschlossen.

Mr. Li hatte lange, graue Haare, die er zu einem Zopf geflochten hatte, er war dürr und trug eine dicke Brille, die seine Augen stark vergrößerte. Er war emsig durch sein Geschäft geschossen, auf der Suche nach immer neuen Telefonen, während er mit hoher Stimme die Vorzüge der verschiedenen Modelle erklärt hatte.

Anja blickte sich um und versuchte sich zu orientieren, was ihr gar nicht so leicht fiel, da sie von Hochhäusern umgeben war. Wo war das Meer und wo ging es zu ihrem Hotel? Sie versuchte sich zu erinnern, aus welcher Richtung sie gekommen war, aber da sie bummelnd von Geschäft zu Geschäft gelaufen war, konnte sie sich nicht mehr erinnern. Sie seufzte und betrat erneut das Geschäft von Mr. Li.

Er hatte ihr mit so vielen Worten den Weg beschrieben, dass Anja ganz erstaunt war, dass sie schon nach zehn Minuten vor dem Foyer ihres Hotels stand. Der Portier hielt ihr die Tür auf und begrüßte sie, als ob sie schon ewig dort wohnen würde. Sie erwiderte seinen Gruß und stieß in der Tür mit John zusammen.

"Hallo, Nachbarin", sagte er und zog sie von der Tür weg. Er hatte seine Jogginghose gegen eine dunkle Shorts getauscht, dazu trug er ein Hemd mit großen weißen Blumen auf blauem Grund.

"Hast du was vor?"

"Wie meinst du das?"

"Ich gehe was essen, hast du Lust, mich zu begleiten?"

Warum eigentlich nicht. Plötzlich spürte Anja, dass sie sehr großen Hunger hatte. Sie nickte und gemeinsam gingen sie wieder zurück auf die Hauptstraße.

"Magst du Japanisch?"

Anja überlegte, wie sie John am besten erklären sollte, dass sie Angst hatte, rohen Fisch zu essen, da sie schwanger war.

Da Anja nicht antwortete, nahm John das als eine zustimmende Antwort und redete weiter: "Die haben da die beste Nudelsuppe von ganz Waikiki. Du solltest mal sehen, wie lang da die Schlange der anstehenden Menschen ist. Deswegen gehe ich immer vor dem großen Ansturm."

Anja war erleichtert, dass sie sich nicht erklären musste und bemerkte verwundert, dass John stehen geblieben war. Auch jetzt standen einige Menschen in einer Reihe vor einem kleinen Restaurant. Es waren zum großen Teil Japaner und Anja stellte sich neugierig hinter John. Im Fenster wirbelte ein Koch Teig umher und hängte dann dicke Nudeln auf eine Leine.

"Die machen die selbst", erklärte John überflüssigerweise und drehte sich lächelnd zu Anja. "Die japanischen Touristen kommen extra hierher, um endlich mal wieder japanisch zu essen. Ist das nicht witzig?"

Als sie nach einer kurzen Wartezeit das Innere des Restaurants betraten, war Anja überrascht. Es erinnerte eher an ein Schnellrestaurant oder ihre alte Mensa. Sie nahm sich ein Tablett und schob es auf der Theke vor sich her. Ein Koch fragte sie etwas auf japanisch und als Anja nicht verstand, deutete er auf die vielen Schilder, die über der Theke hingen. Dankbar über die bebilderte Karte, wählte sie eine der angebotenen Suppen aus.

Sie stellte die große, köstlich riechende Schale auf ihr Tablett und folgte John, der an einer sich anschließenden Auslage stehen geblieben war.

"Die Shrimps sind der Hammer. Und wenn du keinen Fisch magst, dann empfehle ich dir die Pilze."

Anja betrachtete die in Teig gebackenen Leckereien.

"Und die esse ich zu der Suppe oder danach?", fragte sie ihn, während sie sich Champignons, Shrimps und etwas, das sie für grünen Spargel hielt, auf ihr Tablett lud.

"Kannst du machen, wie du willst. Ich esse Tempura am liebsten in meiner Suppe."

An der Kasse saß ein junges Mädchen, das sie mit beeindruckend grossen, weißen Zähnen anstrahlte. Anja stritt sich mit John kurz um das Bezahlen, konnte ihn aber überzeugen, da sie ihn erinnerte, dass er sie ja zum Frühstück eingeladen hatte.

Es war überraschend preiswert und Anja fragte sich verwundert, warum nicht mehr verlangt wurde, bei dem großen Ansturm.

Sie setzten sich an an einen kleinen Tisch an der Rückwand des Lokals und John fing an, lautstark seine Nudeln zu schlürfen.

"Marukame Udon ist eine Institution in Waikiki, das gibt es schon seit ich hier stationiert war", erklärte er ihr, während Nudel um Nudel zwischen seinen Lippen verschwand. John war mit Mitte Dreißig nach Hawaii gekommen. Er hatte für die Armee gearbeitet und war, als er pensioniert wurde, hier geblieben. Eigentlich kam er aus Oklahoma, aber da er dort niemanden mehr hatte, war Oahu seine Heimat geworden. Seine Frau war vor fünf Jahren an Krebs gestorben und seit dem lebte er in dem Appartement. Stolz zog John ein Foto von seiner Tochter, aus seiner abgetragenen Brieftasche.

"Nathalie lebt mit ihrer Familie in Texas, leider sehen wir uns nicht so häufig. Sie hat mich schon oft gefragt, ob ich nicht zu ihnen ziehen möchte, aber ich kann hier nicht mehr weg. Ausserdem ist Marys Grab hier. Wer würde sich denn sonst darum kümmern?"

Anja sah einen Anflug von Traurigkeit über sein Gesicht huschen. Sie betrachtete wieder das Foto. Johns Tochter war ungefähr in ihrem Alter. An der Seite der kleinen Frau mit dem offenen Lächeln und der wilden Lockenmähne stand ein stattlicher Mann in einer Uniform. Vor den beiden grinste ein kleines Mädchen, mit der gleichen Lockenpracht wie ihre Mutter, frech in die Kamera.

"Deine Enkelin?", fragte Anja und gab ihm das abgegriffene Photo zurück.

John nickte und steckte es stolz lächelnd wieder zurück in die Brieftasche.

"Sie ist einfach ein Prachtmädchen. Leider hat Mary sie nicht mehr erleben dürfen."

Er wischte sich eine Träne aus dem Augenwinkel und machte sich wieder über seine Suppe her.

Anja kämpfte mit ihren Stäbchen und fragte sich, wie man es wohl hinbekam, mit Stäbchen eine Nudelsuppe zu essen. Sie schaute zu einem japanischen Pärchen, dass gleich neben ihnen Platz genommen hatte. Sie schlürften mit Inbrunst ihre Nudeln, genau so wie John.

Anja schluckte, atmete tief durch und schob sich mit den Stäbchen eine der dicken Nudeln in den Mund und zog sie geräuschvoll ein. Ihr Hunger war einfach zu groß, als dass es ihr noch länger peinlich war. Zwischen den dicken Nudeln nahm sie immer wieder die Schale in die Hand und trank einige Schlucke der köstlichen Suppe, so wie sie es bei den anderen Gästen sah.

"Du musst das Tempura probieren", sagte John und legte ihr, sehr elegant mit seinen Stäbchen, ein durchgezogenes Stück aus seiner Suppe auf ihr Tablett.

Ohne zu überlegen, steckte sie es sich gierig in den Mund.

Sie stöhnte auf, weil es so köstlich war. Der weiche, von Suppe durchtränkte Teig und das Innere, bestehend aus einem Pilz, vollführten eine Geschmacksexplosion in ihrem Mund.

"Du hast so recht", sagte sie, während sie von ihren Tempura probierte. Sie stellte fest, sie mochte es genau so wie John. Sie tunkte all ihre Stücke in die leckere Suppe und aß, bis sie meinte zu platzen.

"Danke, John, dass du mir das hier gezeigt hast."

Sie schmiss die Holzstäbchen auf ihr Tablett und lehnte sich zurück. In diesem Augenblick trat ein Japaner mit Kochmütze und Schürze zu ihnen an den Tisch. Er verbeugte sich leicht und lächelte über sein ganzes Gesicht. Anja erkannte ihn als den Mann, den sie vorhin im Fenster gesehen hatte, als er die Nudeln auf die Leine gehängt hatte.

"John, wie schön dich zu sehen, und in so hübscher Begleitung. Ich hoffe, es hat euch geschmeckt."

"Darf ich dir meine neue Freundin vorstellen, das ist Anja, sie kommt aus Deutschland und wir sind Nachbarn."

Er verbeugte sich leicht vor Anja.

"Es war einfach fantastisch."

"Vielen Dank, das freut mich, ich wünsche dir noch eine schöne Zeit."

Er lächelte sie noch einmal an und wendete sich anderen Gästen zu.

"Haru ist der Besitzer, er ist immer noch jeden Tag hier. Ich kenne ihn schon seit zwanzig Jahren."

Anja schaute überrascht dem Japaner hinterher. Er sah so jung aus. Hatte er schon als sehr junger Mann hier angefangen?

"Es ist ein Familienunternehmen. Er arbeitet hier schon, seit er ein wirklich junger Bursche war", erklärte John, der anscheinend Anjas Gedanken erraten konnte.

"Komm, ich zeige dir jetzt noch meinen Lieblingssupermarkt, schließlich musst du doch ein bisschen einkaufen."

Etwas widerwillig erhob sich Anja, aber als sie um sich

schaute, sah sie, dass das Restaurant bis auf den letzten Platz besetzt war. Natürlich, sie mussten Platz machen für die lange Schlange der Hungrigen. Außerdem war es schon fast dunkel geworden, was hier in den Hochhausschluchten bedeutete, dass es, bis auf den dunkelblauen Himmel, schon Nacht war.

An der Tür stieß sie mit einer bezaubernden älteren Dame zusammen.

"Entschuldigung", sagten sie beide im Chor.

Die elegant gekleidete Japanerin blickte sich die ganze Zeit um und trat wieder neben Anja auf den Bürgersteig. Ihr blaues Seidenkostüm umschmeichelte ihre zarte Figur und Anja bewunderte die Anmut, die diese Frau ausstrahlte. John war einige Schritte vorgegangen und sie beeilte sich, ihm zu folgen. Als sie ihn erreicht hatte, hakte sie sich wie selbstverständlich bei ihm ein.

42

Ich war dabei, mich zu verlieben. Nein, ich war verliebt, es war einfach schon geschehen. Immer wieder sah ich Koreas Gesicht vor mir, während ich mit den Händen auf das Lenkrad des roten Pick Ups trommelte.

Ich stand im Stau auf dem Highways, noch etliche Kilometer von Honolulu entfernt. Die Sonne stand schon tief und die Autodächer vor mir glänzten und funkelten um die Wette. Ich konnte die Autoschlange über mehrere Kilometer verfolgen, wie sie sich über die Hügel schlängelte und sich dann zwischen den Hochhäusern von Honolulu verlor.

Scheiße, ich war verliebt, und ich würde definitiv zu spät kommen. Ausserdem fühlte ich mich unwohl mit meinen seltsamen Gedanken, hier im Auto eingesperrt. Anscheinend war ich Korea nicht egal, Jennifer hatte mir gestern erzählt, dass er an mir interessiert sei. Aber wollte ich das? Ich gestand mir ein, dass ich riesengroße Angst hatte. War ich bereit, mich wieder auf jemanden einzulassen? War das hier der richtige Ort? Ich war tausende von Kilometern von zu Hause entfernt. Zu Hause?

Ich legte den Kopf auf das Lenkrad und schloss die Augen. Was sollte ich nur machen?

Lautes Hupen riss mich aus meinen Gedanken und ich hob meinen Blick wieder auf die Straße. Ich musste lachen, denn vor mir gab es einige Meter freie Fahrt. Ich setzte den Blinker, drängte mich über drei Spuren und folgte dem Schild, das die nächste Ausfahrt markierte.

Komischerweise war die Straße viel weniger frequentiert. Ich bog, immer an der Küste entlang, auf eine vierspurige

Straße ein. Hier standen die Autos nicht, aber es herrschte trotz allem ein starker Verkehr, der meine ganze Aufmerksamkeit forderte.

Ich erreichte Honolulu und fuhr an vielen Hafenanlagen vorbei. Ich sah eine vorgelagerte Insel und fragte mich kurz, ob das die Quarantäneinsel gewesen war, auf der Hitomi angekommen und ihre erste Zeit auf Hawaii verbracht hatte.

Über eine Brücke erreichte ich Waikiki. Parke auf der Kuhio, gleich am Anfang, hatte Korea mir geraten. Die Sonne stand nun so tief, dass es hier, zwischen den Hochhäusern, fast dunkel war. Ich passierte das Restaurant, das Dorothy mir genannt hatte, aber ich fand keine Möglichkeit, mein blaues Ungetüm zu parken. Mehrmals umkreiste ich den Block, erinnerte mich dann an das Hochhaus, in dem Dorothy wohnte. Nachdem ich drei Mal daran vorbeigefahren war, lenkte ich den Wagen, so wie ich es von Korea gelernt hatte, direkt vor den Eingang unter das Parkverbotschild. Ich hüpfte aus der Kabine, winkte kurz dem Portier zu und hetzte zu unserem Treffpunkt.

Dorothy stand vor der Tür und wartete auf mich. Im Hintergrund sah ich ein Pärchen die Straße entlang gehen. Ich dachte kurz, sie sieht von hinten wie Anja aus, aber dann verwarf ich den Gedanken, denn das konnte schließlich gar nicht sein. Dummes Wunschdenken, beschimpfte ich mich selbst.

Dorothy sah wie immer einfach fantastisch aus. Sie trug ein dunkelblaues Kostüm, das ihre schlanke Figur umschmeichelte, und als sie mich sah, ging ein breites Lächeln über ihr sorgfältig geschminktes Gesicht. Beschämt wurde mir bewusst, wie ich aussah. Ein aufgequollenes Gesicht, ein simples buntes T-Shirt, eine schwarze Hose und Flipflops aus dem Supermarkt. Sie schloss mich in ihre Arme und drückte mich danach wieder von sich, um mich zu mustern.

"Du siehst schrecklich aus, was hast du gemacht? Hattest du gestern nicht einige Leute zu Besuch?"

Sie lachte mich so erfrischend an, dass ich einfach mit

einstimmen musste.

Sie nahm mich am Arm und wir stellten uns ans Ende einer langen Schlange mit zumeist sehr gut gekleideten Asiaten. Das musste ja ein edler Schuppen sein, für den wir hier anstanden.

Wir machten Smalltalk, aber ich spürte, dass Dorothy mich nicht deswegen zu sich bestellt hatte. Vielleicht sollte ich ausziehen aus dem Haus. Ich spürte, dass der Gedanke, das Haus verlassen zu müssen, mir fast den Atem raubte. Seltsamerweise war es in den letzten Wochen mein Zuhause geworden, ich liebte es und ich liebte meine Tätigkeit.

Endlich hatten wir den Eingang des Restaurants erreicht und zu meinem Erstaunen sah es eher nach einem Schnellimbiss, denn nach einem schicken Restaurant aus. Kurz fühlte ich mich an die Mensa erinnert. Man musste sich ein Tablett nehmen und danach von der Karte, die ausschließlich Suppen auswies, ordern. Ich war verwirrt. Wieso standen hier so viele Leute an? Ein dicker Japaner mit Kochmütze und Schürze kam auf Dorothy zu. Er verbeugte sich und nahm sie danach in den Arm.

"Wie lange haben wir uns nicht mehr gesehen? Ich bin so froh, dich endlich mal wieder zu sehen."

"Hallo, Haru." Dorothy nahm ihn auch in den Arm und lächelte ihn dann warm an. "Ich freue mich auch, endlich mal wieder bei dir zu sein. Darf ich dir eine Freundin von mir vorstellen, das ist Luisa, sie kommt aus Deutschland."

Haru guckte mich kurz irritiert an, dann breitete sich ein Lächeln auf seinem Gesicht aus.

"Dorothys Freundinnen sind auch meine Freundinnen. Aloha, Luisa, kommt mit, ich habe noch einen speziellen Tisch."

Wir folgten ihm durch eine Schwingtür aus Metall und standen in einer Großküche. Er führte uns in eine ruhige Ecke, in der ein runder Holztisch stand und schaute uns fragend an.

"Ist das in Ordnung? Hier habt ihr den besten Service."

"Danke, Haru, das ist genau richtig."

Wir setzten uns und und ich sah mich erstaunt um. An einer langen Edelstahltheke schnippelten junge Asiaten Gemüse im Akkord. Auf der gegenüberliegenden Seite des Raums befand sich ein großer Herd auf dem mehrere, überdimensionierte Töpfe vor sich hin köchelten.

"Also, was ist los mit dir?"

Dorothy schaute mich aufmunternd an.

Ich winkte ab und überlegte, was ich ihr sagen sollte.

"Wie du ja weißt, hatte ich gestern Besuch. Ich habe anscheinend zu viel getrunken und deswegen geht es mir heute nicht so gut."

Dorothy schien mit dieser Erklärung nicht ganz zufrieden zu sein, aber sie hakte nicht weiter nach. Stattdessen lenkte sie unsere Unterhaltung auf das Cottage und ich berichtete ihr stolz von den Fortschritten, die ich mit Jeffs Hilfe gemacht hatte.

"Beni wollte ja auch helfen", sagte Dorothy, verschmitzt lächelnd, und lenkte damit das Gespräch wieder auf den gestrigen Tag.

"Er ist noch da. Er wollte sich um die Elektrik kümmern."

"Aha."

In diesem Augenblick trat Haru wieder an unseren Tisch. In den Händen hatte er ein Tablett mit zwei dampfenden Schalen und mehreren kleineren Tellern mit in Teig gebackenen Leckereien.

Er lud alles auf unserem Tisch ab, stellte dann noch eine Flasche Wasser und zwei Gläser dazu, wünschte einen guten Appetit und verschwand durch die Schwingtür wieder im Restaurant.

Wir aßen beide hungrig die Köstlichkeiten, während Dorothy mir etwas über die Geschichte der japanischen Nudelsuppe erzählte. Erst nachdem wir beide unsere Stäbchen beiseitegelegt hatten und uns zufrieden in unseren Stühlen zurücklehnten, kam Dorothy wieder auf das Thema Beni Korea.

"Ist er über Nacht geblieben?"

Sie musste seinen Namen nicht erwähnen, mir war sofort klar, von wem sie sprach. Ihr Gesicht drückte eine gewisse Besorgtheit aus und ich fragte mich, um wen sie sich wohl sorgte.

"Im Garten."

Als ich ihr fragendes Gesicht sah, präzisierte ich meine Aussage: "In einem Zelt."

"Und, ist da jetzt etwas zwischen euch?", fragte sie schnell.

"Ich weiß es nicht", gestand ich ihr, "ich glaube, ich habe einfach fürchterliche Angst. Aber da ist etwas, das siehst du schon richtig."

Plötzlich schoss mir ein Gedanke durch den Kopf.

"Du hast es von Anfang an gewusst, oder?"

"Nicht gewusst, aber ich habe geahnt, wie wichtig du ihm bist. Er bringt schließlich nicht jeden Tag jemanden zu mir. Genauer gesagt, hat er das noch nie getan."

"Warum wolltest du eigentlich heute mit mir sprechen?", versuchte ich das Thema zu wechseln.

Dorothy lächelte und erhob sich. Sie holte ihr Portemonnaie aus ihrer Handtasche und legte einige Dollarnoten auf den Tisch.

"Komm, lass uns ein bisschen spazieren gehen."

43

Anja und John steuerten vollbehängt mit Tüten auf das Island Colony zu. John hatte in dem Supermarkt so viel eingekauft, dass Anja schon befürchtet hatte, sie würden es nicht schaffen, alles nach Hause zu transportieren, aber die Angestellten, die ihnen beim Einpacken geholfen hatten, hatten ein Wunder vollbracht.

Plötzlich blieb Anja stehen und erstarrte. Die Tüten in ihren Händen entglitten ihr und polterten auf den Boden. Einige Orangen machten sich selbstständig und rollten über den Gehweg.

"Was ist los? Du siehst aus, als hättest du ein Gespenst gesehen."

Er bückte sich ächzend und sammelte das Obst wieder ein.

Anja starrte immer noch mit offenen Mund auf den blauen Pick Up, der direkt vor dem Eingang des Hotels parkte.

Stirnrunzelnd schaute John zwischen dem Auto und Anja hin und her.

"Er parkt zwar im Halteverbot, aber das tun doch hier alle. Da musst du doch nicht so entsetzt reagieren."

Anja rieb sich die Augen, aber er stand immer noch da. Nicht das Auto hatte diese Reaktion bei ihr hervorgerufen, sondern der blasse, schlaksige Mann, der an dem Pick Up lehnte.

Stefan.

Er trug eine Jeans, ein weißes T-Shirt und zu seinen Füßen lag eine kleine Reisetasche. Er blickte ihr mit seinen unverschämt schönen grauen Augen entgegen, mit einem Gesichtsausdruck, den sie nicht zu deuten wusste. Anja ließ

John einfach stehen und rannte zu ihm. Einen Meter vor ihm stoppte sie abrupt und funkelte ihn wütend an: "Wieso hast du dich die ganze Zeit nicht gemeldet?"

Ihre unzähligen Bitten um Rückruf auf seiner Mailbox fielen ihr ein und dann kam ihr plötzlich ein scheußlicher Gedanke. War er nur vorbeigekommen, um ihr zu sagen, dass es aus war, dass er eine andere Frau hatte?

"Wieso bist du hier? Woher weißt du überhaupt, dass ich hier bin?"

John trat zu ihnen und musterte sie neugierig.

"Alles in Ordnung bei dir? Könntest du bitte nachher die Tüten mit nach oben bringen? Ich schaffe es nicht alleine."

Er deutete auf die beiden Tüten, die immer noch auf dem Gehweg standen, wo Anja sie fallen lassen hatte. Er zwinkerte ihr zu und verschwand im Foyer.

Sichtlich erstaunt schaute Stefan ihm nach und fragte: "Ist das dein neuer Freund?"

"Nein, ein Nachbar, ich ..."

Und dann war auf einen Schlag die Übelkeit wieder da. Anja presste die Hand vor den Mund und wendete sich ab. Eine kleine Stimme in ihr drängte sie, nicht einfach davonzulaufen, aber die Angst vor dem, was ihr Stefan zu sagen hatte, war zu groß. Sie rannte, so schnell sie konnte, durch das Foyer zu den Fahrstühlen. Eine offene Kabine stand dankenswerterweise bereit und Anja drückte immer wieder hektisch auf den Knopf für ihre Etage, bis sich der Fahrstuhl endlich schloss.

In ihrem Appartement wurde sie von einer stickigen Hitze empfangen. Sie hatte vergessen, die Klimaanlage einzuschalten, als sie heute Morgen das Zimmer verlassen hatte. Die Sonne hatte den Raum in einen kleinen Backofen verwandelt.

Nachdem Anja all die Köstlichkeiten von Murakame wieder hergegeben hatte, öffnete sie die Balkontür und trat in die lauwarme Nachtluft. Mist, Mist, Mist. Warum hatte sie Stefan einfach stehen gelassen? Er hatte extra für sie diese weite Reise gemacht. Sie war ein Idiot.

Entschlossen verließ sie das Appartement und bestieg den Fahrstuhl, der nach einer gefühlten Ewigkeit endlich in ihrem Stockwerk gehalten hatte. Kurz hatte sie erwogen, die Treppe zu nehmen, bis ihr wieder eingefallen war, dass sie sich ja im neununddreißigsten Stock befand.

Im Fahrstuhl standen drei junge Asiatinnen, die sie kurz neugierig musterten, um sich dann wieder ihren Smartphones zuzuwenden. Anja kam kurz das Telefon in den Sinn, das sie bei Mister Li erstanden hatte und das in ihrer Handtasche darauf wartete, aktiviert zu werden.

Als sich die Türen im Erdgeschoss öffneten, drängelte sie sich an den aufgetakelten Frauen vorbei und sprintete so schnell durch das Foyer, dass der Portier es kaum schaffte, ihr die Tür aufzureißen.

Der blaue Pick Up stand noch immer im Halteverbot, aber Stefan war verschwunden. Im Augenwinkel registrierte sie, dass auch die Lebensmitteltüten von John nicht mehr da waren. Er musste sie sich wohl selber geholt haben.

Natürlich war Stefan verschwunden. Warum hätte er auch auf sie warten sollen, sie hatte ihm ja nicht gerade signalisiert, dass sie wiederkommen würde.

An der Rezeption schüttelte die junge Frau, die leider nicht Suze war, bedauernd ihren Kopf. Nein, ein Stefan Gruber hatte nicht eingecheckt, außerdem waren sie ausgebucht.

Eine Stunde später setzte sich Anja auf die kleine Mauer, die den Strand von der Promenade trennte. Die Mauer machte hier einen kleinen Bogen und Anja sah die Statue von dem Wellenreiter, der sie aus dem Halbkreis anzublicken schien. Von Ferne wehten die Südseeklänge der Tanzgruppe zu ihr, an der sie vorhin kopflos vorbeigerannt war. Schlussendlich hatte die große Gruppe von Zuschauern ihr gezeigt, wie absurd ihre Sucherei nach Stefan war. Sie öffnete ihre Handtasche und kramte das neu erworbene Telefon heraus. Das hätte sie schon viel früher machen sollen. Sie würde ihn einfach anrufen und ihn bitten, sich mit ihr zu treffen. Sie hatte mal wieder alles versiebt, sie war einfach eine komplette Versagerin auf dem

Gebiet der zwischenmenschlichen Beziehungen. Immer wieder hatte Stefan ihr vorgeworfen, dass sie ihn nicht an sich heran lassen wollte und jetzt hatte sie genau das schon wieder getan, sie war einfach geflüchtet. Aus Angst vor was eigentlich? Im Grunde genommen konnte sie sich nicht ernsthaft vorstellen, dass er eine andere Frau hatte.

"Ich bin so blöd", murmelte sie, während sie versuchte die Chipkarte in das Telefon zu stecken.

Endlich hatte sie es geschafft und nach einer Weile erschienen auf dem Display Symbole, die ihr anscheinend mitteilen wollten, dass sie jetzt Netz hatte. Sie wählte die Handynummer von Stefan und lauschte. Eine weibliche Stimme hieß sie willkommen und verlangte die Eingabe eines Pin Codes. Sie klemmte sich das Telefon zwischen Schulter und Ohr und kramte in ihrer Tasche nach der Verpackung, die sie achtlos zusammen geknüllt hatte. Auf einmal flutschte das Handy an ihrem Ohr vorbei und landete in hohem Bogen vor den Füßen des Duke. Sie sprang, laut fluchend, auf und trat vor die Statue.

"Du musst gar nicht so blöd gucken, ja, ich bin so. Ich bin ungeschickt", herrschte sie den Duke an und setzte sich mit dem Handy wieder auf die Mauer.

Ein älteres Paar, dass sich in einiger Entfernung ebenfalls auf der Mauer niedergelassen hatte, schaute verwundert zu ihr und stand dann eilig auf und verschwand. Na toll, gab sie schon wieder die Verrückte?

Das Telefon hatte den Sturz überlebt und nach wie vor quäkte die Frauenstimme aus dem Hörer. Sie gab die geforderte Zahl ein und endlich verstummte die Stimme. Sie wählte erneut die Nummer von Stefan und hielt voller Spannung den Atem an.

Mailbox.

44

Ich folgte Dorothy durch das volle Restaurant, wo wir uns ausgiebig bei Haru bedankten. Inzwischen war es dunkel und angenehm kühl geworden, als wir die belebte Hauptstraße betraten. Beim Überqueren der Straße nahm Dorothy meine Hand und zog mich dann durch einen nichtssagenden Torbogen in ein Gewirr von kleinen Ständen und fliegenden Händlern. Es wurden Muschelketten, Ketten, bunte Bänder und all der Firlefanz angeboten, den man nicht brauchte, den aber doch jeder haben wollte. In der Mitte des Markts stand ein riesiger Baum. Ich erinnerte mich, dass ich hier schon einmal gewesen war. Es war. Als ob das schon Ewigkeiten her war.

"Das ist ein Banyam-Baum, er ist das Herz des Markts. Stell dir vor, das wird es alles schon bald nicht mehr geben. Die Händler müssen alle am Ende des Jahres raus, hier wird ein weiteres langweiliges Einkaufszentrum erbaut."

"Oh nein, warum nur? Es ist doch gut besucht, die Geschäfte scheinen zu laufen", sagte ich und deutete auf die vielen Menschen, die sich durch die engen Gänge zwischen den Ständen hindurch zwängten.

Wir gingen schweigend weiter und ich dachte über diesen seltsamen Umstand nach, den ich einfach nicht nachvollziehen konnte. Wir traten auf der anderen Seite des Markts wieder durch einen Torbogen und standen an der Strandpromenade. Wir wechselten erneut die Straßenseite und liefen auf dem breiten Weg, nur von einer kleinen Mauer getrennt, am Strand entlang. Wir näherten uns einer großen Menschenansammlung. Die weichen, melodischen Klänge einer Band wehten zu uns. Dorothy blieb stehen, setzte sich auf die kleine Mauer und deutete mir an, mich neben sie zu setzen. Die Mauer machte hier einen kleinen Bogen und inmitten des kleinen Rondells stand eine Statue, ein Mann mit ausgebreiteten Armen, an denen unzählige Leis hingen. Beim Hinsetzen erblickte ich eine Gestalt am Strand, die schon wieder Anja sehr ähnlich sah. Was war heute nur los mit mir, dass ich andauernd an Anja denken musste? Vielleicht wünschte ich sie mir ja herbei?

"Hast du dir schon überlegt, wie es weitergehen soll?"

"Äh, was meinst du?" Ich war irritiert. Sprach sie über Korea? Oder über das Haus?

"Ich möchte wissen, ob du dir schon Gedanken gemacht hast, was du eigentlich möchtest."

Das war eine gute Frage, und eine Frage, die ich in den letzten Wochen erfolgreich verdrängt hatte.

"Ich weiß es nicht." Ich atmete tief durch und entschloss mich Dorothy die Wahrheit zu sagen. "Jedes Mal, wenn ich darüber nachdenke, habe ich das Gefühl, ich bekomme einen Knoten in meinem Bauch. Ich habe Angst, denn ich weiß einfach nicht mehr, was ich eigentlich will."

Wir schwiegen beide, bis mir mit Entsetzen ein Gedanke kam.

"Brauchst du dein Haus wieder? Soll ich ausziehen?"

Ich hielt den Atem an und versuchte mir ihre Antwort auszumalen.

"Nein, natürlich nicht", beruhigte sie mich. "Ich brauche Hilfe und wollte dich fragen, ob du für mich arbeiten möchtest."

"Aber das tue ich doch schon."

"Nein, das war doch mehr eine Beschäftigungstherapie. Ich brauche Hilfe in meiner Agentur."

Was sollte ich davon halten? Dorothy hatte sich eine Beschäftigungstherapie für mich ausgedacht. Und wie sollte gerade ich ihr in ihrer Agentur helfen? Ich wollte das alles einwenden, aber sie ließ mich nicht zu Wort kommen.

"Du kennst dich doch mit Facebook aus, sicher weißt du auch, wie man mit einem Computer umgeht. Ich brauche Hilfe. Ich möchte eine eigene Seite bei Facebook für meine Agentur erstellen, aber ich blicke da einfach nicht durch. Außerdem muss jemand meine Seite für den deutschen Markt anpassen. Ich habe Billy, der das für mich macht, aber die Seite ist ganz altmodisch und ich sage mir schon seit langem, dass ich moderner werden muss."

Da ich völlig überrumpelt schwieg, stupste sie mich an.

"Und, was sagst du?"

Nur weil ich ihr etwas über Facebook erzählt hatte, hielt sie mich für die Expertin. Was sollte ich ihr antworten? Ich hatte überhaupt keinen Plan von all diesen Dingen, meine Computerkenntnisse gingen ehrlich gesagt, gegen Null und beschränkten sich lediglich auf das Spielen einfältiger Spiele und das Löschen von Werbemails aus meinem Postfach.

Auf der anderen Seite eröffnete mir Dorothy gerade einen neuen Weg. Vielleicht sollte ich es einfach versuchen. Also gut, noch mal die Wahrheit. Ich erzählte ihr von meinen Ängsten, von den unzähligen Stunden, in denen ich zu Hause vor dem Computer die Uhr angestarrt hatte und einfach nur gewartet hatte, dass die Zeit verging. Von meiner Unfähigkeit, Sachen zu Ende zu bringen, die ich angefangen hatte. Schließlich war das Häuschen auch noch nicht fertig. Und ich beschrieb meine totale Unkenntnis, was den Computer anging.

Ich musste an die letzten Wochen denken. Wie oft hatte ich mechanisch die Arbeit an dem Häuschen verrichtet, während in meinem Kopf die Gedanken um meine Zukunft rotiert waren. Dorothy hatte mir soeben einen Ausweg angeboten.

"Also gut, habe ich das jetzt richtig verstanden? Du hast keine Ahnung, aber du willst es trotzdem versuchen", fasste sie meine langatmigen Ausführungen zusammen.

Ich nickte und wartete gespannt auf ihre Reaktion. Warum eigentlich nicht? Ich hatte nichts zu verlieren.

Erst als Dorothy meine Hand berührte, wurde mir

bewusst, dass ich an meinen Nägeln kaute. Ertappt legte ich meine Hände in den Schoß und sah sie erwartungsvoll an. Der Wind frischte auf und die Hula-Musik wurde etwas lauter. Es strömten immer noch Menschen zu der kleinen Bühne am Strand. Die Stimmung um uns herum war so friedlich und entspannt, so dass auch ich mich etwas beruhigte.

"Lass es uns versuchen. Was haben wir schon zu verlieren?"

Anscheinend konnte Dorothy Gedanken lesen. Ich strahlte sie an und fiel ihr spontan um den Hals. Sie verlor das Gleichgewicht und es fehlte nicht viel und wir wären von der Mauer in den Sand geplumpst.

"Ist ja gut, freu dich nicht zu früh, das wird eine Menge Arbeit für dich werden", sagte sie und schob mich ein bisschen von sich. "Wollen wir zu mir gehen und über alles in Ruhe sprechen? Du kannst auch hier übernachten, es ist ja schon reichlich spät."

Einen kurzen Augenblick dachte ich an das rote Zelt im Garten und an Beni, der sicher auf mich wartete, aber die Aussicht auf eine spannende Arbeit, eine Zukunftsperspektive, wischte diese Gedanken beiseite.

Dorothy erhob sich und war schon ein paar Schritte gegangen, als mir plötzlich ein nicht so schöner Gedanke durch den Kopf schoss.

"Ist das auch wieder eine Beschäftigungstherapie?"

Dorothy blieb stehen und drehte sich um.

"Was stellst du nur für seltsame Fragen. Komm jetzt."

Im Penthouse angekommen, setzten wir uns auf die Terrasse und Dorothy holte uns Wasser aus der Küche. Ich hatte versucht, Korea zu erreichen, um ihm zu sagen, dass ich heute in Honolulu bleiben würde, aber er war nicht an sein Handy gegangen.

Die nächsten Stunden stellten Dorothy und ich Listen aller Dinge, die wir in den nächsten Tagen in Angriff nehmen mussten, zusammen und ordneten sie nach Wichtigkeit und Zuständigkeit. Dann diskutierten wir über ein neues Aussehen ihrer Homepage, ein Facebook-Profil und Dorothy erläuterte mir etwas ausführlicher, wie ihr Hochzeitsservice eigentlich ablief.

Irgendwann konnte ich mein Gähnen nicht mehr unterdrücken. Ich spürte die letzte Nacht in den Knochen und mir fielen andauernd die Augen zu. Wir betraten das Wohnzimmer und ich blieb kurz vor dem Bild, auf dem ich Hitomi vermutete, stehen.

"Deine Uroma war eine tolle Frau."

"Das ist meine Großmutter", sagte sie und zeigte auf das Bild.

"Dann ist das Kiku?", fragte ich etwas irritiert.

"Nein, das ist Hitomi. Sie ist meine Oma. Kiku ist meine Mutter."

"Aber, dann bist du ...", ich versuchte im Kopf zu rechnen. Das konnte doch nicht sein. Wahrscheinlich war ich einfach zu müde.

"Ich bin 76 Jahre alt."

Mein Mund klappte auf und sprachlos starrte ich sie an. Ich hatte mir bisher keine Gedanken gemacht, wie alt Dorothy war, aber ich hätte sie nie so alt geschätzt. Sie kam mir so jung vor, wie sie vor mir stand und mich mit ihren wachen Augen angrinste.

"Mach den Mund wieder zu, komm, lass uns ins Bett gehen."

Als ich mir das weiße Nachthemd überstreifte, beschloss ich, dass ich viel mehr über Dorothy in Erfahrung bringen musste. Ich kuschelte mich in das bekannte Bett und schämte mich, dass ich mir bisher so wenig Gedanken über diese wunderbare Frau gemacht hatte.

45

Als sie die Augen aufschlug, war ihr erster Gedanke: Stefan, wie sollte sie ihn nur wiederfinden?

Anja hatte gestern Abend, nach einem langen Strandspaziergang, die halbe Nacht in der Lobby des Hotels verbracht. Suze, die Freundin von Claire hatte Dienst gehabt. Sie hatte Anja ein Telefon des Island Colonys zur Verfügung gestellt und Anja hatte alle Hotels, deren Nummern Suze ihr herausgesucht hatte, angerufen. Anscheinend bestand Waikiki nur aus Hotels. Gefühlte hundert Anrufe später, hatte sie mitten in der Nacht aufgegeben und war in ihr Zimmer geschlichen.

Beim Aufwachen hatte sie beschlossen, dass sie einfach abwarten würde, bis Stefan sich wieder meldete. Den Gedanken, dass er einfach wieder abgereist war, schob sie ganz schnell beiseite.

Sie zog das neuerworbene Telefon aus der Ladestation, atmete tief durch, wählte die Nummer, die Claire ihr gegeben hatte, und wartete gespannt. Telefonate in Englisch waren eigentlich nicht ihr Ding, aber Anja merkte erstaunt, dass es ihr jetzt gar nichts ausmachte.

"Ja? Luisa?"

"Äh, nein. Hier ist Anja."

Warum erwartete der Polizist einen Anruf von Luisa?

"Aha, wer ist Anja?"

"Wir haben schon mal miteinander telefoniert, ich bin eine Freundin von Luisa."

"Sie ist im Moment nicht da."

Was ging hier vor? Anja war irritiert. Dieser Mann war

wirklich seltsam.

"Ich bin auf der Suche nach ihr."

"Ja, aber im Moment ist sie nicht da", sagte der Detektive etwas ungeduldig.

"Nein, Sie verstehen mich falsch. Ich bin in Honolulu und ich suche Luisa."

"Oh."

"Wissen Sie, wo sie ist?"

"Ja, äh, eigentlich ... Sie sind wirklich auf Oahu?"

"Ja." Anja wurde langsam etwas ungeduldig. Der Polizist schien ein bisschen durch den Wind zu sein.

"Hören Sie, können wir uns vielleicht treffen? Oder können Sie mir sagen, wo ich Luisa finde?"

"Äh, nein, ja", der Polizist räusperte sich, "eigentlich wohnt sie hier, aber jetzt ist sie gerade in Waikiki."

Luisa war hier, hier in Waikiki? Anja konnte es nicht fassen. Allerdings klang der Polizist so kryptisch, dass sie sich fragte, was denn da vor sich ging.

"Können wir uns treffen?", fragten sie beide im Chor.

Anja fing an zu lachen und Korea stimmte ein.

Sie verabredeten sich in einem Café an der Strandpromenade und Anja legte auf. Was war da los, grübelte sie. Der Mann klang so komisch, aber sie hatte das Gefühl, dass da eine längere Geschichte dahinter steckte. Zumindest war er nicht mehr so unfreundlich, so erwartungsfroh, wie er ans Telefon gegangen war, das hörte sich nach einer spannenden Geschichte an. Und wo war Luisa? Vielleicht hatten sich sogar ihre Wege gekreuzt, ohne dass sie es bemerkt hatten.

Da ihr Zimmer in Richtung Osten ging, stach die noch tief stehende Sonne ihr in die Augen. Sie blinzelte und musste niesen. Nach dem Niesanfall erhob sie sich und trat gähnend auf die Terrasse. Kleine Wolken hingen wie Wattebäuschen über den grünen, steil abfallenden Berghängen und dem Diamond Head. Unter ihr brummte der Großstadtverkehr und zu ihrer Rechten funkelte der Pazifik im Morgenlicht. Was für ein Ausblick.

Von Johns Seite hörte sie Stimmengemurmel. Sprach er mit sich selbst? Eine kleine Rauchwolke zog wie ein Lebenszeichen um die Betonwand.

"John, bist du schon wach?"

"Hallo, Anja", sein lächelndes Gesicht tauchte hinter der Wand auf, "möchtest du wieder mit mir frühstücken?"

"Ich hatte gehofft, dass du das fragst. Ich bin in einer Minute bei dir."

Er öffnete ihr die Tür und musterte sie mit einem Gesichtsausdruck, den sie nicht zu deuten wusste.

"Geh schon mal durch, ich muss noch kurz ein paar Eier holen."

Erstaunt sah sie ihm nach. Es gab im vierzehnten Stock einen Minisupermakt, aber sie war gestern dabei gewesen, als er unter anderem auch einen grossen Eierkarton gekauft hatte. Waren alle Eier kaputt gegangen, als sie die Tüten fallen lassen hatte?

Zögernd betrat sie Johns Appartement und blieb dann abrupt stehen.

Stefan. Er stand einfach neben dem alten Holztisch, mitten im Raum und schaute sie an.

"Was machst du hier?"

"Ich habe die halbe Nacht auf dich gewartet und dann hat John mir sein Sofa angeboten."

Anja fielen ihre Telefonate in der Lobby ein. Hatte Stefan die ganze Zeit vor ihrer Tür gewartet, während sie ihm vergeblich hinterhertelefoniert hatte?

"Warum bist du nicht an dein Telefon gegangen?"

"Ich habe vergessen, den Flugmodus auszuschalten, und als du mich einfach stehen gelassen hast, da habe ich nicht mehr daran gedacht."

"Wieso bist du überhaupt hier und wo warst du die ganze Zeit?"

Stefan tat auf sie zu und nahm sie vorsichtig in den Arm. Anja schmiegte sich an ihn und legte ihre Arme um seine breiten Schultern. Sie würde ihn einfach nie wieder loslassen.

Sie drückte ihren Kopf an seine Brust und spürte durch das weiße T-Shirt seinen Herzschlag. Sie sog seinen Geruch nach Seife und nackter Männerhaut in sich ein. Plötzlich kam ihr ein Gedanke und sie hob ihren Kopf.

"Mel?"

"Ja, wer sonst."

"Weißt du auch, dass ich ..."

"Ja, dass wir Eltern werden, das hat sie mir auch erzählt. Du darfst ihr nicht böse sein, sie wollte unbedingt, dass ich zu dir fliege."

"Und wie findest du das?", murmelte Anja leise, schaute auf den Boden und schloss die Augen.

Und dann schwebte sie. Stefan hatte sie hoch genommen und wirbelte sie herum. Nach mehreren Drehungen setzte er sie sanft wieder ab und strahlte sie an.

"Ich finde es großartig, es ist das Schönste, was uns passieren konnte. Ich habe mir schon immer Kinder mit dir gewünscht, nur hast du immer signalisiert, dass du noch Zeit brauchst."

Anja traten Tränen in die Augen und sie schluckte aus Angst, völlig ihre Fassung zu verlieren. Langsam sickerte die Bedeutung von Stefans Worten in ihr Gehirn. Er wollte das Kind, er war froh, Vater zu werden, er wollte ein Kind mit ihr.

Er ergriff ihr Kinn, drehte es zu sich und zwang sie so ihn anzusehen.

"Ich wollte damit eigentlich warten, bis wir ..., aber wahrscheinlich ist der Ort auch einfach egal und ehe du wieder wegrennst ...", sagte er und kniete sich vor sie auf den Boden.

"Ich liebe dich, Anja, willst du mich heiraten?"

Sprachlos schaute sie ihn an und bemerkte, völlig unpassenderweise, dass er auf seinem Kopf eine klitzekleine Stelle ohne Haare hatte. War die schon immer dort gewesen? Wenn sie darüber nachdachte, so hatte sie sie bisher noch nie bemerkt.

"Hallo, da oben, hast du gehört, was ich dich gefragt habe?"

Anja sackte neben ihn auf ihre Knie und vergrub ihr Gesicht an seiner Schulter.

"Du bist mir nicht böse? Du willst mich heiraten?", flüsterte sie.

"Und du, was willst du?"

Sie löste sich von ihm und langsam erschien ein hoffnungsvolles Lächeln auf ihrem Gesicht.

"Ja, ich will."

"Das ist ja wie in einem Hollywood-Film", kam es von der Eingangstür.

"Soll ich noch mehr Eier kaufen, oder seid ihr fertig?"

Als sie zusammen mit John am gedeckten Tisch saßen, erzählte Stefan dann, warum er sich nicht bei Anja gemeldet hatte.

"Ich bin für ein paar Tage mit Joe nach Dänemark gefahren, du hast ihn ja kennengelernt."

"Und warum bist du nicht an den Handy gegangen?"

"Ich war so sauer und außerdem wusste ich ja auch nicht, dass du schwanger bist. Als ich dann wieder in Berlin war und du nicht da warst, da habe ich mir dann erst angefangen Sorgen zu machen."

Er schaute sie zerknirscht an.

"Und ich hatte gedacht, dass du eine andere Frau hast."

Stefan und John blickten sich kopfschüttelnd an.

"Frauen."

46

In der Nacht hatte ich wieder den Traum. Ich raste durch schneebedeckte Bäume, Äste schlugen auf die Frontscheibe meines Autos, meine Eltern schrieen. Ich erwachte schweißüberströmt und setzte mich keuchend auf. Dorothy saß auf der Kante des Betts und schaute mich aus ihren mandelförmigen Augen traurig an. Ich begann zu weinen und drückte mein Gesicht an ihre Brust. Als ich mich etwas beruhigt hatte, steckte sie mich wieder ins Bett, deckte mich mit dem Laken zu und blieb bei mir sitzen, bis ich wieder eingeschlafen war.

Beim Frühstück versuchte ich Dorothy weiter über ihr Leben auszuhorchen, aber sie lenkte das Gespräch immer wieder zurück auf ihr Geschäft.

"Warst du mal verheiratet?", versuchte ich es erneut, während ich uns Kaffee nachschenkte.

Wir saßen an dem großen Holztisch und aßen ein leckeres Omelett, das Dorothy uns zubereitet hatte. Ein warmer Wind wehte von der offen stehende Terrassentür durch den Raum und brachte die Unterlagen, die auf dem Tisch lagen, durcheinander. Wir griffen beide danach und ich sammelte die Blätter, die auf den Boden gesegelt waren, auf. Dorothy hatte mir einen großen Stapel Unterlagen über ihre Agentur zusammengestellt, die ich mitnehmen wollte, um sie in Ruhe zu studieren.

"Nein, meine große Liebe ist leider gestorben, wir waren verlobt."

Dorothy lächelte ins Leere und schüttelte dann den Kopf.

"Es ist schon sehr lange her. Und bevor du weiter fragst: Ja, es gab auch andere, aber er war einfach einzigartig. So, und mehr möchte ich darüber nicht sagen."

Sie ordnete die Blätter und schob mir den Stapel zu, ohne mich anzuschauen. Mir war klar, dass ich jetzt nicht mehr erfahren würde. Ich musste es einfach zu einem anderen Zeitpunkt noch mal versuchen.

"Ich werde ein paar Tage brauchen, um das alles durchzuarbeiten", sagte ich und deutete auf die Unterlagen. Außerdem musste ich mich schlau machen, wie ich am besten schnellstens zu einem Internetcrack mutierte. Mir schwante, dass das nicht so einfach werden würde.

Auf der Rückfahrt schwirrten mir die unterschiedlichsten Gedanken durch den Kopf. War ich verrückt geworden? "Du musst Mut haben", hatte Dorothy mir zum Abschied mit auf den Weg gegeben, "Mut für dein Leben und Mut für die Liebe."

Ich hatte versucht Korea zu erreichen, aber er war nicht an sein Telefon gegangen. Ich freute mich schon, ihm von den Neuigkeiten zu berichten. Wie würde das alles weitergehen? Würde Korea sich freuen, wenn ich länger als geplant hier auf Hawaii bleiben würde? Wobei ich mir nicht sicher war, was ich überhaupt geplant hatte. Und würde ich überhaupt die große Anforderung erfüllen können, die Dorothy an mich gestellt hatte, die ich auch selbst an mich gestellt hatte?

Am Ende des Highways nahm ich den kürzeren Weg über den Hügel, nach Mokuleia. Ich hielt an der Stelle, an der Dorothy vor einer gefühlten Ewigkeit angehalten hatte, als wir das erste Mal in das Haus gefahren waren. Ich stieg aus und blickte auf das Meer. Heute spielte das Wetter zwar nicht so mit wie beim letzten Mal, aber das war mir egal. Ich riss meine Arme in die Luft und brüllte laut auf. Dann tanzte ich jubelnd um mein Auto. Ein Pick Up, der aus der Gegenrichtung kam, bremste ab und ein älterer Hawaiianer lehnte sich aus dem Fenster.

"Ist alles in Ordnung?"

"Ja." Ich nickte und mit einem Mal wusste ich, dass es das

wirklich auch war.

"Danke, es ist alles in Ordnung. Ich freue mich nur über den schönen Tag."

Stirnrunzelnd sah er in den grauen Himmel und nickte mir dann skeptisch zu, bevor er weiterfuhr. Ich sah ihm grinsend hinterher. Wahrscheinlich dachte er, dass ich eine weitere durchgedrehte Touristin wäre. Aber das war ich nicht mehr. Ich würde hier wohnen, ein Leben führen. Ich flüchtete vor dem einsetzenden Regen in meinen Pick Up und betrachtete weiter fasziniert das Farbenspiel, das der Pazifik mir bot. Über dem Land hingen schwarze Wolken, aber über dem Meer blitzte schon wieder der blaue Himmel. Der weiße Wellensaum trennte den schattigen Teil von dem glitzernden Ozean. An ein paar Stellen schaffte die Sonne es, durch die Wolken zu brechen, und so sah es aus, als ob Außerirdische das Land mit großen Taschenlampen untersuchten. "Kommt her, hier ist es schön", rief ich ihnen zu und startete den Wagen.

Ich überlegte, ob ich noch kurz nach Haleiwa fahren sollte. Ich musste unbedingt einkaufen, ich hatte, soweit ich mich erinnerte, nichts mehr im Haus.

Im Supermarkt grüßte mich die Kassiererin wie eine alte Bekannte und ich bekam das dicke Grinsen fast nicht mehr aus meinem Gesicht. Ich war hier zu Hause.

Auf dem Rückweg hielt ich vor einem alten Wohnwagen am Ortsausgang, auf einem staubigen Parkplatz. Jeff hatte mir empfohlen, "dieses unglaublich leckere Essen" unbedingt mal zu probieren, aber ich war etwas skeptisch, angesichts der trostlosen Umgebung. Ich stieg aus und stellte mich unter den Sonnenschutz des bunt bemalten Wagens. Eine junge Asiatin mit einer geblümten Schürze lächelte mich erwartungsvoll an. Ich studierte die übersichtliche Speisekarte und entschied mich für die Shrimps mit Zitronengras.

"Kommt sofort, setz dich, ich bring dir dein Essen gleich vorbei."

Die Shrimp Trucks waren die heimlichen Gourmetrestaurants auf Oahu, hatte Jeff mir verraten. Ich setzte mich auf eine einfache Holzbank, die mich mehr an einen Biergarten, als an einen Gourmettempel erinnerte. Auch mein Ausblick war mit dem Ausdruck "trostlos" noch untertrieben beschrieben. In einiger Entfernung standen zwei blaue Plastiktonnen, aus denen Pappteller und Papier- servietten hervorquollen. Dicke Fliegen umsurrten den Abfall. Daneben stand ein Waschbecken, das wie eine durchgeknallte Kunstinstallation wirkte, wie es da so einsam in der Einöde des Parkplatzes stand.

Das Essen war ein Gedicht. Glückselig leckte ich mir meine fettigen Finger ab und dankte Jeff in Gedanken für diesen wundervollen Tipp. An der Kunstinstallation wusch ich mir die Hände, winkte der Asiatin zum Abschied und beschloss, diesen Imbiss zu einem meiner neuen Lieblingsorte zu machen.

Als ich den Pick Up vor das grüne Tor lenkte, bemerkte ich, dass Koreas Wagen verschwunden war. Stattdessen parkte dort ein Kleinwagen und Lailani stieg aus.

"Da habe ich ja Glück, dass ich dich erwische."

"Aloha, Lailani, was machst du hier?"

Sie holte eine Kiste aus ihrem Kofferraum während ich meine Einkäufe von der Ladefläche des Pick Ups nahm.

"Meine Mutter wollte dir das unbedingt zukommen lassen. Wir haben gestern Poi und Poke gemacht und sie dachte, dass du unbedingt etwas davon bekommen solltest."

Sie wollte mir die Plastikkiste in den Arm drücken, hielt aber inne, als sie sah, dass ich mit meinen Supermarkttüten bepackt war.

"Ich trage dir das schnell mit rein und dann muss ich leider auch schon wieder los. Ich habe heute Spätdienst."

Sie staunte, wie fast alle, über den Pflanzentunnel und war dann sehr von dem großen Haus beeindruckt.

"Schön ist es hier, du bist ein Glückspilz. Warst du heute nacht nicht hier? Ist es dein Facebook-Freund?"

Ich schüttelte lachend den Kopf.

"Ich war zwar heute nacht nicht da, aber ich habe nicht bei einem Mann übernachtet, sondern bei Dorothy. Ihr gehört auch das Haus. Sie hat mich ein paar Mal im Krankenhaus besucht."

"Ja, ja, das weiß ich doch. Und was ist mit deinem Freund?"

Ja, wo war eigentlich Korea? Ich schaute mich suchend um und entdeckte einen kleinen Zettel auf dem Küchentresen. Lailani war meinem Blick gefolgt und schnappte sich den Zettel.

"Musste leider weg, melde mich später, Beni", las sie vor und schaute mich neugierig an.

"Das ist der Polizist, der mir so viel geholfen hat. Er war auch auf dem Fest. Was ist eigentlich mit Keoki?", fragte ich und versuchte von mir und Korea abzulenken.

"Ich muss jetzt los", sagte sie und nahm mich in den Arm. Sie drückte mir zwei schmatzende Küsse auf die Wangen und blickte mir dann in die Augen.

"Wir müssen mal einen Mädelsabend machen, dann erzähle ich dir alles ganz in Ruhe. Nur so viel: Wir sind zusammen."

"Ich freue mich so, ihr seid ein so schönes Paar."

"Ja, aber es ist schwierig. Nächstes Wochenende habe ich frei, hast du da Zeit?"

Wir verabredeten uns für Samstag, hier bei mir. Als sie davongeeilt war, nahm ich den Zettel von Korea in die Hand. Noch knapper ging es ja gar nicht. Ich trat auf die Lanai und als ich das rote Zelt im Garten sah, fiel mir ein Stein vom Herzen. Er würde wiederkommen.

47

Das Café, in dem sie sich mit dem Polizisten verabredet hatte, war eine Starbucks-Filiale. Anja entschied sich, davor zu warten, da sie keine große Lust auf das Frage- und Antwort-Spiel beim Kaffeebestellen hatte. Außerdem traute sie ihrem Magen immer noch nicht so recht. Der Konakaffee von John hatte ihr keinerlei Probleme bereitet, aber sie wollte es nicht riskieren, vor dem Detective einen plötzlichen Übelkeitsanfall zu bekommen.

Sie war verlobt. Stefan war hier auf Oahu. Sie konnte das alles immer noch nicht so richtig fassen.

Ihr Blick schweifte über die Umgebung und sie war erstaunt, wie malerisch dieser Laden lag. Der Diamond Head war zum Greifen nah und zwischen den Palmen der Strandpromenade sah sie das türkisfarbene Meer blitzen. Es herrschte ein reges Kommen und Gehen, viele Leute betraten nur in Strandbekleidung den Starbucks und einige parkten ihre Surfboards, so wie Anja immer ihr Rad vor einem Laden geparkt hatte. Es gab sogar Schlösser in einer Wand, an die man die Boards anschließen konnte.

Ein Asiate betrat die Terrasse und schaute sich suchend um. Er trug eine legere Jeans und ein schlichtes T-Shirt. An seiner Hand hielt er einen kleinen, vielleicht vierjährigen Jungen. Anja wendete ihren ebenfalls suchenden Blick wieder ab und beobachtete weiter das Geschehen auf der Strandpromenade.

"Anja?"

Der Mann war wieder aus dem Laden gekommen und trat neben sie. Sie nickte und schaute verwirrt auf den kleinen

Jungen, der immer noch an seiner Hand hing.

"Bist du Papas Freundin? Die mit dem kaputten Haus?"

"Entschuldigen Sie bitte, das ist mein Sohn Steve, und ich bin Beni Korea."

Steve streckte seine Hand aus und Anja ergriff sie überrumpelt.

"Dein Vater will mir helfen, meine Freundin wiederzufinden. Ich heiße Anja."

"Wo hast du sie denn verloren?"

Ja, das war eine kluge Frage. Anja wurde von einer Antwort erlöst, weil Koreas Telefon klingelte. Er entschuldigte sich und ließ sie alleine mit dem kleinen Kerl.

"Magst du Shaved Ice?"

Sie war froh, dass er seine vorherige Frage anscheinend vergessen hatte.

"Ich habe es noch nie probiert."

Sie erinnerte sich, gestern einen Eisstand am Strand gesehen zu haben, an dem sie künstlich aussehendes, kunterbuntes Eis verkauften.

"Das ist doch sicher furchtbar süß?"

Gleich als sie es gesagt hatte, musste sie über sich selbst den Kopf schütteln. Was wollten Kinder? Sie wollten es bunt und süß.

"Das war dumm von mir. Ich habe es ja noch nie probiert."

"Wir können ja eins essen gehen", sagte er und schaute sie aus leuchtenden Augen an.

Korea hatte sein Telefonat beendet und gesellte sich wieder zu ihnen.

"Tut mir leid", er deutete auf seinen Sohn, "seine Mutter ist in Hilo gestrandet. Sie ist Stewardess und ihr Flugzeug ist defekt. Jetzt sitzt sie auf Big Island fest, und da hat sie mich gebeten, ihn heute aus dem Kindergarten abzuholen."

Anja lächelte und überlegte, dass sie es eigentlich sehr charmant fand, dass dieser gut aussehende Mann seinen Sohn mitgebracht hatte.

"Warum wissen Sie, wo Luisa ist?"

"Ich habe ihr beim Renovieren geholfen."

Die Frau mit dem kaputten Haus, war das Luisa? War sie die Freundin des Polizisten? Warum renovierte Luisa ein Haus auf Oahu?

"Ist Luisa deine Freundin?", fragte Steve arglos und griff nach seiner Hand.

Anja beobachtete den Angesprochenen neugierig, aber Steve schien nicht besonders interessiert an der Beantwortung seiner Frage. Er zog seinen Vater auf die Strandpromenade und rief: "Komm, wir zeigen der Frau mein Lieblingseis."

Sie beeilte sich, den beiden zu folgen.

"Tut mir leid, aber bei Eis gibt es kein Halten bei ihm", sagte er lachend und ließ sich weiter durch die Touristen und Strandbesucher ziehen.

Anja wich einem Surfer mit einem großen Board aus und schloss dann zu ihnen auf.

Sie hielten vor einem kleinen Stand an, an dem ein Mädchen mit einer kurzen Shorts und einem zusammengeknoteten Hemd stand. Ihre blonden Haare hatte sie unordentlich hochgebunden und eine lila Blume steckte in der Frisur.

"Ich hab nur noch Waldmeister und Erdbeere."

"Dann kannst du gar kein Regenbogeneis probieren."

Steve schaute Anja betrübt an und sie vermutete, dass ihr da wirklich etwas entgehen würde.

"Mal schauen." Das Mädchen beugte sich zu einer blauen Kühlbox und öffnete sie. "Ich habe hier noch ein paar Reste, was meinst du, reicht das für einen anständigen Regenbogen?"

Sie hielt mehrere Plastikflaschen vor Steve, der daraufhin glücklich nickte.

Das Mädchen drückte auf einen Knopf, worauf eine kleine Maschine eine Art Schnee ausspuckte. Das Mädchen übergoss die Schneekugeln mit dem Sirup aus den Flaschen und reichte Anja und Steve die kleinen Plastikschalen, auf denen die bunten Kugeln thronten.

Anja probierte vorsichtig, indem sie ihre Zunge auf den

Schnee legte. Sie zuckte zurück, weil ihre Vermutung bestätigt wurde. Es war süß, wirklich süß. Es erinnerte sie ein bisschen an das Wassereis ihrer Kindheit und nach nochmaligem Probieren stellte sie fest, dass es gar nicht so schlimm war.

"Und, was sagst du?"

Der kleine Kerl lächelte sie mit seiner grün verfärbten Zunge an und schleckte dann verzückt weiter sein Eis.

"Es ist sehr gut."

"Sie können es ruhig wegschmeißen. Es ist zwar eine wirkliche hawaiianische Spezialität, aber ich könnte Sie verstehen."

"Nein, ich mag es wirklich, aber können wir jetzt über Luisa sprechen?"

Anja schaute auf das Meer und den belebten Strand. In der Ferne sah sie die Surfer auf den Wellen tanzen, in der Lagune spielten Kinder in dem kristallklaren Wasser. Sie seufzte und ihre Hand strich über ihren Bauch.

"Wenn Sie wollen, dann können wir noch heute nach Mokuleia fahren."

"Wohnt Luisa dort?"

Er nickte und beugte sich dann zu Steve und wischte ihm mit einem Taschentuch das bunte Eis aus dem Gesicht.

"Was hältst du davon, wenn wir heute zelten?"

"Muss ich nicht zu Mama? Bauen wir das Zelt im Garten auf?"

"Es steht schon."

Anja verstand gar nichts mehr. Zelten im Garten? Wovon sprach dieser Mann?

"Mister Korea, ich verstehe nicht so ganz. Vielleicht liegt das an meinem schlechten Englisch."

"Ich heiße Beni. Und dein Englisch ist gut. Ich habe ein Zelt bei Luisa im Garten aufgebaut, in dem habe ich auch in der letzten Nacht geschlafen."

Also war der Polizist doch nicht ihr Liebhaber? Aber zumindest schien er ihr ein guter Freund zu sein.

"Wo ist dieses Mokuleia?"

"Eine knappe Stunde von hier entfernt."

"Oh ja, ich will zelten." Steve griff die Hand seines Vaters und versuchte ihn von dannen zu zerren.

48

Korea hatte am Telefon merkwürdig geklungen.

Ich hatte mich mit Poi und Poke auf die Lanai gesetzt und genoss den Sonnenuntergang. Erstaunlicherweise hatten sich die Wolken verzogen und ich schaute in einen klaren Himmel. Ich stand auf und ging an das Ende der Lanai, um in die Berge zu sehen. Dort hingen die Wolken und der Himmel sah schwarz und bedrohlich aus. Ich schaute hin und her und wunderte mich wieder, wie bezaubernd dieser Ort war. Auf der Seeseite sah ich den roten Sonnenball, auf der Landseite ging gerade die Welt unter. Ich setzte mich wieder in den knarzenden Sessel und aß weiter von dem wirklich köstlichen Poke, obwohl ich noch sehr satt von den Shrimps war. Ich hatte mir aus dem Supermarkt eine Flasche Weißwein mitgebracht, ja, ja, nie wieder Alkohol, von der ich jetzt dankbar einen Schluck trank. So viel zu meinen guten Vorsätzen. Ich drehte das Glas in meiner Hand und dachte wieder über das komische Telefonat nach. Ich hatte Korea angerufen, um mich zu erkundigen, warum er einfach verschwunden war. Er war sehr kurz angebunden gewesen und hatte etwas über eine Überraschung angedeutet. Tröstlicher- weise hatte er mir versichert, dass sein Verschwinden nichts mit mir zu tun gehabt hätte.

Plötzlich schoss mir ein völlig anderer Gedanke durch den Kopf oder vielmehr war es gar kein Gedanke, sondern ein einzelnes Wort: Marukame.

Ich kannte diesen Namen nicht erst, seit ich gestern mit Dorothy bei Marukame Udon essen war. Wieso war mir das nicht schon früher aufgefallen? Ich sprang auf und lief ins

Haus. Auf dem Sofa fand ich das Buch und blätterte darin. Ja, hier stand es, Hitomi hatte ihre Freundin in Honolulu besucht, Aiko Marukame. Sie und ihr Mann hatten einen kleinen Nudelsuppenladen in Chinatown betrieben. Das war doch kein Zufall?

Ich ging wieder auf die Lanai und blinzelte in den roten Ball am Horizont. Das lange Gespräch mit Dorothy hatte mir gut getan. "Es ist Zeit, mit deinem Leben weiterzumachen", hatte sie gesagt und ich nahm mir fest vor, ihren Rat zu befolgen.

"Es ist offen", rief ich, während ich die knarrende Holztür öffnete. Ich brach ab und erstarrte, als ich an Koreas Arm eine kleinere Kopie von ihm hängen sah. Der Junge musterte mich neugierig mit aufgerissenen Augen.

"Das ist mein Sohn Steve."

"Hallo", quetschte ich heraus.

"Und das ist Luisa."

"Aloha, Luisa", sagte er ernsthaft. "Bist du die verlorene Freundin?"

Ich rätselte, was das zu bedeuten hatte. Er lachte mich aus seinen kleinen Korea-Augen an, dann machte er sich los und drängte sich mit einem Quietschen an mir vorbei.

Das war also die angekündigte Überraschung. Ich war völlig verwirrt, denn damit hatte ich so gar nicht gerechnet.

"Wo ist das Zelt? Papa, es ist so dunkel, wo bist du?"

Korea zuckte entschuldigend mit den Achseln und eilte ebenfalls in den Garten. Ich schaute ihm hilflos hinterher und überlegte, wie ich diese neue Situation finden sollte.

Gerade als ich die Tür schon wieder halb geschlossen hatte, trat eine weitere Gestalt aus der Dunkelheit unter die kleine Lampe, die den Eingang nur spärlich erleuchtete.

Sprachlos starrte ich Anja an, die blass und durchscheinend wie ein Geist vor mir stand. Kurz überlegte ich, ob mir mein Hirn einen Streich spielte, oder ob das die verspäteten Auswirkung meines übermäßigen Alkoholkonsums waren. Ich kniff die Augen zusammen, aber als ich sie wieder öffnete, stand meine Freundin immer noch vor mir.

Wir fielen uns in die Arme, ohne ein Wort zu sagen. Ich presste sie so fest an mich, wie ich konnte, und hätte sie am liebsten nie wieder losgelassen. Ich drückte mein Gesicht an ihren Hals und sog den so vertrauten Geruch nach Frühlingswiese und frischem Gras in mich ein. Meine Freundin stand leibhaftig hier vor mir, am Ende der Welt. Ich löste mich ein bisschen, um ihr in die Augen zu schauen. Mit einem tränenverschleierten, traurigen Blick sah sie mich an. Ich lächelte sie an und auch auf ihrem Gesicht erschien ein kleines Lächeln.

"Ach, Anja", sagte ich.

"Ach, Luisa", gab sie zurück.

Wir fingen gemeinsam an zu lachen, umarmten uns erneut und plötzlich war ich mir sicher: Alles wird gut.

Epilog

"Könnt ihr vielleicht mal vor die Kamera kommen? Hallo, seid ihr überhaupt noch da?"

Die Stimme von Mel schepperte, merkwürdig verzerrt, aus dem aufgeschlagenen Laptop, der auf dem Küchentresen stand.

"Anja, Luisa?"

"So, da bin ich wieder", sagte Anja, während sie versuchte, den Reißverschluss ihres Kleides unter Verrenkungen zu schließen. Sie blieb vor dem Laptop stehen und drehte sich einmal um ihre eigene Achse.

"Und, wie findest du es?"

Mels Gesicht auf dem Bildschirm rollte mit den Augen.

"Du musst die Kamera kippen, ich betrachte die ganze Zeit den Bambusventilator, der über dir hängt."

"Oh."

Anja hob den Kopf zur Decke und sah jetzt ebenfalls den Ventilator, von dem Mel gerade gesprochen hatte. Er war ihr bisher noch nie aufgefallen, was vielleicht daran lag, dass sich die Decke an dieser Stelle etwa vier Meter über ihrem Kopf befand.

Sie richtete den Bildschirm neu aus und kontrollierte in

dem kleinen Vorschau Fenster, dass sie zu sehen war.

"Besser?", fragte sie und vollführte eine weitere Drehung vor dem Laptop.

"Gefällt es dir? Ich habe es mir gestern in der Ala Moana Mall gekauft."

Sie zupfte einen imaginären Fussel von dem cremefarbenen Cocktailkleid und sah erwartungsvoll auf den Bildschirm.

"Hübsch."

"Na, vielen Dank, noch enthusiastischer ging es wohl nicht."

"So schicke Kleider sind einfach nicht mein Ding."

Mel schob sich eine rote Locke aus der Stirn und schwieg.

Anja sah sich suchend um und blickte dann wieder zu Mel auf dem Laptop.

"Wo ist eigentlich Luisa?"

"Darf ich dich daran erinnern, dass ich im kalten Berlin sitze, du dagegen zusammen mit Luisa auf Hawaii rumhängst?"

"Rumhängen würde ich das jetzt nicht gerade nennen, schließlich haben wir ganz schön was geschafft."

"Ja, aber nur weil ich euch geholfen habe."

Mel grinste und ihr Gesicht wurde größer, weil sie näher an ihre Kamera gerückt war.

"Sieht man eigentlich schon was?", fragte sie und kniff forschend ihre Augen zusammen.

Anja betrachtete ihren Bauch und strich dann mit ihrer Hand über den seidigen Stoff.

"Ich weiß nicht genau, schau selbst."

Sie stellte sich ins Profil und streckte die kleine Wölbung heraus.

"Das Kleid wirst du jedenfalls nicht mehr lange tragen können."

Anja zog ihren Bauch wieder ein und musste Mel recht geben. Schon jetzt spannte der Stoff um ihre Hüften.

"Es ist ja nur für die Hochzeit, ich wüsste nicht, wann ich

es sonst hier anziehen sollte."

Anja zog sich einen Barhocker unter dem Tresen hervor und setzte sich.

"Jetzt noch mal im Ernst, Mel. Wo ist Luisa?"

"Keine Ahnung, wir haben uns unterhalten und plötzlich hat sie einen komischen Gesichtsausdruck bekommen, ist aufgesprungen und weg war sie."

"Vielleicht ist sie ja auch schwanger." Anja kicherte und Mel rollte schon wieder mit ihren Augen.

"Wenn Luisa ihren Beziehungsstatus auf Facebook publik machen würde, dann hätte sie sicher: 'Es ist kompliziert' angeklickt."

"Was ist kompliziert?", kam von Luisa, die das Haus mit dem ganzen Arm voller Blumen betrat. Ohne eine Antwort abzuwarten, wendete sie sich an Anja.

"Kannst du mir helfen? Ich möchte Lailani einen Brautstrauß binden."

"Holt nicht Dorothy die Leis und Blumen von Mister Ming?"

"Doch, aber ich wollte ihr gerne etwas Persönliches von mir für die Hochzeit mitgeben."

"Und deswegen kriecht du in deinem Kleid durch den Dschungel?"

Anja wischte an einem dunklen Fleck auf Luisas Kleid herum.

"Entschuldige, Mama."

Kurz wurde Anjas Gesicht ganz verträumt, denn so hatte sie bisher nur einer genannt. Stefan. Luisa blickte sie an und verzog den Mund.

"Du bist eine richtig heiße Mama."

Die beiden fingen an zu kichern und Luisa legte vorsichtig die vielen Blumen auf den Tresen.

"Huhu, braucht ihr mich noch? Könnt ihr euch mal wieder vor die Kamera bewegen?"

Luisa beugte sich über den Computer und grinste Mel an.

"Sorry, aber als mir die Blumen einfielen, musste ich das

sofort erledigen. Wie findest du Anjas Kleid? Wir haben gestern mindestens drei Stunden danach gesucht."

"Hübsch, sagt mal, braucht ihr mich noch?" Mel gähnte herzhaft. "Hier ist es schon spät und ich bin müde. Wenn ich noch länger eure hübschen Kleider und das schöne Wetter sehe, dann werde ich grün vor Neid."

"Hm", Luisa legte einen Finger an ihren Mund und musterte ernst das Gesicht von Mel, "zu deinem roten Haar würde das doch ganz gut passend."

Mel streckte ihre Zunge raus und beendetet dann die Verbindung.

Der japanische Gong erklang und kurze Zeit später trat Dorothy durch die Tür. Sie trug einen cremefarbenen Kimono, der seidig glänzte. Kleine Blüten und Bilder von Vögeln lockerten den strengen, geraden Schnitt etwas auf. Der gerade Rock ging bis auf den Boden und das Oberteil umschloss sie wie eine seidige Rüstung, ganz im Gegenteil zu Luisas verspieltem, flatternden Hängerkleid mit den zarten, aufgestickten Frangipani-Blüten. Ihr langes Haar hatte sie zu einem kunstvollen Turm aufgesteckt.

"Ihr seht bezaubernd aus."

Dorothy strahlte und nahm eine der Blumen hoch, die Luisa gerade gepflückt hatte.

"Was habt ihr damit vor?"

Anja zuckte mit den Schultern und deutete auf Luisa.

"Sie will Lailani einen besonderen Brautstrauß mitbringen."

"Das ist eine schöne Idee. Ich soll dir von Beni ausrichten, dass er direkt zum Strand kommt, er muss Steve noch abholen und wollte ihn mitnehmen."

Sie reichte ihr eine Hibiskusblüte, die Luisa nahm und in den Strauß mit einband.

Während ich weiter Blüte um Blüte, in den immer größer werdenden Strauß steckte, dachte ich an Korea. Mel hatte recht gehabt, als sie vorhin gesagt hatte, es sei kompliziert.

Ich wusste, dass ich verliebt war, und Beni hatte mir gestanden, dass er, von unserer ersten Begegnung an, etwas für mich empfunden hatte. Aber wir waren beide sehr vorsichtige Menschen, die sich schwer taten, sich einfach fallen zu lassen. Wahrscheinlich hatten wir zu viel Angst, unsere Gefühle zuzulassen, Angst, dass es irgendwann weh tun würde.

Ich beschloss, dass es ab heute anders werden sollte. Ich freute mich, ihn auf Lailanis und Keokis Hochzeit zu sehen. Hey, die beiden machten uns doch vor, wie es ging. Ich würde Beni und Steve zu uns einladen und zwar ohne Zelt. Dass Korea ein Kind hatte, war für mich ein kleiner Schock gewesen, aber inzwischen hatte ich den kleinen Kerl in mein Herz geschlossen.

Ich beobachtete Dorothy und Anja, die gemeinsam auf der Lanai standen und das tiefblaue Meer mit den weißen Schaumkronen betrachteten. Hitomis Hochzeitskimono, er stand ihr wirklich gut. Was für ein wundervolles Gefühl musste das sein, auf diese Art und Weise ihrer Großmutter wieder nah sein zu können.

Ich war so froh, dass Anja und ich uns endlich ausgesprochen hatten. Erleichtert hatte ich erkannt, dass es nie meine Schuld gewesen war, dass Anja sich von mir abgewendet hatte. Ich war schlicht zu dämlich gewesen, um für unsere Freundschaft zu kämpfen. Warum hatte ich nie nachgehakt, warum hatte ich es einfach akzeptiert, dass sie nichts mehr mit mir zu tun haben wollte?

Anja und Mel in Berlin hatten mir geholfen, Dorothys Agentur eine neue Seite im Internet einzurichten. Auch auf Facebook waren wir jetzt vertreten und das Geschäft mit den Hochzeiten brummte.

Stefan war leider schon wieder in Deutschland, denn er hatte einen großen Auftrag für ein Berliner Stadtmagazin ergattern können. Die beiden hatten drei Wochen lang die Inseln bereist und Anja hatte sich danach entschieden noch eine Zeitlang hier bei mir zu bleiben.

Heute fand die erste Hochzeit, die ich alleine organisiert

hatte, statt. Lailani hatte mir von dem überraschenden Antrag von Keoki erzählt (Warum sollen wir noch Zeit verlieren, lass es uns tun) und mich gefragt, ob ich die Hochzeit organisieren könnte.

Die Familien der beiden hatte mich unterstützt, aber am meisten hatte ich von Lailanis Eltern gelernt. Sie hatten mich geduldig in die alten Bräuche eingeführt und Lailanis ganze Ohana, sprich der Kreis der sie liebenden Menschen, hatte bei den Vorbereitungen geholfen.

Ich hatte auch meine Ohana gefunden.

Anja, Dorothy, Beni und der kleine Steve, Stefan, Jennifer, Alex, Lailani und Keoki, diese Menschen waren jetzt meine Familie, meine Ohana.

Ich steckte meine Nase in den bunten Strauß. Die verschiedenen Blumen verströmten einen intensiven Duft. Ich schaute wieder auf und spürte, dass mir Tränen über die Wangen liefen.

Ich war glücklich.

Mahalo

Wenn Sie mehr über die wunderschönen hawaiianschen Inseln erfahren möchten, dann besuchen Sie mich doch auf meiner Homepage: sabine-landgraeber.de

Es wird sehr bald eine Fortsetzung der Geschichte von Luisa und Anja geben. Wie geht es mit Luisa und Beni Korea weiter? Wie wird die Hochzeit von Anja und Stefan? Bleibt Luisa auf Hawaii?

Alle Leserinnen und Leser, die sich für historische Geschichten interessieren, können in dem Buch "Picture Bride - Die Geschichte einer Fotobraut" von Dorothy Castle, die Geschichte von Dorothys Großmutter verfolgen: Die Japanerin Hitomi wird nach Hawaii vermittelt, um dort einen ihr unbekannten Mann zu heiraten. Als sie in Honolulu von Bord geht ist der Mann nicht da. Erinnert Sie das ein bisschen an Luisas Geschichte? Lassen Sie sich überraschen!

Sabine Landgraeber

7771722R00159

Printed in Germany
by Amazon Distribution
GmbH, Leipzig